夜桜環奈
よざくら かんな
尾古響一
おこ きょういち
JN018596

「ありがと」

佐藤零
さとう れい
東雲翼
しののめ つばさ
月並千里
つきなみ せんり

# 最強にウザい彼女の、明日から使えるマウント教室(レッスン)

吉野 憂 画 さばみぞれ

**佐藤 零[さとう れい]**

主人公。
特に取り柄のないザ・一般人。
千里とは、優劣比較決闘戦(マウンティングバトル)のために
恋人(仮)契約を結んでいる。

**月並 千里[つきなみ せんり]**

メインヒロイン。
大企業・月並グループの社長令嬢で、
マウントに命を掛けている残念美人。
零とは、優劣比較決闘戦(マウンティングバトル)のために
恋人(仮)契約を結んでいる。

**東雲 翼[しののめ つばさ]**

零の仲間で、元読モな少女。
気が弱い性格で、それを克服するために学園に入学した。

**尾古 響一[おこ きょういち]**

零の仲間で、現内閣官房長官の息子。
頭の切れる秀才だが、ちょっとした欠点も……?

**夜桜 環奈[よざくら かんな]**

大企業・夜桜グループの社長令嬢。
幼馴染の千里とはライバル関係にある。

【マウンティング】……古代メソポタミアより伝わる最強の格付け方法。

使用例——は？　何それマウンティング？

# 第一章　彼女とかいない方が楽でいいよ（笑）

## 1.

キスをされた。相手は筆舌に尽くしがたい絶世の美少女。

なぜ高校初日の入学式に？
なぜ人目も憚らぬ校舎の前で？
なぜこのような美少女が僕にキスを？

疑問を挙げたらキリがない。それくらいに僕らの出会いは唐突だった。

状況を整理しよう。僕のスペックは普通の見た目に人並みの身長、運動は昔から大っ嫌いで得意なことは何もない。友達も少なく彼女どころか女友達すらおらず、パッとしないと女子に笑われ、異性として好意的な感情を抱かれたことのない男。それが僕という人間で、女の子にキスをされたなどと言おうものなら、つまらない嘘だと鼻で笑われること請け合いだ。

つまるところ、僕と彼女は初対面だった。

突然の出来事に僕は理解が追い付かず、緊張で硬直し反応できずにいた。すると彼女は柔らかな唇を離し、長い白金（プラチナ）の髪を靡（なび）かせながら僕の腕に抱き付いた。

「紹介するわ。彼が私の恋人」

「……へ？」

「ね、ダーリン！」

「だ、だーりん……？」

訳が分からない。

僕の驚きに呼応するように、春の風が桜を散らした。

桜吹雪が収まると、視界の先から別な少女の上品な笑い声。

「彼氏などと……そのお方、とてもお困りのようじゃないですの」

自信満々な彼女は異才を放っていた。その姿は学校の敷地内だというのに和服。ウチの制服は紺を基調に白のラインと金の飾緒がポイントなのだが、彼女のは和風にアレンジされているようだ。

長い黒髪を大きなリボンで一つに纏（まと）め、桜の髪飾りを身に着けた小柄な彼女は、白金の美少女と見比べても遜色（そんしょく）なく可愛（かわい）い。

「まあ突然だったものね。普段は慣れっこだけど」

白金美少女は上目遣いで笑った。

間違いなく、僕の人生で五本の指に入る綺麗な笑顔だった。

「ね！　私たち凄く仲良いもんね！　ラブラブだもんね!?」

「え、いや僕はあああぁ――――！」

途端、ゴリッ！　と、骨が捻じれる音が頭に響いた。

彼女は僕の腕を自分の脇に巻き込むよう捻ると、見事な関節技を決め僕の口をもう片方の手で塞いだ。

「らーぶらぶだもんね……？」

本当にこの美少女から発せられたのか。そう疑うほどの低い声で囁かれ、思わず首を縦に振ってしまった。

しかし僕は彼女のことなど知らない。だが断れば後が怖い。一体どうすれば……。

そう困り果てていると、

『間もなく入学式が始まります。時間までに集合場所へ向かってください』

そんな校内アナウンスが聞こえた。

「あら大変。もうそんな時間でしたか」

和服美少女は懐中時計を一瞥するとこちらに向き直って微笑んだ。

「彼についてはおいおい話を聞かせていただきましょう。まあ、どうせ虚言でしょうが」

「な、嘘なんかじゃ――」

「仮に本当だとしても、私ならそのような弱々しい方は選びませんけどね。しかし、月並さんに選択肢が少ないと言われれば納得ですけれども」

「それは僕に対して失礼じゃない⁉」

あんまりな言われように押さえる手から逃れて叫ぶと、少女は笑った。

「あら失礼。思わず口が滑ってしまいましたわ」

心の籠っていない謝罪をすると、彼女は長い和服の袖を翻し僕らに背を向けた。

「それではお二人とも、私はこれにて失礼致します。どうか、良い学生生活が送れますよう」

行っちゃった。

一体何だったのだろう。

喧嘩とは違うと思うが、少なくとも二人は仲の良い関係ではないようだ。

去り行く和服美少女の背中をしり目に、もう一人の白金美少女へ振り返る。

彼女は端正な顔立ちをそのままに、どこか死人のような目つきでブツブツと独りごちていた。

「う……あ……」

「……あ、あの。僕たちもそろそろ行かないと遅刻――」

「うあぁぁぁあ‼」

「だあああああ⁉」

途端、少女は頭を抱えてしゃがみ込んだ。

僕の腕を組んだまま暴れるものだから強い痛みが走った。

待って本当に折れちゃうって！　心の中で叫び藻掻(もが)いても少女の腕はほどけなかった。

「何よ馬鹿にして、自分だってなんだかんだ彼氏いないいじゃない！」

「あ、あのちょっと――」

「貴方(あなた)もちょっとは合わせてよ！　こんなに可愛(かわい)い私の彼氏になれるんだったら、嘘(うそ)でも即頷(うなず)くでしょ、即！」

「痛い痛い痛い！　言いたいことは色々あるけどとりあえず腕を離そうかあああっ!?」

「腕？」

捻(ね)じれる腕の痛みに耐えられず僕は叫びながら暴れた。

少女は「あっ」と声を漏らすと、離れてジッと僕の腕を眺めた。

「これはとても言いにくい事実なんだけど……貴方の腕、すごい方向に曲がってるわよ？」

「誰がやったんだよ！」

「私に聞かれても……」

「とぼけるな！」

そう言い放った直後、彼女が僕の腕を無理やり捻(ひね)ったものだから「あうっ」と変な声が出た。

「はい。これで治ったんじゃない？」

「んなわけないだろ！　早く病院に――」

慌てて袖を捲って腕を確認すると、完全に元に戻っていた。

「ナニコレどういう原理？」

誰か仕組みを教えてくれ。

「でも、面倒なことになったわね……」

「だから、さっきから一体何の話――」

「君たち。もう入学式が始まるから早く体育館に向かいなさい」

僕が疑問をぶつける前に、先生らしき人物に声をかけられた。

スマホを見ると、入学式の集合時間までもう5分もない。

「す、すみません先生。ほら、君も行こう」

「待ちなさい」

「何だよ！　早く行かないと。初日から遅刻なんてやだよ僕」

「私の名前は月並千里。貴方は？」

「名前？　佐藤零だけど……」

それを聞くなり彼女は僕の名前を何度か復唱し、頷いた。

「佐藤零……。覚えたわ。じゃあガイダンスが終わったらまたここで会いましょう。すぐに来るのよ？　それじゃ」

「え？　ちょっと何を勝手に――」

「早く行かないと遅刻するわよ！」

彼女は僕の話など一切聞かず、風のような速さで走り去っていった。

これが高校生活最初の出来事。

「一体何がどうなっているんだ……」

まあ、数百人が集えば数人くらい変人がいてもおかしくはない。仮にまた彼女を見かけたとしても、今後は関わらないように気をつけよう。

展開の速さに置いていかれつつも、僕は桜の花びらで埋め尽くされたロータリーをせっせと走り、集合場所へと向かった。

「何とか間に合った……」

体育館の入り口までくると既に大勢の生徒が並んでいた。

「でも、ほんとに凄(すご)い学園だなぁ」

数日前に引っ越してきており敷地を見て歩いたことはあるが、周囲の生徒を見て改めて呟(つぶや)いてしまった。

彼らは僕と同じ高校生だが、住む世界が違う人たちだ。

『私立鷺ノ宮学園高等学校』

ここは日本有数の上流階級が集う高校で、本来僕のような庶民が通える場所ではない。

政治、経済、芸能、医療、情報、学問。その道で日本の未来を切り開いてきた優秀な人々が通っていた学園で、過去に総理大臣を務めた人間も多く輩出していたらしい。

１５０年ほど前に建てられた歴史ある校舎。しかし多くの設備は最新鋭で、某ネズミーランドほどの広さを誇る敷地内には有名ブティックやカフェ、娯楽施設に高級マンションを彷彿とさせる学生寮と、衣食住が完備されている。

これほど普通ではありえない贅沢が揃おうとも驚愕しているのは僕だけで、他の生徒たちは至極当然との表情で優雅な出で立ちを崩さない。

僕はそんな学園にスカウトされて入学したのだ。

理由は分からない。ただ、数年前から見込みある一般生徒を学費無料で入学させるようになったようで、運良く僕もそれに選ばれたらしい。

「特に取り柄のない僕だったけど、案外とてつもない才能があったりして……！」

「おう。何こんなところで突っ立ってるんだ、お前」

「ひゃああああ!!」

「『ひゃああああ!!』て、野郎が言うと不快指数たけえなコノヤロー」

いつの間にか僕の後ろに立っていた男は吐き捨てるように言った。

「早く入れ。もう入学式が始まるぞ」

スーツを着ているので教師なのだろう。ただ、皺のないスーツに対してやる気のない半目。

上流階級とは程遠い歩き方にボサボサの灰色の髪。

とても教師に見えないのも事実だ。

「もしかして不審者さんですか……？」

「お？　何だ何だ馬鹿にしてんのか？」

あ、思わず口にしてしまっていた。

「ったく……いいからはよ入れ。そろそろ学長もいらっしゃる」

「あ、本当に先生なんですね」

「てめえ……この俺を知らねえとは一体どこの家の――」

言いかけて先生は目を細めた。

「……ああ。お前、スカウト組か」

「え、あ、そうですけど……」

先生は顎をさすりながら頷くと、それ以上追及をせずに溜息を吐いた。

「いいから並べ。ウチは他の高校とは違うんだ。制度説明を聞き逃して困るのはお前だからな」

制度……。そうだ。この学園には何やら普通の学校とは違う『独自の評価制度』があるらしいのだ。

楽しく気ままに学生生活を送れればいいが、せっかくスカウトを受けたのだ。いい成績が取れるよう、できる限りの努力はしたい。

その評価制度で優秀な成績を収めて卒業すればなんと、奨励金で100億円が付与される。

お金持ちが通う学園なだけあり金額も桁違いだ。

スカウトされた僕は学費、寮費ともに無料との特典に惹かれて入学を決めたが、その制度にも少なからず興味はあった。

「おら、行くぞ。お前はあっちだ」

先生に促され僕は他の生徒たちの列に交ざった。

さすがは上流階級。誰に注意されるまでもなく、皆シンと静まり返っている。だが同時に奇妙だとも思った。体育館が異様な緊張感に包まれている気がしてならないのだ。

入学式とは思えない。まるで戦場にいるかのような……。

暫くすると壇上の端に司会らしき先生が登壇した。

「――ただいまより第152期生、入学式を執り行います。一同、礼」

僕は慌てて皆に合わせて頭を下げた。姿勢を直すと、司会の先生は続ける。

「学長挨拶」

「「「――――！」」」

その声を聞いた途端、生徒たちが一斉に息を呑んだ。

同時にスーツ姿の美女が舞台袖から姿を現す。

彼女は一挙手一投足が優雅でありながら、堂々たる姿で壇上に立った。

「此度の私立鷺ノ宮学園への入学、誠におめでとう。私は5代目学長にしてこの学園を運営している鷺ノ宮グループのトップ、鷺ノ宮紫だ。桜の花びら舞うこの良き日に、貴様らの新たな一歩を目の当たりにできて非常に嬉しく思う」

鷺ノ宮グループは言わずと知れた日本一の大企業だ。明治時代から始めた鉄工業で日本を支え、歴史の教科書にも載るような家柄。今は製造の分野だけに留まらず、医療、不動産、金融、化学とありとあらゆる業界で名を轟かせている。

そんな集団を率いる彼女は僕らの緊張など気にせず続けた。

「貴様らに我が校の取り組みを紹介する前に、教育理念を三つ紹介しよう」

彼女が指を鳴らすと豪奢に飾られた壇上の垂れ幕が下ろされた。

そこには達筆な筆文字で堂々と書いてあった。

『天上天下』

『唯我独尊』

『浮華虚栄』

いつの時代のヤンキーだよ。

違和感を覚えたのは僕だけなのか、他の生徒たちは真剣な眼差しで垂れ幕を凝視していた。

「貴様らはエリート。選ばれし者たちだ。我々人の上に立つ人間は常に冷静に、気高くある必要がある。逆境に負けない精神力に向上心。鋼を剣に鍛えあげるが如く、我が校は由緒正しく『マウンティング』に則してきた」


……マウンティング？


今さっき、学長の口から入学式には似合わない言葉が飛び出たような気がした。

違和感を覚えた僕が間違いか、学長は悠然たるさまで続ける。

「実際、私はこの学園に在学していた際、クラス代表として他の追随を許さない圧倒的な存在だった。だが社会に出てマウンティングの重要性を改めて知ることになった。忘れもしない。私が27歳の頃、同窓会にて屈辱的な敗北を喫したのだ――」

私の父は鷺ノ宮グループの前代表。母は政治家と、生まれつき何不自由なく育ち、容姿端麗、天資英邁、顔も中身も運すらも、全てが優れたパーフェクトウーマンだった。

生まれつきの才を恨んでか、私のことを嫌う者もいた。しかし所詮は有象無象の戯言。何を叫ぼうと負け犬の遠吠えだ。他人の言葉で傷つくことなど一度もありはしなかった。

だが私には唯一、足りていないものが存在した。

「おお鷺ノ宮。お前が同窓会に来るなんて珍しいじゃん」

同級生の阿久津に声をかけられ私は内心にやりと笑う。

「うん！　久しぶりに皆の顔が見たくなっちゃって！」

「あれ、鷺ノ宮なんかキャラ変わった？　昔は目と言葉で人を殺せるみたいな奴だったのに」

「もーやめてよぉ。あの時は子供だったからね。私だって少しは成長したんだもん」

奴の冗談と私の口調に、過去に私を忌み嫌っていた連中も次第に打ち解けだす。

戯けが。

ああそうだ私は成長したとも。学生時代含めこれまで、私に恋人はいなかった。

だがそれは私が本気を出さなかっただけで、その気さえあればありとあらゆる有象無象に魑魅魍魎、塵芥までもが私に恋心を抱いていたことだろう。私は望んで独りを貫いていたのだ。

決して相手にされなかったわけではない。

何、我が儘は言わないさ。

私自身が神に愛されし子。パートナーに多くは望まない。

ただ普通に、身長は１８０を超えた八頭身。月収は手取りで２０００万円の、偏差値は80を超える有名大学出身で、５か国語以上の言語を操るハーフの、アッパーイーストサイドに住居を構えるごく一般的な恋人がいれば良いのだ。

これさえ見つけられれば社会的に完璧な存在、絶対無敵の絶対比較主義者になれる。

そのための完璧な笑顔。派手すぎない服装。控えめな香水。

とどめに上目遣いで可愛いらしい口調を、かねてより習得していたのだ。

「鷺ノ宮って今彼氏とかいないの？」

「うん。いないいんだぁ」

ふふふそうだろう。私が気になって仕方がないだろう。

私が同窓会へ初めて出席した目的は伴侶を探すため。日本一激務とされる総合商社で営業成績3年連続トップを叩きだし、その後独立し2年で会社をメガベンチャーにまで成長させた男を我が物にするためだった。

奴は学生時代、一般受験組の立場ながら私の下でクラスの副代表として働いていた。その頃から優秀で、誰にでも平等に接し人望に溢れた人間だった。彼は私が鷺ノ宮の人間であることも気にしていないようだった。

馬鹿どもが勘違いせぬよう言っておこう。決して阿久津に惚れ慕っていたわけではない。別に学生時代ずっと目でおっていたわけではないし、全く好きなんかではない。

「えー阿久津くん、まだ結婚してないの？　いっがぁーい！」

「そうか？」

「そうだよぉ。学生時代モテモテだったしぃ、すぐ結婚したのかと思ってた〜」

「うーんまあ、仕事が忙しいからね。今は順調だけどこれからどうなるか分からないし。あと5年くらいは仕事に集中したいから、その頃には俺も立派なオジサンだな。誰か良い人が見つかるといいんだけど」

「えー、じゃあ――」

「「「――!?」」」

途端、独身女性全員の殺気がこちらに向いていることに私は気づいた。

だがもう遅い。同窓会開始と同時に彼の隣を陣取った私の勝ちだ！

「私が立候補しちゃおうかな？」

「え、何で、やだよそんなの。今から5年って32のオバサンじゃん。わざわざ同い年なんて選ばないし、若くて可愛い子を探すよ」

「………………」

「てか相変わらず鷺ノ宮は凄いよな。この年でもう日本有数の大企業の代表を務めさせてもらえてるんだから。なんかイメージ通り。仕事が恋人っていうか、堅い感じの――」

「あの屈辱は絶対に忘れない!!」

……ん？

「私が阿久津に振られた後、同窓会の話題は仕事から結婚の話へと移り『旦那が忙しくて構ってくれなーい（笑）』とか『結婚すると子育てで忙しくなるから、独身の方が案外楽で良いよ～（笑）』とか……皆マウンティングしてきやがってぇ!!」

鷺ノ宮学長は人目も憚（はばか）らず泣き出すと、鼻を啜（すす）りながら叫んだ。

「よいか新入生諸君！　私は貴様らに将来、こんな屈辱的な思いをしてほしくはない！　『この世を支配するのは法でも暴力でもない。マウンティングだ!!』どれだけ勉強ができようが、どれだけ顔が良かろうが、通じないことはいくらでもある！　我らの世界において敗北者になることは決して許されない。勝つために自分だけの強みを、絶対に折れない心の柱を一本だけで良いから見つけるのだ。私が伝えたかったのは、それだけだ……」

学長は「うわーん！」と叫びながら逃走した。

『何だこれ……』

唖然（あぜん）としていると、先ほどのやる気のなさそうな先生が代わりに壇上に立ち、学長が放り投げたマイクを拾い直した。

「えー、俺は1学年国語科担当の氷室兵吾(ひむろひょうご)だ。……名物『逃走する学長』を見てもらったところで、学長に代わりガイダンスに入る」

「名物なの!?」

学長は毎年あの話をして泣くのだろうか。想像すると酷(ひど)くいたたまれない。そもそも、自惚(うぬぼ)れた学長の自業自得(じごうじとく)ではないのか。

「我が鷺ノ宮(さぎのみや)学園は由緒正しきエリートの学園だ。誰よりも上にいき、誰よりも優れていることを証明する。それは成績であったり、容姿であったり、身につけている装飾品であったり……。人は常に自身と他者を比べ、どちらがより優れた存在かを示すため鎬(しのぎ)を削り合いながら生きている。地位の証明。それを体現したのが我が校における独自の評価制度、『優劣比較決闘戦(マウンティングバトル)』だ」

いや優劣比較決闘戦(マウンティングバトル)て。

「マウンティングは犬や猿ですら行う神から齎(もたら)された勝負方法だ。あいつらは相手の上に跨(また)がり屈服させることでどちらが優れているかを証明するが、俺たち人間は言動で優位性を示す。そのことから人類におけるマウンティングは石器時代から存在したといわれているものの、武力を用いないマウンティングとして認められているのは世界最古の文明、メソポタミアで誕生したとされている。まあ、この程度は中学の歴史で習ったな」

「習ってませんけど⁉」

「上流の世界でマウンティングを善とし始めたのは主に戦後すぐ、七大財閥が解体されたことが発端といわれている。政府との大きな繋（つな）がりを失った七大財閥は、支配的地位の奪取を試みた中流層と抗争。争いを収めるべく、政府指定の特定一族とされた鷺ノ宮家が地位の指標を確立。社会的地位・信頼・知名度・貢献度・その他の諸々を包括した、ステータスを図るために勝敗を競う争いを、優劣比較決闘戦と定めた。それ以降、バトルで優秀な成績を収めた者は俺たちの世界で認められ、確固たる地位を築けるようになったわけだ」

「なんか壮絶なのが納得できない」

氷室先生は黒色の腕輪を胸ポケットから出すと、右腕に装着し頭上に掲げた。

あれは確か入学前に家へと届き、常日頃から着用するよう指示されたものだ。

鷺ノ宮学園の生徒を示す証で、ＩＣチップが組み込まれ寮の部屋の鍵にもなっているらしい。

「こいつは天秤時計（マウンター）。近年、鷺ノ宮グループが開発した感情の流れを測定できる装置だ。スマートウォッチといえば馴染みがあるだろうか。それを更に改良し、我が校で先行体験できるようにしたものだ。発汗や心拍数、脈拍などを計測し、独自の式に算入して精神的ダメージを計算する」

珍妙な名前に僕は思わず呆（あき）れたが、先生は真面目な表情のまま続ける。

「マウンティングはメンタルの戦い。優劣を競い合い、精神状態の変化を天秤時計で測ることでダメージを計算し勝敗を決める」

先生は声を大にして言う。

「今日から3日間、新1年生にはクラス決めのバトルを行ってもらう。天秤時計(マウンター)に灯る光、それは『証(あかし)』と呼ばれている。そして最初に与えられた3つの証を奪い合い、期限までに10個にしろ。そうした者だけが上位クラスを決めるトーナメント戦に参加することができる。トーナメントで1位を取ったものは1学年の最上位クラス、Sクラスの代表として認められ、莫大な地位と名誉を手にするだろう」

そこまで言うと先生は腕を下ろした。

「それでは、バトルに関しての説明は終了だ。健闘を祈る」

「え?」

これだけで終わり? そう思っているのは僕だけではないようで、一部の生徒は顔を見合わせざわつき始めている。

すると、一人の男子生徒が声を上げた。

「具体的なバトル方法をまだお聞きしていませんが」

「はあ?」

生徒の言葉に先生はイラつき、溜息を吐(つ)いた。

「おいおい、この程度も自分で考えられない人間がこの学園にいるのかよ」

「しかし、ルールを説明せずに始めるなどあまりにも無責任では」

「無責任？　かー今の若い奴ってホント駄目だよな。他人に頼ってばかりだ。俺が若い頃はなんでも自分の頭で考え、分からなければ調べて解決したぞ。だがお前らは泣きそうな顔をしながら他人に頼ればいいいと思ってる。これだからゆとりは（笑）」

「ですが……」

体育館内はシンと静まりかえり、まるで彼が悪いことをしたような異様な雰囲気に包まれた。

何もそこまで言わなくてもいいじゃないか。

泣いてしまいそうな彼を見ながらそう思っていると、先生は静かに呟いた。

「はい。俺の勝ち」

「え……？」

「お前は今、俺にマウントを取られている。『この程度のことも分からない』『俺が若い頃は』『ゆとりは恵まれている』、これらは立場と年齢の差を利用した『自己中心型俺様系上司』のマウンティング方法だ」

未だ理解できてなさそうな彼を見て先生は言葉を失う。

すると他の教員に対し「例のやつ頼みます」と手を挙げた。

会場内の明かりは消され、壇上に巨大なスクリーンが下りた。

「今からお前らにある映像を見せる。スカウトされた生徒、一般受験の生徒はもちろん、推薦入学の生徒も、俺の説明が理解できなかった者はしっかり内容を把握しろ」

映画が始まるかのような壮大なオープニングが流れると、そこには高校生と思われる二人の少女が映し出された。

＊

『背が低いと男の子たちに子ども扱いされてホントウザイ！　この前も合コンで会ったイケメンがね？　妹みたいで可愛いって頭ポンポンしてきたの。ほんと馬鹿にしてる！』

『いやまあ、アンタは童顔だから仕方ないよ』

『その後そいつ何してきたと思う？　人のこと散々馬鹿にしておいて口説いてきたんだよ？　こっちは興味ないのに何度も連絡してきてマジだるいの』

『それは大変だねー』

『てか化粧もしてない芋女で、身長148センチ体重38キロの私に声をかけるって、もしかしてデブス専なのかな？』

『いやデブスじゃないでしょ』

『デブスだよ～。というかズルい！　私も長身の綺麗な人になりたい！　その身長と美貌を寄こせ～！』

『十分可愛いくせにワガママ〜』

＊

映像が終わり、照明が再点灯される。氷室(ひむろ)先生は僕たちに向かって問いた。

「今のどこがマウンティングか分かる奴はいるか？」

何だろう。質問の意図が理解できない。

こんなもの、分かる人間がいるわけが——。

「「「はい！」」」

ほとんど全員が一斉に手を挙げた。真剣な眼差しで俺を、私を指せと壇上を見つめている。

誰か悪い夢だと言ってくれ。

「いいだろう。多くの生徒は予習してきているようだな」

先生はうんうんと冷静に頷(うなず)くと、目の前にいた生徒を指さした。

「よし。そこのお前、説明してみろ」

「うわ……」

壇上に上がったのは月並千里(つきなみせんり)と名乗っていたヤバいやつ。

彼女は煌(きら)びやかな白金髪(プラチナ)を靡(なび)かせ前へと立つと、自信満々に胸を張りマイクを握った。

「これはよくある『自虐型（じぎゃく）』の行うマウンティング方法、通称『反白雪姫（アンチアップルプリンセス）』です。バトルの勝者は背の低い方の子。

低身長とは女子なら誰しも一度は憧れるものです。それを背の高い子に対して『私は男に子ども扱いされて辛い（笑）』と自虐しながら低身長マウントを取っています。

そして『興味がないのに連絡が来る【訳：アンタと違ってモテるから私】』や『化粧もしてない芋女【訳：私って化粧しなくても超可愛（かわい）い♡】』、更には女の弱点、体重を武器に『デブスすぎて辛い【訳：ほらほら、そんなことないって言いなよほら（笑）】』との発言。

これに対し友人は『大変だね』や『十分可愛い』と逃げのコメント。

内心イライラしながらも反撃せず関係を続けてしまうあたり、敗者は長身の子になります。

……しかし勝者である子も決してレベルは高くありません。

マウントの威力を上げるため、合コンのくだりで『イケメン』とあからさまな言葉を含めています。長身の子を合コンに誘っていない時点で喧嘩（けんか）を売る行為にもかかわらず、ここで『暗示重複』するのは悪手です。今回は相手が素人（しろうと）であったから良かったものの、もし歴戦の『絶対比較主義者（マウンティスト）』で、更に『中心型』や『サバサバ型』だった場合は早々に優劣比較決闘戦（マウンティングバトル）を仕掛けられていることに気づかれ、きつい反撃をお見舞いされていたでしょう。

まあ、相手のレベルを見てバフをかけたのであれば話は変わってきますが」

え、やだこれ気持ち悪い。

彼女は今、真剣な表情で何を言っていたんだ？

まるでアニメのレビュー欄に書かれた長く厭味ったらしい語り口。饒舌に放たれる評論は濃厚かつ濃密で、滔々としたセリフにはまるで自分がその道の祖であるかのような習熟した風格が伺える。その絢爛につき堂々とした姿たるや、歴戦の騎士ですら思わず剣に手を伸ばしてしまうほどの生理的嫌悪感を抱くこと請け合いだろう。

訳が分からず錯乱したが、一言で表わすと『気持ちが悪い』。ただ、それだけ。

「か、完璧だ……！」

……え？

「学園に着任して10年。多くの生徒を見てきたが、初めからこれだけ答えられた生徒はいなかった。……なるほど、その顔には見覚えがある。月並の家の人間だな？　面白い生徒が入ってきたじゃねえか……！」

ナニコレ。

「よし戻っていいぞ。全員月並に拍手！」

「すげぇ……月並グループのご息女はこれほどの実力か……」

「私、あのお方に勝てる気がしません……」

「てかめっちゃ可愛くね？」

僕が可笑しいのだろうか。次々に起こる拍手に羨望の眼差し。それを「当然よ」との表情で受け止める月並（つきなみ）。

僕は思った。

もしかしたら自分は、とんでもなくヤバい学園に入ってしまったのではないか、と……。

「クラスはSからDまでの5クラス。Sが最上位クラスにあたり、Dクラスは最下位クラスとなる。待遇差はないが、当然、下位クラスに入れば学園生活を送る上で大変なハンデとなる。お前らの未来のためにも死力を尽くして上位を目指すように」

修学時間は9時から16時まで。今日を含めた3日間はフリースタイルと呼ばれる自由行動のバトルを行い、4日目は準備期間、そして5日目にトーナメント戦が始まるらしい。

『まあ後は説明の通りだ。好みの相手に優劣比較決闘戦（マウンティングバトル）を仕掛け、精神的ダメージを与える。バトルは一方に戦う意思があれば、天秤時計（マウンター）が感知し開始される。精神の状態は天秤時計が計測し、相手のメンタルポイント――通称MPを削り切れば優劣が決定され、勝者の証（あかし）が増加する。これを3日後までに10個集めれば、上位クラスを決めるトーナメント戦に参加できる』

その説明を最後に、入学式は終わりを告げた。

先生いわく、マウンティングとは言葉だけでなく、服装や表情、つけている香水に話し方、聴いている音楽の種類に趣味と、この世のありとあらゆるモノ――『万物』に宿るらしい。

聞くに圧倒的強者でも弱点は必ず存在し、優劣比較決闘戦はどれだけ劣勢でも一撃で逆転の可能性のある奥深い頭脳戦だとか。

「頭脳戦（笑）」

笑うしかなかった。

どういう因果か、何の才能もない僕がエリートの集う学園にスカウトされたと聞いた時は、両親と一緒にそれは喜んだというのに。まさかこんな新興宗教紛い（まがい）の学園だったなんて……。

自由行動に入ったのでとりあえず体育館を出て敷地の中を歩く。

広々とした中庭を見ながら僕は溜息を吐（つ）いた。

そこらを歩いているのは全員、日本全国から集まったお金持ち。

僕なんかが彼らと優劣を比較して勝てるわけがない。

下位クラス確定で、しかも一般庶民。

これから3年間、彼らにマウントを取られ続けて生活しないといけないのだ。

「しんどいなぁ……」

「――ねえそこの君」

「え？」

振り返るとそこにはセミロングの黒髪を靡（なび）かせた可愛（かわい）い女の子が立っていた。

「え、あ、あの……何でしょう」

この子もお金持ちなのだろうか、美しい容姿と優しい笑顔で見つめられ、僕は思わず声を上擦（うわず）らせてしまった。

彼女は笑う。

「そんな畏（かしこ）まらなくていいのに。同学年でしょ？」

彼女の襟元（えりもと）には僕と同じ学年を表わす赤いリボンがつけられていた。

「そ、そうだね」

ぎこちない僕の返答に彼女は「もしかして君、スカウト組？」と首を傾（かし）げた。

「そうだけど……」

彼女は僕の弱々しい返事に首を傾げた。

「どうかしたの？」

「いや、色々と頭が混乱してて……。マウンティングとか、優劣比較決闘戦（マウンティングバトル）とかさ……」

彼女は僕の言葉にニッコリと笑みを見せた。

「なるほどね。じゃあ私が少しだけ教えてあげるよ」

彼女は学園のことを簡単に説明してくれた。

財閥が解体されるより少し前、お金持ちの間ではプライドを競い合うため優劣比較決闘戦が用いられていたらしい。

相手のメンタルを口論で攻め、言葉に詰まった方の負け。

しかしそのルールだと勝敗の決し方が主観的すぎるとの指摘から、長らく新ルールの開発が続き現在の形に落ち着いたらしい。

「鷺ノ宮学園って歴史ある高校だから本館は古いけど、財界、政界、芸能界、ありとあらゆる界隈の関係者と繋がりがあって設備も施設も最新鋭。教育のレベルも高いから刺激を受けると思うよ」

「凄いな……。詳しく教えてくれてありがとう」

「いえいえ！　私のお兄ちゃんも昔通ってて、少し知ってただけだから」

そこで会話が途切れ、僕はどうすればよいのか分からなくなった。

「そ、そういえば僕に何か用？」

「酷いな～。用がないと話しかけちゃダメだった？」

「あ！　いやそういうわけじゃないんだけど……！」

慌てて訂正すると彼女は優しく許してくれた。

「冗談だよ。でも確かにゴメン、突然話しかけて迷惑だったよね。同じ1年生だし、お友達になれないかなって思ったんだけど」

「と、友達に!?」

「うん、お友達。ダメ？」

「だ、だめなんかじゃないよ……！」

女の子から突然こんなことを言われたのは初めてだったから、思わず言葉に焦りが出てしまう。

今まで友達と呼べる女子がいなかったのに、こんな可愛い子の方から、しかも入学初日に声をかけられるとは、なんて運が良いんだ……！

「君、反応がいちいち面白くて可愛い。仲良くしてね？」

「う、うんまあ。僕なんかで良ければ……」

僕はドギマギしながらも答えた。

「ウフフ……僕なんかって、何でそんなに下からなの？」

「あはは……」

笑われ、僕も釣られて苦笑い。

「でも確かにスカウト組は大変そうだよね。特に秀でた才能もないし貧乏。そんな日も当てられない状況で、この学園でどうやって戦うのかな」

「え……」

「あ、ごめん！　貶すつもりはなくってね？　純粋にどうするんだろうって」

「い、いや大丈夫だよ。実際、僕もそう思うし」

突然の貧乏発言に驚いたが、首を振る彼女を見て安心した。

お金持ちは一般庶民のことなど分からないのだろう。

しかしそう思ったのも束の間、彼女は純粋な笑顔のまま「そうだよ」と続けた。

「少し話した感じ、君って凄く自己肯定感低いし、このままじゃ苦労すると思うよ？ 私なんて経常利益たった150億程度の企業の子供だけど、この学園にはもっと凄いステータスを持った人たちがうようよいるんだから」

「ひゃ、ひゃくごじゅうおく!?」

「え？ ああそっか。普通の人は聞きなれない数字かな？ ごめんごめん（笑）」

とても嫌な気持ちだが、言い返すのも悪いだろうか。

お金持ちの金銭感覚とのギャップが大きすぎる。

「でも君、本当に大丈夫？ スカウト組は何かしらの見込みがあるって聞いてたけど、顔も普通なら気も弱いし。それに何だか頭も良くなさそう」

「………………」

「友達第1号としてアドバイスしておくと、この学園で生き残りたければ少しは努力した方がいいよ？ ただでさえ私たち推薦組と距離があるし、一般受験組は君みたいなスカウト組と同じ貧乏でも凄い高い倍率の試験を潜り抜けてきたエリートたちだから、なかなか仲良くしてくれる人はいないと思う。……あ、でも私は違うよ？ ほら私ってちょっと変わり者じゃん？（笑）」

知らねーよ。と言ったら失礼だろうか。

でも何だろう。これは価値観の違いで片付けられるものではない気がする。

僕は友達こそ多くないが、遠くから人を眺め続けてきたおかげで性格を見抜くことには多少の自信がある。

その経験を基にすると、この人とは関わらない方が賢明だと思う。

あれ？　でも友達になると言ったのにここから自然に離れるのにはどうすればいいんだ？

くそ。対人能力の低さが邪魔に。

とりあえず何かしら言って退場しなければ。

「じゃ、じゃあ僕はこの辺でおいとまするね」

「え、どうして？　一緒に校舎とか回ってみようよ」

「ごめん。この時間帯は信仰している宗教の教えで1日1冊ゲームの攻略本をソテーにして食べないといけないんだ。それを食べないと詰んじゃうんだ。人生という名の鬼畜ゲーにね」

「え？」

「じゃあね！」

我ながら訳が分からない。が、この場から離れられるのならどうでもいい。

まずはこの子と距離を取って狂気のバトルについて理解しなければ。

そう思い踵(きびす)を返した途端、ピロリン――！　と電子音が鳴った。

『WINNER　早乙女梨花(さおとめりか)――LOOSER　佐藤零(さとうれい)』

見ると僕の天秤時計（マウンター）にはそのように表示されていた。

「なっ、なんだこれ！」

意味を理解できずにいると、嬉しそうな笑い声が背中をなぞりヒヤリとした。

「ほんと、そんなんでどうやって戦い抜くつもりなの……？」

「き、きみ……！　もしかして今のって……！」

「そ。優劣比較決闘戦（マウンティングバトル）だよ」

「なっ――!?」

この子、初めから僕を狙（ねら）って……！

「普通、話の流れで気がつかないかな。それにしてもまさか逃げる人がいるとは思わなかった。優劣比較決闘戦はメンタルの戦い。勝負を放棄した時点で精神的に劣っていると判断されるの。スカウト組って本当に何も知らないんだね。それとも君が間抜けなだけ？」

天秤時計をトントンと指さす彼女。

僕が釣られて自分の天秤時計を確認すると、その画面からは証（あかし）が三つから二つへと減少していた。

「ふ、不意打ちなんて卑怯じゃないか……！」

「卑怯？　優劣比較決闘戦は遊びじゃない。クラスごとで待遇差がないなんて体（てい）のいい表向きの話。実際には校内ではSクラスの人間が実権を握り、Dクラスになんて入れば社会的な死を意味するんだから」

「なっ……！」

僕は暗黙のルールに言葉を詰まらせた。早乙女(さおとめ)さんは僕を無視するように笑う。

「でも開始10分程度で一つゲット、か。同じスカウト組を見つければ楽勝楽勝！」

彼女は嬉しそうにそう言うと、上機嫌でこの場を去ろうとした。

「ま、待って！」

「――――」

呼び止めても行ってしまうだろう。そう思っていたのに彼女は意外にも素直に立ち止まった。

しかし、振り返った彼女の笑顔を見て僕は後悔した。

「嬉しいな。もう一つ私に証(あかし)を譲ってくれるんだ」

「証をもう一つ……!?」

もしやと思い天秤時計(マウンター)を見てみると、そこには僕の残りメンタルを表わすＭＰ３万が表示されていた。

『早乙女梨花(りか)　ＶＳ　佐藤零(さとうれい)』

「ちがっ……！　僕はただ呼び止めただけで……」

「『目と目があったら優劣比較決闘戦(マウンティングバトル)』こんなの常識だよね？」

「どんな常識だ！」

「でも本当にありがと〜。勝った側からは連戦が申し込めないルールうざって思ってたら、君の方からバトルを仕掛けてくれるなんて」

「や、やめろおおお！」

もうどうしようもない。僕はこの金持ち集うトチ狂った学園で3年間虐げられ続けるのだ。

そう、諦めかけた時だった。

「待ちなさい！」

いやに耳に響く声がした。たとえバトルを放棄してでも今すぐ逃げたほうがいい。全身に本能的な拒絶感が走る。

しかしそれでも振り向かずにはいられなかった。

希望のような呪いのような、唐突な呼びかけはそれほど強い引力を帯びていた。

「うわ……」

案の定そこには今朝、僕にいきなりキスをしてきた女。入学式でマウンティングの知識を存分に披露した見た目だけ美少女、月並千里が立っていた。

「うわ……とは何よ失礼ね。――それよりもアンタ、何で校舎前に来ないのよ！　ガイダンスが終わったら即集合って言ったわよね!?」

「知らない人に突然そんなこと言われて行くわけないだろ！」

「知らなくないでしょ！　アタシは月並千里。今朝、教えたじゃない」

「さっき会ったばかりの関係でしょうが！」

「月並、千里……？」

不意に聞こえた不安げな声の先には、数秒前の勝気な表情とは正反対に、怯える早乙女さんの姿があった。

「白金に輝く長髪に圧倒的な不快感。間違いない……。どうして……どうしてこんなタイミングであの月並千里が……！」

只ならぬ表情で震えだした早乙女さん。どうやら月並を恐れているようだ。体育館での様子といい早乙女さんの反応といい、一体この子は何者なのだろうか。

「手を貸すわダーリン」

「だからダーリンってなに」

『早乙女梨花　VS　佐藤零&月並千里』

彼女が僕の肩をポンと叩くと同時に、天秤時計の表示が更新された。

「ダーリン……!?　まさか佐藤君、貴方があの月並さんの彼氏だっていうの……!?」

「え、ちがいまあがががが――！」

「その通りよ！　私とダーリンは見ての通り仲睦まじい関係。それはもうアッツアツのラップラブなんだから！」

「んんんー！」

叫ぼうとしたが羽交い絞めで口を押さえられる。

暴れると月並がその動作に合わせるように頬ずりをしてきて、鬱陶しいことこの上ない。

〈早乙女梨花に１９３３のダメージ〉

彼女はなぜか雷に打たれたように硬直し、大ダメージを受けた。

「な……何で貴方ほどの人がこんなボンクラなんかといるのかな……！」

「ボンクラ？　ダーリンの魅力が分からないなんて貴方って人を見る目ないのね。……あ、分かった！　貴方、人生で一度も彼氏いたことないでしょ」

馬鹿にするような口調の月並に相手は不服そうに目を細めた。

「あるし！　確かに今はいないけど……そんな冴えない顔じゃなくてイケメンだったしね。貴方も美形の彼氏が欲しければ女としての内面を磨いた方が良いよ（笑）」

「あー恋愛弱者って一度彼氏できるとアドバイスしたくなるよね分かる分かる（笑）」

「――きゃあああ!!」

〈早乙女梨花に１２２００のクリティカルダメージ〉

煽りをスカした態度でいなした月並。それに対しダメージを受けた早乙女さん。

イラッとくる表情に見下した発言で精神的にきたのは分かる。

だが、なぜ彼女が悲鳴と共に後方へ吹き飛んだのかが分からない。

バトル漫画のワンシーンのように立ち上がった早乙女さんを見て、月並は「へえ」と感嘆した。

「貴方（あなた）、私の優劣波紋（マウント）が見えるのね」

「やはり月並（つきなみ）さんも優劣波紋使いだったのね……」

「優劣波紋ってなに。何も見えないけど、それってあれか？　有名な漫画の背後に立っているあれか？」

「優劣波紋使いは引かれあう……なるほどね。私自身が月並さんを呼び寄せてしまったと……」

「相手のストレスを最大まで引き上げることで精神に重大な支障をきたし、パワーを持ったヴイジョンを見せる。真の絶対比較主義者（マウンティスト）しか持ちえない技だというのに、やるわね早乙女（さおとめ）さん。気に入ったわ」

「血が燃えるように熱い……。ストレスで血管が千切れるかと思ったよ。この戦い、命を賭（と）す覚悟で挑んだ方がいいみたいだね……！」

「ねえ二人の世界には一体何が見えてるっていうの!?」

　彼女たちは夢中でバトルを続ける。

「でも彼氏が貧乏だと辛くないかな？　この新作バッグも彼が買ってくれて、私は高いからいいって言ったんだけどね、どうしてもプレゼントしたいって言われて～」

「えー貴方、元カレから貰（もら）ったバッグまだ大事にしてるの～？　それにそれ同じブランドの中でもそこまで人気のデザインじゃないしセンスなくない？」

「あれ？　彼氏が貧相なお祝いしかしてくれないからって羨ましいの？　まあ正直１００万円程度なら自分でも買えるけど、やっぱプレゼントだと価値が違うよね～（笑）」

「んーそもそもブランドに拘ってるのが子供よね～。日本人ってみんなそう、自分に自信がないからブランドで武装して。私、中１までアメリカに住んでたから日本の価値観とか分からないな～（笑）」

〈早乙女梨花に３０３１のダメージ〉

見えないものがぶつかり合い衝撃波が空気を揺らす。僕は何を見せられているんだ。

「あーアメリカの話したら急に戻りたくなってきたな～。長期休みは久しぶりに別荘行こうかな。パームビーチにあるんだけどね、サンセットの海が綺麗なの。エメラルドブルーの海と貝殻が夕陽に照らされて星みたいに光るのはもう絶景。それを眺めながらされるマッサージは最高よ？」

月並の言葉に早乙女さんは目を見開いて驚きを見せた。

「パ、パームビーチ……!?　アメリカ・フロリダ州の南東部に位置する高級リゾート地……！日本人には名称の類似性から大都市圏の商業都市ウェストパームビーチと混同されがちなものの、その実はロブレポート誌で全米中で最も住みやすい都市にも選ばれた、真の富裕層の中では有名な土地！」

〈早乙女梨花に７２１０のクリティカルダメージ〉

「いやめっちゃ詳しいな」

「べ、別に行ってみたくて調べたことがあるわけなんかじゃないもん……ないもん！」

「調べたんだね……」

「はうっ……！」

〈早乙女梨花(さおとめりか)に5290のクリティカルダメージ〉

その反応に月並(つきなみ)は笑う。

「早乙女さんの家はどこの国に別荘があるの？」

「え、あ……」

「フランス？　ドイツ？　エジプト？　オーストラリア？　チリ？　インド？　イギリス？」

「……か、軽井沢に」

「軽井沢!?」

月並は邪悪な笑顔のまま、無情にも最後の一撃をくれてやった。

「まあ……良い所よね、軽井沢（笑）」

「ツカア――!!」

『ＷＩＮＮＥＲ　佐藤零(さとうれい)＆月並千里(せんり)――ＬＯＯＳＥＲ　早乙女梨花』

白々しい言葉と共に、早乙女さんは少年漫画のような勢いで校舎の奥へと吹き飛んでいった。

「…………」

もう、何が何だか分からない。キスをされたことも、マウンティングのことも。

月並は仕事を終えて「ふう」と一息つくと、気持ちのいい爽(さわ)やかな笑顔でこちらを見た。

「やっぱり、マウンティングは楽しいわね！」

その後、話があると月並に言われ食堂に向かった。

道中、今起こっている出来事について考えた。しかし考えれば考えるほど宇宙の起源は何なのかとか、人が生まれて生きる意味、と同じくらい訳が分からなかったので、僕は考えるのをやめた。

## 2.

「単刀直入に言うわ。私の彼氏になって」

「嫌です」

場所は変わって学生食堂。食堂といっても食券を購入し食事を提供してもらう一般的なものではなく、好きな食事を好きなだけ取る高級ビュッフェ形式だ。

苺のミルフィーユを口に寄せた月並は、断られると思ってもみなかったのか目を丸くしたまま固まった。そしてフォークを置いて腰を浮かせると、僕の顔を覗(のぞ)き込む。

「付き合わないの？」

「付き合いません。あと君、目が怖いよ」

「くぉーんなに可愛いのに？」

「そぉーんの発言のせいで可愛さ半減してるよ。あと瞳孔開くのやめて？」

グーにした両手を顎に当て、アヒル口で目を瞬かせる彼女に僕はノーを押し付ける。

彼女は僕の返事を聞いて椅子に座ると、暫く目を瞑って「んー」と唸った。

そして目を開く。

「ありがとうダーリン。これから仲良くしましょうね」

「付き合わねえって！」

周りの生徒がこちらを振り返った。

僕は慌てて声を潜める。

「月並さんは今朝から何なの。どうして僕に付きまとうの？　それに……」

「それに？」

一番重要な部分が恥ずかしくて声に出すのに躊躇する。

突然起こった今朝の一件。

「あの、突然キ……キスしてきたし、付き合ってとか……」

おこがましいかもしれないが。

「もしかして、本当に僕のことが好きなの？」

「いいえ。全然好きじゃないわ。顔は普通だし雰囲気もパッとしないし」

「散会！」

真顔で言った彼女の言葉に僕は察した。この学園にまともな人間など存在しない。見知らぬ相手にキスをする変人。泣きだす学長。マウンティングを信仰する生徒たち。

学歴が中卒になってしまうが、それでも今すぐ退学届を提出するべきだろう。

高校が義務教育じゃなくて本当に良かった。

そう思い僕は脱兎（だっと）のごとく地面を蹴（け）るが、それより早く月並に腕を引っ張られ「ゴキッ」という嫌な音が脳に響いた。

「肩が外れたあああ!?」

「ああもうまたなの？　ほら、私が治してあげるから」

「いってぇ！」

朝と同じく無理やり関節をはめられ、外れた肩が激痛と共に元通りになった。

「うう、扱いが酷（ひど）すぎる……」

「痛がり方がいちいち大袈裟（おおげさ）なのよ。サッカー選手なの？」

「それはサッカー選手に失礼だろ！」

再び目立ってしまい、僕は思わず身を縮めた。

「もう僕、訳が分かんないよ……何なんだよこの学園。何なんだよ優劣比較決闘戦（マウンティングバトル）って……」

「説明されたでしょ？　マウンティングは私たちの世界では必須のスキルなの。常に誰よりも上へ行く貪欲さ。他人を蹴落とす勇気。そして逆境に負けない精神力を鍛えているってわけ」

「いや余計に分からんって」

「まあ、今の学長が結婚コンプレックスを抱いてから余計にマウンティングの重要性が高まったらしいけどね」

「そこは妙に納得できる」

とても綺麗な学長だったから結婚も余裕だと思っていたのだろう。

全てにおいて勝ち続けてきたからこそ、恋愛の分野において自分の市場価値が下がっていることに気がつかなかったわけだ。

「でもさ、結局僕にその……キ、キス……をしてきた意味が分からないんだけど……」

「キ、キス……をしてしまったのは申し訳なく思ってるわ。でも、ああしなければならなかったの」

「真似すんな」

僕のツッコミを無視するように月並は「貴方は夜桜環奈って知ってる？」と問うてきた。

夜桜。その名前を聞いて僕は反射的に知らないと言いかけた。が、考えれば聞いたことのある名前だった。

夜桜という姓は非常に珍しい。そしてこの学園は日本中のお金持ちが集まっている。

そうだ、彼女の言う夜桜さんとは有名な夜桜グループのことだ。

「私の家系、月並家と夜桜家は鷺ノ宮（さぎのみや）につぐ名門中の名門。旧財閥の一つで常に日本を最前線で支えてきた」

「旧財閥」

ネットにもビルにも電車内でも、どこでも広告を見かける大企業。

更にこの月並という名前もまた、名のある大企業の名前だった。

商社や金融、メーカーから不動産まで幅広く展開し、現在も世界に影響を与える存在だ。

「鷺ノ宮学園は知っての通り常に生徒たちを比較している。最上位クラスであるSクラスの代表として卒業することは、私たちの世界ではその世代における日本トップの座を獲得したのと同じ意味を持つのよ」

「なるほど。金持ち同士のしがらみや意地の張り合いを制するために優劣を――つまりは優劣比較決闘戦（マウンテイングバトル）を制する必要があるってわけか……」

「その通り。そして私にとって最大の敵は、朝に話していた和風黒髪チビッ子、夜桜環奈ってわけ。私は彼女にだけは絶対に勝たないといけないの」

納得はせずとも意味は理解できた。先ほど早乙女（さおとめ）さんが僕を馬鹿にしてきたように、彼女たちも名誉を守るために相手を蹴（け）落とそうとしているのだ。

「夜桜さんに勝たないといけないのは理解した。でも、それと僕にキスをしたのと何の関係が？」

僕が疑問を投げかけると月並は少し難しそうに顔を伏せた。

もしかして、聞いてはいけない内容だったのだろうか。

「あの子……出会い頭に早速マウントを取ってきたのよ……！」

「………？」

「この強めのいい女、月並の千里に対して『あらご機嫌よう月並さん。これからの新生活、困ったらいつでも頼ってくださいね。特に貴方はご友人もいない寂しいお方ですから、殿方を紹介してほしければ仰ってください。いつでもご紹介いたしますわ』って言われて……つまりは男友だち大勢いますマウントを取られたから、つい近くにいた貴方にキスをして彼氏だって言っちゃったってわけ」

やっべ、訳分かんね。

「リア充マウントは大人から子供まで世代性別問わず使える最強のマウンティング方法。だから貴方には暫く私の彼氏になってもらわないと困るの。つまるところの恋人『マウンティングパートナー』に……ってどこ行くのよ！」

「うおおおお放せえええええ!!」

静かに退散しようと思ったが、人類とは思えない腕力と反応速度で掴まれてしまった。

「何よ！　こんなに可愛い私と付き合えるってのにどこが不満なのよ！」

「不満ってか、不安で仕方ないんだよ！　お前みたいな奴とは関わるなって僕の本能が悲鳴をあげてらっしゃるんだ！」

「逆つり橋効果よ！　可愛い私にドキドキしすぎて恐怖の感情と間違えちゃってるだけ！」

「君を好きになるくらいなら橋から飛び降りた方がマシだ！」

激しい攻防を繰り返すこと数分。

どうにも逃げられそうになかったので僕は観念し再び席に着いた。

「それにこれは貴方にとってメリットしかない話なのよ。貴方、この学園でどうやって勝ち上がっていくつもりなの？」

彼女に指摘されハッとした。

確かに僕はこの学園で勝つ術は持ち合わせていない。

僕は正真正銘の一般人で、お金持ちに対してマウントを取るなどまず不可能だ。

でも、メリットとはどういう意味だろう。

僕が尋ねると彼女は頷いた。

「マウンティングは万物に宿ると説明されたでしょ？　『誰も聞いたことがないような洋楽を澄まし顔で流してドライブ』『最近忙しすぎてたった2時間しか寝てない』『アニメより原作の方が数段良いと説教するオタク』『#お洒落さんと繋がりたい』。見ての通り全ての物事はマウンティングの材料になるのよ」

「頭が割れそうだよ」

「つまるところ、貴方が今一番得るべきものは人脈なの」

「人脈？」

「見てみなさい」

月並は後ろを振り返り雑談する同級生たちを見た。

「彼らは既に複数人でグループを作っているでしょ。私たち、大企業や政治家の子供は家の繋がりで既に知り合っていることも少なくない。貴方、あの集団に一人で話しかけられる？」

「……まあ、無理だろうね」

イケイケギャルのグループに、爽やかリア充のグループ。そして旧知の友のように仲良さげなグループと、とてもじゃないが見知らぬ僕が話しかけられる雰囲気ではない。

「でしょ。じゃあ例えば貴方が授業中、先生に問題を解くよう指示されて間違えたとしましょう。そんな時、彼らにヒソヒソと笑われたらどんな気持ちになる？」

「嫌な気持ちになる」

「そう。クラスを巻き込んでの笑いならいざ知らず、彼らのグループ内だけで笑われたらとても不快な気持ちになるわ。これはまるで一人だけはぶいてランチタイムに行くＯＬの如し。『一人で食べてないで誰かと一緒に行けばいいじゃん。まあ私たちは誘わないけど（笑）』と集団でマウントを取る行為に等しいわ」

「浅いのか深いのか判断しづらい考察だな……」

確かに露骨に嫌っていますアピールを大勢でされたら声を上げづらくなる。

そこで彼女らに交ざったり、もしくはやり返したりできない限り、永久に立場は弱いままというわけか。

「でもここに友達がいればその状況を回避できる可能性がある。問題を間違った貴方に友達が『どんまい！』とか『さすが佐藤（さとう）は違うな！』なんて笑いの空気に変換することができれば、クラスでの立場を保つことができるの」

月並はこちらに向き直ると「つまり」と続けた。

「優劣比較決闘戦（マウンティングバトル）は個人戦でありながら仲間と手を取り合うチーム戦でもあるの。失礼だけど一般人の貴方はきっと弱い。スカウト組は何かしらの見込みがあると聞いているけど、それをマウントに活用できなければ意味がないのよ。だからこそ、貴方は私と組む必要がある」

「でも、そのために付き合うってのはちょっと……」

「別に本当に付き合う必要はないのよ。あくまで仮の恋人。マウンティングパートナーよ」

「うーん……」

僕は一人で戦えないから誰かに助けてもらう必要がある。

そして月並は夜桜（よざくら）さんに僕を彼氏だと言い張ってしまったから僕と組む必要がある。

意味は分からないが、話の筋自体は通っているような……。

「さて」

僕がどうするべきか悩んでいると月並は席を立った。

「ひとまず他の二人も見つけちゃいましょう」

「他の二人？」

「恋人役になってくれるかは置いておいて、グループにはもう一人ずつ男女が必要よ」

「その心は」

「恋人同士、二人だけで四六時中くっついていると周囲から痛いカップル認定されて馬鹿にされてしまうわ。こき下ろされている時点でマウンティングとしては圧倒的不利。だからこそ男女４人。バランスの取れた人数のリア充グループ感を出すことで、他の生徒が笑えないようなオーラを放つ集団にできるのよ」

何だろう。凄い作戦を言っているようだが尊敬できる点が見当たらない。

「とにかく行くわよ。さっきみたいに虐げられる生活が３年間続いてもいいの？」

「…………」

せっかく青春を期待していた高校生活だというのに、３年間同級生からあのような態度を取られ続けるのはストレスフルだ。

……仕方ない。

僕も彼女に合わせて席を立った。

「細かい点をどうするかはおいおい決めよう。でも、とりあえずは仲間を見つけに行こうか」

僕の言葉に月並は余裕の笑みを見せた。

「さあ、楽しい楽しい優劣比較決闘戦（マウンティングバトル）の開幕よ！」

＊　☽　＊

「──ちゃんって神奈川出身なんだって？　どう？　東京に来た感想は」

「いや感想ってなに？　毎日のように遊びに来てたから何も感じないけど。東京とか、もはや庭だよね」

「ああそうなんだ！　じゃあ今度一緒に渋谷のル・アッシュってお店に行こ？　超人気店で入りにくいイメージあるかもだけど私常連だから案内してあげるよ」

「あー、あそこのケーキいつ食べても美味しいよね。随分前にリニューアルしてから行ってなかったけど久しぶりに行こうかな」

「っち……！」

「はっ……！」

「うぇーいヨロシクゥ！」

「うぃ〜いシクシクゥ！」

「せっかく知り合ったんだし、今日俺らの仲間同士で集まって酒でも飲まね？」

「それマジやべえ」

「だよなぁ？　え、お前いけるクチ？」

「小3から飲んでる」

「わかる俺小2。飲みすぎてハイボールとかじゃ酔えねえ体になった（笑）」

「アレまじジュースよなジュース（笑）」

「だれかバーボンもってこーい（笑）」

＊ ☾ ＊

「どいつもこいつも狂ってやがる……！」

月並（つきなみ）と敷地内を歩き回っている最中、マウントを取り合っている様々な光景を見かけた。

相手をイラつかせメンタルを削り切った方の勝ち。ルールなのだから仕方ないだろうが、あんな勝ち方をして嬉しいのだろうか。

「でも、マウンティングを仕掛けるにはある程度のコミュ力が必要そうだね。僕にはできる気がしないや……」

先ほど僕の証（あかし）を奪っていった早乙女（さおとめ）さんも自然に話しかけてきて、流れで僕を馬鹿にしていた。

　誇れるものがない僕は元々勝ちにくいのに、あんな人たちに話しかけるほどのコミュニケーション能力が必要ならもう絶望的だ。

「その通り。どれだけ優秀な能力を持っていたとしても、こちらから勝負を仕掛けられなければ優劣比較決闘戦（マウンティングバトル）においては意味がないわ。知らない人に『私お口が小さいからハンバーガーとか食べられな～い』ってアザト女子マウントをとっても『え。あ、そうですか……』とドン引かれること間違いないもの」

「ちょいちょい頭良さそうな頭悪い考察入れてくるのやめてくれない？」

　まあ、説明してくれないと分からないからありがたくもあるが。

「てか月並、さっきから敷地内を歩き回ってるだけだけど仲間を探しに行かないの？」

「探してるわよ。ついでに無駄に広い校内を見て回ってるの。マウントを取るのなら適度に人が集まってる場所がいいから」

　僕も彼女に倣（なら）い天秤時計（マウンター）のマップを見た。スマートウォッチと似ているだけあって大抵の情報はこの腕輪で把握できる。

　しかし、人が集まる場所がいいと言いつつ今は人の少ない公園の辺りを歩いていて、月並の考えが全く読めない。

「うう、一体どうすれば……」

そう思っているとどこからか弱々しい悲鳴が聞こえた。

「6つ目ゲット～」

「やっぱスカウト組は楽で良いね」

見ると噴水前に複数の女子生徒がたむろしている。

彼女たちが去ると、そこには縮こまって頭を抱える銀髪の少女がいた。

「あの子……」

月並が駆け寄ると、少女は怯えたように「わわわ、もう勘弁してほしいです……！」と情けなく声を上げた。

「ゆ、許してください、私もう証ありません……！」

無条件降伏。

バンザイした少女に対し、月並は両手でその綺麗な顔を挟むとマジマジと睨んだ。

いくらバトルとはいえ、無抵抗の人を襲う必要はないし、証がゼロの生徒にバトルを仕掛ける意味もない。

「おい月並。流石に可哀想だからバトルはやめとこうよ」

「そ、そうです。私からはもう何も出ませんから……！」

しかし次の瞬間、月並は笑顔を抑えきれないように口角を上げた。

「決めたわダーリン！　この子が3人目の仲間よ！」

「「え？」」

僕も少女も月並の言葉に思わず腑抜けた声を出してしまった。

「この子が３人目の仲間って、またどうして急に？」

「はあ!?」

月並は僕の疑問に若干キレ気味になりながら立ち上がる。そして少女を抱き上げ人形のようにほっぺをツンツンした。

「こんな可愛い子を仲間にせずにどうするってのよ！」

「ええ!?　わ、私なんて全然可愛くありませんよ……。ちんちくりんだし、癖っ毛だし……」

「ああ、何て素晴らしい自虐型マウントなの……。こんな子が敵になれば大変なことになるわ。絶対仲間になってもらう！」

「えええどういう意味ですか？　訳が分かりません……！」

助けを求めるような顔でこちらを見た彼女。

ごめんなさい。僕も分からないんです。

でも確かにこの子、とてつもなく可愛い。

月並は綺麗系だがこの子は可愛い系。大きな瞳に小さい顔。美白で全てのパーツが整いすぎているが、自信なさげな表情にところどころぴょんと跳ねた髪の毛は、抜けていて近寄りやすい雰囲気だ。

この子に見た目でマウントを取るのは少し難しいだろう。

臆病そうなところが玉に瑕だが、弱点を差し引いてもこの魅力は協力者としては申し分なさそうだ。

僕らは戸惑う彼女に、バトルで勝ち上がるため協力者を探している旨を伝えた。

彼女も僕と同じくスカウト組だったようで、一人で勝ち上がることは難しいと悟っていたようだった。

「貴方がトーナメントに参加できるよう私が全力で援護するから安心して！」

「ほ、本当にいいんですか？　私が役に立てるのでしょうか……」

「大丈夫よ、可愛いってだけで貴方は最強なの！　あとは私がメイクをしてあげるから。マウンティングという名のメイクを」

「す、凄く不安です……！」

月並とは関わらない方が良いのではないか。僕と同じ思考が彼女から見て取れる。

そんな彼女は僕を見て無害と判断したのか、救いを訴えるようにオズオズと近寄ってきた。

「あ、貴方もスカウト組なんですよね？」

「ちっ、ちかい――」

そして可愛い。小動物のような愛くるしい瞳に、傷一つない玉の肌。不安そうな表情がどこかあどけなくて、庇護欲をそそる華奢な体。そんな彼女に至近距離で見上げられ、反射的にの

け反ってしまった。しかし僕はすぐに口を押さえた。

おおおお落ち着け佐藤零。中学校では友達なんてほとんどいなかったが、高校では友達を100人作ると決めたはずだ。この程度で狼狽えるな。

確かに彼女は可愛いさ。

だがそれがなんだ。所詮、星の数ほどいる女の子の中の一人ではないか。

別に女優さんと対峙しているわけでもない。

平均より少しだけ可愛くて、揺れた髪から甘く豊潤なる匂ひやするばかりならぬ。

さり。我、例ぞ毅然とせるけしきに接するべきなりぞ。

「玲瓏や　輝く星々　一千の　そのいたづらさは　野百合の如し　佐藤零　辞世の短歌……」

「えええ……!?　な、何と言っているんでしょう……?」

「あー、簡単に言うと、貴方が世界で一番可愛いって。――ほらダーリン。変なのに乗り移られてないでシャキッとしなさい！」

「――いだっ！　……っは！　僕は何を……?」

後頭部が激しく痛い。頭でも打ったのだろうか。……ってそうだ！　銀髪の美少女に同じスカウト組か問われていたのだった。

「だ、大丈夫ですか?」

「あば、あばばばばばばばb――」

「どんだけ美少女に苦手意識持ってるのよ」

まずい。この子があまりに可愛く緊張しすぎて体が言うことを聞いてくれない。

「てかそっか。ダーリンは可愛い子が苦手だから私とも話したがらなかったのね？」

「ソダネー」

にやつく月並の戯言を華麗にスルー。僕は銀髪美少女へと向き直った。

やっと見つけた常識的な一般人。絶対に仲良くなっておくべきだろう。

未だ見慣れない可愛さにドキドキするが、心を落ち着かせて笑ってみせた。

「ぼ、僕は佐藤零。君は？」

「東雲翼です」

「よろしく東雲さん。こっちのやかましいのは月並千里。僕はできるだけ関わりたくな――女の子同士の方が気も楽だろうし、仲良くしてあげて？」

「い、今何か言いかけませんでした……？」

「言ってない」

厄介者をなすり付けようとは断じて思ってない。

「お互い面倒な学園に迷い込んじゃったけど、これから頑張ろうね」

「……佐藤くんは、どうしてこの学園に？」

「学費無料、一人暮らし、成績優秀者として卒業すれば１００億円ってところに釣られた」

「そんな理由で入学したのねアンタ」

うるさいやい。僕だって入学を決めた過去の自分をボコボコにしたいくらいだ。

「東雲さんはどうしてこの学園に？」

僕と同じくお金だろうか。そう思ったが彼女は自信なさそうに笑った。

「変われるかと思って……」

「変われる？」

「私、気が弱いから……。最初この学校に誘われた時、お金持ちの人が集まる学校だって聞いてたから断ったんですけど、優劣比較決闘戦は精神力を鍛えられるって教えられて……。この学園に来れば少しは変われるかなって」

「騙されてるじゃん」

僕が同情すると、東雲さんは悲しそうに笑った。

「でもまた怖くなってしまいました。結局、私は私のままみたいです」

その笑みに僕は何と返事をすれば良いのか分からなくなった。

しかし、月並は違った。

「変われるわよ」

「え？」

「変わりたいと思って自分でこの学園に来たんでしょ？　なら、もう既に過去の自分に打ち勝ってるじゃない」

優劣比較決闘戦はメンタルの勝負。

自分の弱さを打ち破ってこそ、成長できるのだろう。

「千里の道も一歩から。今だけ一歩、進めばいいの。過去の自分に勝つかどうか決めるのは、今を生きる貴方(あなた)自身なんだから」

暗い表情だった東雲さんに、月並は自信満々の笑顔で手を差し伸べた。

「選びなさい。私たちと共に戦い勝つか、一人で立ち止まり負けるのか。今、あなた自身で決めるのよ」

月並には絶対的な勝利の方程式が見えているようだった。

でも。もしかしたら。たぶん。しかし。だけど。

負の言葉を忘れさせる彼女のオーラに、東雲さんは思わず目を見開いていた。

彼女はやはり自信なさそうに笑った。しかし、確実に自分の意思で月並の手を取った。

「勝ちます。私は、この学園で生き残りたいです」

「良い返事じゃない」

こうして東雲さんが仲間に加わった。

狂気の学園で生き残るため、最後の仲間を見つける道すがら、僕らは証を既定の個数に増やすべく月並からアドバイスをもらった。

「どう？　私の指示通りできそう？」

「うん。吐きそう」

「何でよ！」

これから行おうとしているのは演技だ。既定のシーンで決められたセリフを言う。それだけなのだが、台本が耐えがたいくらい酷い。

「え、本当にこれを言うんですか……？」

東雲さんも同じく戦々恐々としている。

そんな僕らの様子を見て月並は溜息を吐いた。

「あのね。ストレスを与えてメンタルを削るのが優劣比較決闘戦なのよ？　これくらい言えなくてどうするのよ」

「で、でもこんなことをしたら嫌われてしまいます……」

「好かれるマウンティングがあったら私も驚くわ」

相変わらず頭のおかしなバトルだと思ったが、確かに嫌われることを恐れていては勝てない。優劣比較決闘戦における煽りはサッカーにおけるスライディング。怪我をすることは互いに承知の上なのだ。

「しかたない。やるかあ……」

「その意気よダーリン！　翼はショッピングモールで作戦決行ね」

「が、頑張ります……！」

東雲さんは不安そうながらもパタパタとモールの方へと去っていった。

対する僕は、場所は戻って食堂。

先ほどと違い生徒たちで賑わっており、お昼時とあってバトルをする人間は見受けられない。

僕は人混みのなか月並と別れ、適当にサラダだけを取り席を探した。

そして奇数で空席のあるテーブル。つまり3人組で座っている生徒たちの元へと向かい、一人分の座席を確保しにいった。

見知らぬ集団に声をかけるなど今までにない苦行。なら失敗してもできるだけ傷が浅く済みそうな集団がいい。そう思って探していると、野暮ったい黒髪をセットもしていない3人組を見つけた。一人はマッシュっぽく、もう二人は適当に伸ばした髪型と、自己主張の薄い控えめな性格に見える。

彼らでちょうどよいだろう。

「よかったら、ここ座ってもいい？」

「ん？　ああいいよ」

置いていた荷物を気持ちよくどけてくれた彼。

こんな良い人にマウンティングをしなければならないと思うと胸が痛む。

僕は人見知りの心を正し、息を整えてから笑顔で言った。

「あとごめん、ティッシュ持ってない？」

「あーわりい。もってねえや」

「俺持ってんぜ？」

「あ、ありがとう」

善意で貰ったティッシュを渇いた鼻に押し付けた。

「いやー花粉症でさ、この学園自然が多いから困るね」

コミュ障なりに何とか会話を繋ぐ。

僕のミッションは彼らと親しく『なろうとする』ことだ。

「3人は中学からの知り合い？　僕スカウトされてこの学園に入ったんだけどさ、皆もう知り合いみたいな状態で困るよ」

スカウト組。そして友達がいない。

この情報を聞いて僕を狙い目だと思ったのだろう。

3人は視線で意思疎通を図っているようだった。

ティッシュをくれた彼が笑う。

「そうそう。俺ら小さい頃からの仲でさ」

「そっかースカウト組か。そりゃ大変だな」

一見友好的な笑顔の彼ら。ここまでは予定通りだ。

餌(えさ)は僕自身。後は彼らから食いついてくるのを待つだけだ。

僕は自虐(じぎゃく)的に笑った。

「大変大変。いいなー皆は」

「……お前暇ならさ、飯食ったあと俺らと一緒に学校回ろうぜ」

釣れた――！

『佐藤零(さとうれい)　ＶＳ　笹山剛貴(ささやまごうき)　葉山隆(はやまたかし)　長谷川順平(はせがわじゅんぺい)』

「「な、なに!?」」

僕の精神を天秤時計(マウンター)が観測し、画面には残りＭＰ――メンタルポイントが表示された。

これはバトル開始の合図を示す。

完全に油断していた彼らは、僕に戦闘を仕掛けられ驚愕(きょうがく)の表情を浮かべていた。

そして――。

「ダーリン！」

来たる偉大な協力者。

人混みの中でも特別に目立つ美貌(びぼう)を持つ月並(つきなみ)。彼女は僕の元へ駆けよると、人目も憚(はばか)らず僕に抱き付き最大限に顔を寄せ甘えた声で言った。

「も～ダーリンったら捜したんだよ？」

「うわ。せっかく振り払ってきたのに……言ったけど今日はもう関わるな。僕はこれからこの３人と学校を回るんだから」

「え～やだやだ～！　千里が一緒に回るの～」

〈笹山剛貴に５０２２、葉山隆に３００１、長谷川順平に８３４４のダメージ〉

甘ったらしい月並の言葉に３人のＭＰはゴリゴリと削られていく。表情には出ていないが、リア充に目の前でイチャつかれ、死ぬほどストレスに感じているのだろう。

　僕は溜息を吐きながら彼らに向き直った。

「ごめん皆……彼女がうるさくて仕方ないから今日はやめておくよ」

「「「か、彼女……」」」

「いやほんと我が儘でまいってるんだ。こんなんなら付き合わなければよかった。てか、彼女とかお金かかるし束縛されるし案外いない方が楽でいいよ。皆も気をつけてね（笑）」

「「「――――ッカ、カハア……!!」」」

　自虐的な表情でアドバイスを送ると、彼らは血を吐いて倒れた。

『ＷＩＩＮＥＲ　佐藤零――ＬＯＯＳＥＲ　笹山剛貴　葉山隆　長谷川順平』

　天秤時計を見ると証が一気に３つも増え、合計で６個になっていた。

「逃げるわよダーリン！」

でも何だろう。勝ったのに全く嬉しくない。

僕は複雑な気持ちのまま、悪目立ちする前に食堂を後にした。

場所は変わってカフェテラス。事が一段落して集合すると、東雲(しののめ)さんは信じられないといった表情で呟(つぶや)いた。

「い、一気に2つも証をゲットしてしまいました……」

彼女の台本は服屋にて可愛(かわい)いスカートを手に取り『欲しいけどウエスト緩すぎて合わないの最悪。はー、食べても食べても太れないのホント困る……！』と叫ぶことだった。

「こう、女の子って色々大変だね」

「周りにいた皆さんの目つきが怖かったです……」

「翼(つばさ)は保護したくなるような可愛さがあるから隠密性が高くていいわ。完全に『保護型』の絶対比較主義者(マウンティスト)ね」

「その型って何なのマジで」

「属性みたいなものよ。ほら、ゲームでも火は木に強くて水に弱いみたいなのあるでしょ？　保護型は自虐型と違って天然型も混じってることが多くて、中心型やサバサバ型が下手に虐(いじ)めようものなら聖人型や肯定的カウンター型がカバーに入って返り討ちに遭いやすいから厄介(やっかい)なのよ」

「頭おかしくなるわ！」

何でこいつはさも一般常識かのように説明できるんだ。

もう二度と聞くまい。

「まあでも二度同じ技は使えないわね。翼はあくまで自然体でいるのが一番強いから。あと8つ集める方法は後々考えましょう」

僕も翼さんも証を集め終えるまで複数回こんなことを繰り返さなければならないのか。

それに僕らだけでなく月並自身も証を集め終えなければならない。

「もうお昼も過ぎちゃったし、早めに動かないとね」

「そうね。なら次は――」

「君たち」

後方から突然声をかけられ僕らはサッと身を引いた。

長身の美男が僕らを見下ろしていた。茶髪の髪は束感多めのマッシュにセットしてあり、目の下にあるホクロが彼の魅惑的な印象をより強くしている。

彼はとてもさめざめとした表情でこちらを見ていたものだから、僕はてっきりバトルを仕掛けられたのだと思ったが、違った。

「ああ悪い。別に俺はバトルを仕掛けにきたんじゃないんだ」

両手を挙げて無害だと示した彼は自身を尾古響一（おこきょういち）と名乗った。

「真ん中の君、月並千里（せんり）さんだね？」

「まさしく。私こそが月並の千里」

「そして脇（わき）の二人はスカウト組だ」

なるほどね、と一人で納得した様子の彼。

目的が分からず警戒していると、彼は再び「ああ失礼」と謝った。

「結論から言うと、俺を仲間に入れてほしい」

予想外の言葉に僕と東雲（しののめ）さんは驚いた。月並は冷静だった。

「思ってもない収穫ね。念のため確認よ。貴方（あなた）、尾古官房長官のご子息だったりする？」

「だったりする、かな。俺の父親は１０３代目内閣官房長官、尾古響介（きょうすけ）だ」

まじかよ。僕は驚きすぎて声を出すことすら叶（かな）わなかった。

確かに日本中のお金持ちが集まる学校なんだから、政治家の息子がいてもおかしくない。

僕が驚きにかまけて会話を放棄していると、尾古君はいつの間にかこちらを見ていた。

「食堂でのバトル、見事だったよ。まさかあんな大勢の目の前で、しかもスカウトされた生徒が３人同時にメンタルブレイクするなんて誰が想像したか」

よく分からないが褒められてしまった。ありがとうと言うべきなのだろうか。

だが何度でも言おう。こんなことで褒められても嬉しくない。

「そ、そのおこたゃん――尾古さんはどうして私たちの仲間に……？」

「噛んだ。翼噛んだ（笑）」

「からかわないでください……！」

政治家の息子という肩書きに緊張しているのか、翼さんは噛みながらそう質問を投げかけた。

月並と東雲さんのやり取りに彼は優しく微笑むと、正義感溢れる真剣な眼差しで頷いた。

「俺は、上流社会の考え方が大っ嫌いなんだ。強者が弱者を見下す構図。自分さえ良ければ他人なんてどうでもいいと思ってる」

政治家の息子だからか、元々の性格からか、演説のような口調には凄みがあった。

「だからこそ俺はこの学校で勝ちたい。この学校のSクラスにいることは、政界でもステータスとなりうる。俺はそれを成し遂げた上で政治家となり、強者が弱者を見下す日本の構図を否定する。相手の土俵で戦い勝って、皆に認められた上でその間違った思想を糺すんだ。更にはこの戦いがチーム戦だということも理解している。だがどうせ仲間になるのなら奢り高ぶる金持ちどもではなく、純粋な心をもった君たちと手を組んで勝ち上がりたいと思ったんだ」

「純粋？　よく見てよ。穢れた血が一人交じってるでしょうが」

「あら、誰のことかしらダーリン♡」

発言するなら正しい内容を発信してほしいものだ全く。月並を僕たちと同じ括りに入れたことに抗議の声を上げたかったが、話の続きを聞くため僕は黙った。決して例のあの人が拳に闇のオーラを纏わせていたからではない。

尾古君は相変わらず真面目な顔つきで「改めて」と続けた。

「俺を仲間に入れてくれ。もちろん君たちが勝ち上がるため最善の手を尽くそう。協力を惜しむつもりはない」

高身長イケメンで政治家の息子、更には性格が良い。

何て欲張りなステータスだろう。

羨ましくも思い、同時にこれ以上の助っ人はそういないだろうとも思った。

少なくとも僕なんかが彼に取れるマウントはない。

すると月並も同じく高スペックの彼に納得したようで、機嫌良く頷いた。

「もちろんよ！　成績優秀、容姿端麗。そして国の中核を担う政治家の息子である貴方が仲間になってくれるのなら私たちも心強いわ」

「ありがとう月並さん。そう言ってくれて嬉しいよ」

「千里って呼んでくれると嬉しいわ。こちらこそよろしくね、オコタン！」

「……千里さん、呼び捨てしてくれて構わないからな？」

噛んだと思ったのか、月並に優しくツッコミつつ、彼は今度はこちらに笑って見せた。

「二人も、よろしく頼む」

「僕の名前は佐藤零(さとうれい)。よろしくね、オコタン」

「東雲翼(つばさ)です……。よろしくお願いします、オコタンくん……！」

「尾古(おこ)！　俺の名前は尾古響一(きょういち)！　オコタンじゃないから！」

「怒(オコ)？　ねえもしかして怒なの？（笑）」

「怒でもない！」

「え？　でも僕らに尾古って名乗らなかった？」

「……え？　あれ？　ああ、すまないそういう意味か……。その通り、俺は尾古響一。改めてよろしく」

「うん。よろしくオコタン」

「君たちは俺を馬鹿にしているのかい⁉」

「おおお落ち着きましょう尾古くん……！　月並(つきなみ)さんも佐藤くんも、人が嫌がることをしちゃだめですよ……！」

「翼も言ってたじゃない」

「二人がそう呼んだからその方が良いのかなと思って、つい流れで……」

尾古君は固い雰囲気があるものの、僕でも弄(いじ)れるタイプの寛容な人だった。

これで４人。

最後の仲間が見つかり、証（あかし）を10個集めるため僕らは本格的に優劣比較決闘戦（マウンティングバトル）の準備に取り掛かることになった。

もう16時も回ったし、作戦を決行するのはバトルが本格化する明日からということで、今日は連絡先を交換して解散した。

## 3.

「あー疲れた……」

新たな生活の始まりと運動不足のせいでもあるが、なにぶん学園の敷地が広すぎて足が限界だ。良家の子供たちが集まるからなのだろうが、寮の部屋だって高級マンションさながらに充実していて無駄に広い3LDK。一人暮らしには供給過多だ。

暫（しばら）くアニメを見ながらゲームをしていると、珍しくスマホが鳴った。

見ると『せっかくだし、仲を深める意味を込めて皆で夜ご飯でも食べに行かないか』と尾古くんからのお誘い。

僕はもちろんオーケーと返事をしてベッドに倒れた。窓から見える夕陽が地平線に姿を隠そうとしていて、空も部屋も辺りが真っ赤に染まっていた。

色々ツッコミどころは多かったものの、充実した一日だったと思う。

月並というイレギュラーがいるが、東雲（しののめ）さんも尾古くんも良い人そうだ。

不安の方が大きいが、これから楽しい学園生活を送れると良いな。

そう願いながら目を閉じると「ピンポーン」とチャイムの音が鳴った。誰かが来たようだ。

しかし入学初日で尋ねてくるような友達はいない。宅配を頼んだ覚えもない。

不思議に思いながらもインターホンの通話ボタンを押す。画面には月並の姿が映っていた。

「どうしたの月並。てか何で僕の部屋知ってるの」

「いえ、ちょっと聞いておきたいことがあってね……」

「え、こわ。僕の疑問が何一つ解決してないんですけど」

人に何かを尋ねる前に、まず僕の問いに答えてもらいたいものだ。

呆れながらも玄関の鍵を開けた。

「お邪魔します」

月並はそう言いつつも靴を脱ごうとはしなかった。

「上がるほどの話じゃないから玄関で失礼するわ」

「それならわざわざ来なくとも、電話してくれればよかったのに」

「いえ、一応顔を合わせて言っておきたかったから」

女子寮と男子寮はそこそこ距離が離れているのに、そこまでして伝えておくべきこととは何だろう。

……も、もしかしてまた告白か？

出会った時よりずっと落ち着いて表情は真剣。改めて言われるとなったら身構えてしまう。

いやしかしそこに恋愛感情はないんだぞ。茶番だと分かり切った状態で告白されても嬉しくない……。――いや、少し嬉しいかもしれない！

見てくれは良いんだ。真面目に言われたら意識くらいはする。

彼女の言う通りスマホで伝えるより直接言った方がずっと効果がある。

「佐藤零」

「ひゃ、ひゃい！」

意識しないようにすればするほど緊張してしまう。

名前を呼ばれて思わず変な声を出してしまった。

やめろ！　告白なんてしないでくれ！

そう心の中で叫んでいると、彼女は言った。

「貴方は、何のためにSクラスを目指すの？」

「……はい？」

思いがけない言葉に一瞬思考が停止した。

い、いや別に？　告白じゃなかったのが少しだけ残念だなんてちっとも思ってないけど？

「私は誰にも負けられないからSクラスに行く。特に夜桜環奈には絶対負けられない。近年あらゆる人々が私たちの世界に参入する機会が増えたけど、それでも私たち旧財閥の人間は常に最高の成果を求められている。なかでも月並と夜桜は中小企業を含めた六十五家の中でも業績トップの座を争う大御所。そこの娘が人前で無様な姿を晒すわけにはいけないのよ。上位クラスは見栄えが良いからなんて理由で挑むわけじゃないの。翼も響一も、目的を持ってこの学園に入ってきているわ」

そこに朝出会った月並千里はいなかった。

僕を捉える瞳は真剣そのもので、冗談やおちょくる意図は感じられない。

「だから今のうちに聞いておくけど、貴方は何のためにSクラスに行くの？　何となく上を目指した方がいいから？　それとも私に無理やり誘われたから流れに身を任せて？」

「そ、それは……」

特に言えることがなかった。

「やっぱり、特に理由はないのね」

別にそれでもいいではないか。庶民の僕からすれば学費免除の条件だけで御の字。

ただ下位クラスに入ると後が面倒くさそう。だから、できるだけ上に行きたいだけだ。

僕がへそを曲げていると、月並はそれを察したように微笑む。

そして咎めることもなく言った。

「別にそんな顔をしなくたっていいじゃない。私は貴方がSクラスを目指す理由を聞きに来ただけ。ないならないでいいの。自分の人生は自分で決めるものなんだから」

そう言うと月並は僕に向かって指を指した。

「ただ、私が彼氏と公言したからには貴方は絶対にSクラスへ行くことになる。それは私が保証するわ。貴方がトーナメントで初戦負けなんてしたら恋人である私の弱点が増えることになるもの」

「……それなんだけどさ、ほんとにやめない？　恋人ごっこ。僕たちは互いに何も知らないわけだしさ、変に嘘を吐くとボロが出ると思うんだよね」

「それについては大丈夫よ『私たちは幼い頃にとても仲が良く結婚の約束をするも親の都合で離ればなれになり、互いに忘れかけていたところで入試の日に運命の再会を果たす。そして幼い頃の記憶を思い出すうちに惹かれ合い、無事付き合うことになった……』という設定が私の中にでき上がったから。何かあれば『記憶にございません』って言えば万事解決よ！」

「ボロというよりはヘドが出る」

「何よ。私のどこが不満？」

「不満だよ……。確かに月並は顔は濃すぎず薄すぎずの正統派で可愛いし、肌はガラス細工のように透き通り繊細。豊満な胸に脚は丁度良い肉付きで、声も鈴の音みたいに綺麗な美声。絹のようにサラサラな髪からはフワッとシャンプーの匂いが心地よく香って、背丈も高めのモデルさんみたいでルックスは最上級。さらに言えばお金持ちで成績も良いお嬢様だけど、たったそれだけの魅力でどうやって恋焦がれれば……」

僕はとんでもない事実に気がついてしまった。

「……もしかして性格以外は高スペック？」

「仮に性格が悪いとの評価を受け入れたとしても、四捨五入すれば性格まで美少女よね！」

「何言ってるのさ。10点満点評価だとしたら、昼間、食堂での『くぉーんなに可愛いのに』発言で可愛さ半減。そこから性格でマイナス1なんだから現在の可愛さレベルは4。そこから四捨五入で0の切り捨てブスじゃないか。高校生になってそんなことも分からないのか可哀想に。名付けて可哀想二千里」

「祈りなさい。来世は頑丈な体に生まれてくるようにね」

「うわこの性格！　当方このような性格を受け付けておりません！」

いや今のは僕も大幅に悪い自覚があるけども！

「——ったく」

取っ組み合う手を離してもらい、お互い一度冷静になる。今はこの問題を解決しなければ。

急に付き合ってなどと言われても対応できるわけがない。

こっちは碌な交際経験どころか、女友達だってほとんど存在しないのだから。

「じゃあこうしましょう。クラス決めのバトルが終わるまで貴方は期間限定で私の恋人役を演じ、決勝戦で私にクラス代表の座を譲る。その代わりに私は貴方をSクラスに引き上げるため全力を尽くす。更に卒業までアナタの勉強をずっとサポートしてあげて、私が成績優秀者として卒業できたら副賞の100億円は全部譲るわ。それでどうかしら」

「いや、上に行けるのは有り難いことだけどさ、何もそこまでしなくとも……」

「そこまでしてでも勝たなければならないの」

線香花火が地に落ちて消える。彼女がふと漏らした言葉は、そんな夏の終わりに散った最後の火花のように侘(わび)しく、静謐(せいひつ)なものだった。

「何度も言うけど私たちにとってこの学園で成績を残すってことは、それはそれは名誉なことなのよ」

「それが分からないんだよなあ」

パンフレットには売れっ子の女優や元総理大臣なども卒業生として紹介されていたが、彼らも優劣比較決闘戦(マウンティングバトル)を制してあの地位まで上り詰めたのだろうか。謎は深まるばかりだ。

「あの鷺ノ宮(さぎのみや)家が治める学園よ。そこで頭角を現せば権力者たちに認めてもらうことができる。それに私は言った通り財閥家系の一人娘。両親の会社を継ぐつもりはないけれど、一族の名に懸けて誰にも負けるわけにはいかないの」

彼女たちの世界には彼女たちなりの価値観やルールが存在するのだろう。

「それに何より、私は夜桜環奈(よざくらかんな)に勝ちたいの。だからお願い。私と付き合って……！」

初めて見せた月並(つきなみ)の女の子めいた儚(はかな)い眼差しに少しだけドキッとした。

「なんなら手くらい繋(つな)いであげてもいいわ！」

「何で上からなんだよ」

それにキスしてきた人間が手くらいなら繋いでいいってもう手遅れだろ。

溜息を吐(つ)きつつも少し考えてみる。面倒だが、僕の利益は大きい。

学園でクラスの地位は絶対。一般人で最低クラスにでもなれば、３年間マウントを取られ続けるのは間違いない。

うん。それは絶対に嫌だ。

だが仮に、彼女に協力しＳクラスへ在籍を決めたのならマウントを取られることは減るうえに、社会的地位を得られる。更に彼女が優秀な成績を残したとなれば１００億円。一生遊んで暮らしていけるのだ。

月並の人格に多少問題があろうともおいしい話だろう。

それになにより、僕はお願いを断るのが苦手なたちだった。

「……それならまあ、いいよ」

「え！　いいの？」

「うん。ちゃんとした理由があるんだし、断ってもどうせしつこく付きまとってくるんだろ。まあ別に、適当に話を合わせるだけなら協力してもいい。僕もさっき一回、彼氏のフリをして証を奪っちゃってるし、Ｓクラスへ行くのを助けてもらえるわけだしね」

　月並は感動したように「話が分かるじゃない！」と声を上げると手を差し出した。

「じゃあ、手繋ぐ？」

「繋がないよ！」

　そう言ったのに月並は僕の手を勝手に握ってブンブンと振った。

「ともかくこれで契約成立ね！　貴方が暫くの間だけ恋人のフリをする代わりに、私が貴方のサポートをしてあげる。それでいいわね？」

「うん。でもバトルが終わったら別れたってちゃんと周りに言うんだよ」

　こちとら悪魔と契約した気分だ。

　そう思っていると月並は「あ、ついでにもう一つ言っておくわ」と何か良からぬことを考えたような笑みを浮かべた。

「なんだよ。まさか変な薬を盛る気か……？」

「しないわよ」

　僕の軽口に笑いながらも、月並は言った。

「貴方をＳクラスに連れていくと言っても私の力だけでは限界があるわ。だから貴方には上に行けるようになるための宿題を出すから、バトルが終わるまでにその答えを探してほしいの」

「答えを探す？」

「ええ。上を目指すわけ……『戦う理由』を探してもらうわ」

「はあ？　探すも何も、大した理由はないとさっき分かったじゃないか」

「さっきないと判明したから、今から探してもらうの。目標が一つあるだけで、最後の最後、踏ん張れるかどうかが変わってくるんだから」

皆が行くって言うから自分も付いていく。これぞ日本人の鑑（かがみ）じゃないか。

大体そんなものを見つけるのと、僕が勝ち上がるのにどんな関係性が――。

「じゃあ最後に答えを聞くからちゃんと考えておくのよ！　そして一緒に頂上へと行きましょうね、ダーリン！」

「え、まだ言ってる意味が分からな――」

月並（つきなみ）はへったくそなウインクをすると颯爽（さっそう）と部屋から出て行ってしまった。

「えー」

言いたいことはたくさんあった。

だがひとまず、契約内容にダーリン呼び禁止を入れるべきだったと一番に後悔した。

# 第二章　メイクするの上手だね～(笑)

## 1.

2日目。

優劣比較決闘戦（マウンティングバトル）は熾烈（しれつ）を極める光景となっていた。

それは僕の想像を超える戦いで、あまりの内容に思わず息を呑（の）んだ。

「わたすぃー、このまえ彼氏と東京ネズミーランドに行ってきてぇ」

「あー良いよねネズミー。私この前ロサンゼルスの新しいアトラクション乗ったぁ」

「えーいいな、私ロスには3回行ったけどネズミーは行ったことないな。他にも見るとこあるすぃ～」

「あ、貴方（あなた）もロス行ったことあるんだ。まあ私は5回行ったからもう見るとこもなくて何となくネズミー行っただけだけどー」

「まあ少ないからこそ思い出になるしね。3回とも彼氏と一緒だったすぃ～？」

「あー旅行で行ったんだー。まあ私はロスにパパの別荘があるから仕方なく連れてかれただけだけど。海外とか時差ボケするから怠(だる)いよね～」

「あー分かる。逆に国内の方がいいよね。私このまえ鳥取行った～。砂丘良かったよ～逆にぃ」

「鳥取？　普通ロスの逆と言えば島根でしょ。出雲大社いいよ～。マジで八百万(やおよろず)を感じた」

「いやいや私は――」

「いやいや私も――」

「君好きなアーティストが魚風邪(サカナハクション)なんだって？　趣味は音楽鑑賞っていうけど洋楽とか興味ない？」

「聴かないなぁ。君も音楽が好きらしいけど聴いたことない？　魚風邪」

「んー邦楽は小学校までかな。邦楽って音が低調っていうか、感性に乏しい作品が多いよね（笑）」

「うわ魚風邪の芸術性が分からないとかマジか。あのAメロBメロ、そしてサビの構成を無視する新しさと挑戦的姿勢は尊敬に値する。それに純粋に演奏のレベルが高いよね。深い音の没入感が分からないかな。まあでもコードが複雑だから苦手なのかもね。俺くらいになると平凡な音楽は受け付けなくなるけど（笑）」

「いや別に良いと思うよ？　俺は何事においても否定なんてしない。因(ちな)みに何て楽曲が好きなの？」

「旧宝島かな」

「出たそれ。絶対ネットにアップされたコラ動画見て好きとか言ってるにわかじゃん」

「いやそっちこそ売れてる作品を絶対に褒めないタイプの人でしょ」

「まあ何にでも熱中できる人ってある意味羨ましいよ。俺って物事を冷静に見すぎちゃうところあるから」

「はい周りと価値観違う俺すげーって思ってる痛い奴来ましたー」

「てか俺は3年間吹奏楽部に所属していて3年連続金賞に導いたし音楽はそこそこ――」

「まあ俺もプライベートでオーケストラを聴くくらいには音楽が好きだしこの前も――」

＊

「つく……！」

「佐藤君だいじょうぶですか、顔が真っ青ですよ……!?」

「あ、ありがとう東雲さん……何とか持ちこたえたよ……」

想像を絶する戦いっぷりに、唖然としすぎて息を呑んだまま窒息するところだった。

「悲しいことに僕らもこれをしなければならないのか」

「私たち、一体どこで間違ったんでしょうね……」

「東雲(しののめ)さん、僕と一緒に転校しようか」

「それもアリかもしれません……」

「なしに決まってるでしょおバカ」

「いっだぁ！　――お前何で僕を殴った！」

「何でって、翼(つばさ)を殴れるわけないでしょ、こんなに可愛(かわい)いのに」

東雲さんを抱き寄せながら頭を撫でる月並(つきなみ)。確かに彼女は保護型と呼ばれるだけあって、天然記念物のような虐(いじ)めてはいけない雰囲気がある。

東雲さんを泣かせたら最後、ドッジボールで女子の顔面に当ててしまった小学生のような気まずい空気になり、全ての方向から冷たい眼差しを向けられるであろう。

「……いや、そもそもどっちも殴らなきゃよくね？」

「それじゃあ作戦の確認をするわよ」

「無視かよ！」

僕らは今日、仲間全員の証(あかし)を集め終える作戦を話し合うべくカフェテラスに集まっていた。

といっても証を集めなければならないのは僕と東雲さんだけで、月並と響一(きょういち)はなんと2日目の午前中でもう既に10個の証を集め終えていた。

数時間で証を集めてしまう力を持った二人が監修し、僕らも証を集め終える。

それにより既に10個集めた４人組という強者の布陣ができ上がり、周りからは攻めにくい状況になるらしかった。

「説明した通りマウンティングは互いにある程度のことを知っていないと、ただの痛い人になってしまう可能性があるわ。そこで今日は特定の誰かを狙ったマウンティングではなく、特定の物事にイラッとくる人たちを狙った範囲攻撃にしようと思う」

また訳の分からないことを。

「月並さん。二人にも分かるように説明しよう。そっちの方が建設的だ」

「そうね。例えば昨日ダーリンがやったリア充マウント。あれは最後『彼女なんていない方が楽だよ』と相手に語りかけているわね？　あれは、ある程度会話したから成り立ったマウンティングで、通りすがりの人に突然彼女なんていない方がいいと言っても意味がないわ」

「まあ、それは何となくわかる」

「だからこそ今日はお互いに関係構築がなされていない状態でできるマウンティングを教えるわ。これで貴方たちも立派な絶対比較主義者よ」

「不名誉な称号を断る選択肢が欲しい」

しかし勝つためには時に痛みを受け入れることも必要だろう。

肉を切らせて骨を断つってやつだ。たぶん。

こうして僕は必殺技を伝授された。

「本当にこれをやるのか……」

「私これできる気がしません……！」

「昨日はできてたじゃない」

「そうだ二人とも。やる前から否定してはいけない」

「マウンティングじゃなければいいこと言ってるんだけどなあ……」

結局断ることもできず僕らはその作戦を実行することになった。


僕は響一(きょういち)に、東雲(しののめ)さんは月並(つきなみ)からフォローしてもらう。

今回行う内容は部活動でマウンティングをすることだった。

この学園は特殊とはいえ高校だ。

もちろん部活動だって行われているし、今は優劣比較決闘戦(マウンティングバトル)が開催中であると共に体験入部期間でもある。

マウンティングにおいて人間関係は最も重要な要素の一つらしく、部活動は先輩後輩共に人脈を得られる貴重な機会。先輩は後輩に慕われることで鼻が高く、後輩は先輩と仲良くすることで周囲を威圧できるなど、両者ともにメリットがあるらしかった。

その中でマウンティングをするとはどういうことかと思ったが、説明を受けてからは「ああ……確かにいるわこういう人……」と妙に納得してしまった。

僕はテニスコートに向かいながら響一に声をかける。

「オコタンは中学の頃、部活は何かやってた？」

「あのな零、響一と呼んでくれと何度言ったら分かってくれるんだ？」

「ごめんごめん冗談だよ響一」

背が高いしバレーボール部とかバスケ部だろうか。

響一なら何やっても女子からきゃーきゃー言われてそうだし、気持ち良かっただろうな。

すると彼は少し恥ずかしそうに呟いた。

「……吹奏楽部」

「吹奏楽部かぁ」

「……零。君はなぜ瞳孔を開いて俺を睨む」

「え？　睨んでないよ？」

「目から血が出てるぞ」

ただでさえ女子が多い部活にこの見た目とか、もう他の生徒は勝ち目がないじゃないか。

女子にもてはやされる響一の姿が目に浮かぶ。

「高校ではやらないの？」

「……別にやりたくてやってたわけじゃないからな」

やはり少し照れた表情で言う響一。

「オコタン、さては女子からキャーキャー言われてたな？」

「な、なぜそれを——あ、いや……そんなわけないじゃないか！」

「否定しないで、正直に嬉しかったですって言ってくれよ！」

「嬉しいわけない！　俺以外みんな女子で凄く恥ずかしかったんだよ！」

「はあああ何それマウンティング!?」

「断じて違う！」

「どうせあれでしょ!?　軽やかにショパン弾いた姿がカッコよすぎて休み時間に『響一く～ん』とか甘い声で呼ばれてたんだろ!?　で、モテすぎて男子全員から嫉妬を超えて軽く引かれてたんでしょ!?」

恥ずかしそうに顔を紅潮させる美男。

これだもの。そりゃあ女子がこぞって響一に構いたくなりますよ！

神様が右利きだとしたらきっと響一の顔は右手で描き、僕の顔は左手で描いたに違いない。

「神様のバカヤロー!!」

「バカ野郎はお前だー!!」

響一は空に叫ぶと悔しそうな顔でどこかへと走り去ってしまった。

泣きそうな表情を見るに、僕の想像は大方合っていたらしい。

そして同時に彼は女子に囲まれるのがあまり得意ではないようだ。

完璧そうに見えて残念なところが何となく親近感が湧く。

だからこそ、余計に女子を集めてしまうのかもしれないが。

「……てか、早く響一を捕まえないと」

一応僕のマウンティングを響一に見てもらい、フィードバックを貰いながら困った時には助けてもらう算段だったのだが。

月並から貰ったアドバイスのメモを見て僕は溜息を吐いた。たった少しの文章だが、見ているだけで胃がムカムカする。

「毒を食らわば皿まで、だな」

僕は頬を叩き、気を引き締めた。

2.

バトルを終えカフェテラス。月並と東雲さんと無事合流を果たした。

「――お疲れさまダーリン。結果はどうだった？」

「引くほど証奪えた」

「なんだか疲れてるわね」

「そりゃ大変だったよ。逃走した響一を説得して、あんな酷い演技させられたんだから――」

＊

テニスコートにて。

「ああもう違う違う！　ラケットはこうやって握るの！　で、もっと腰を低く！　……そう！　はい正面見て！　ああダメだよちゃんとボールを見てスイングしないと！　いい？　対角線にラインを切ったら今度は正面にステップで移動。で！　ここでこのストローク！　こうすれば相手の逆をつけるでしょ？　で、そこでここでラケットの握り方が生きてくるの」

野球場にて。

「うわ何でそこ振るかなー！　今のは外角高めでボール取れたでしょ〜。もっとちゃんと球を見て振らないと。それにスイングに腰が入ってないよ。はい素振りからやり直し！」

漫画研究会にて。

「いやニジプロはあれ原作読まないと本当の良さとか分からないから。アニメは時間の都合上でミサニーの葛藤シーンがカットされてるし、あの話の本質を何も描けてない。監督は作者の意図を全く汲めてないし、視聴者は作画の良さに騙されすぎ。正直、原作を読まずしてニジプロを語るのは恥ずかしいからちゃんと読んだ方がいいよ（笑）」

＊

月並に仕込まれた上で、響一の補助の二人マウントを取った。

素人がどや顔であのような指示をしてくればストレスは天井知らずだ。

ちなみに僕が行ったのは『アドバイス型』と呼ばれるマウンティング方法らしい。

新入部員が入った途端イキイキしだす万年ベンチの幽霊部員――通称『禁忌の者』

高校で元エースだったらしい野球ファンのおじさん――通称『武勇伝』

アニメは決して認めない原作厨――通称『原作原理主義者』

真似したのは3体の絶対比較主義者で、『じゃあお前がやってみろや』と反論したくなる余計なお世話だ。

確かにイラッとくるけどあれはマウンティングなのか？　という疑問は置いておき、ひとまずあっという間に証を10個集め終えられたから良しとしよう。

「東雲さんの方はどうだったの？」

「よ、よく分かりませんが集めることができました……！」

「おおそれは良かった！」

東雲さんは恥ずかしそうに微笑む。掲げた天秤時計には十個の証が灯っていた。

月並は嬉しそうに彼女を抱き寄せた。

「この子は天才よ！　こんなに可愛いのに『私より皆さんの方が可愛いですよ』とか『私、化粧とかよく分からないんです……』なんて言うの！　この策士、策士！」

「嬉しくないです～……」

謙遜をここまで曲解する人間がいるとは。

会話の流れを変えるため、僕は別の話題を振ることにした。

「全然関係ないけど、アバターってどんなのだろうね」

現在のバトルではＭＰしか表示されていないが、トーナメントバトルが始まる際には対戦をより盛り上げるため『アバター』なる存在が与えられると案内が届いたのだ。

「聞いた話では動物の姿をしたホログラムらしいな」

「動物？」

響一の言葉に首を傾げる。アバターとの語感から人形の何かだと思っていた。

「天秤時計で測定した精神的強さや攻撃性、周囲からの評価によってＡＩが性格を判断し、その人物に似た動物を最新ＨＵＤ装置でホログラフィー表現する。卒業生にＲＴＷ社と西尾情報システムの後継ぎがいて、実験もかねて数年前から実装されたシステムだそうだ」

「へー。ほー」

「自分から聞いておいてその反応か」

「ごめん。HUDとかホログラフィーとか、RTWとか聞いてもよく分からなかったから」

「知識型マウントね！　普通は知らない専門知識をあたかも一般常識のように語り『え？　知らないの（笑）』とマウントを取ったあと『仕方ないな。説明するとだな――』とドヤ顔で説明してくる隠密タイプよ。他にも『立ち上げる（ローンチ）』『最初から（ゼロベース）』『論理的（ロジック）』『優先順位（プライオリティ）』『余裕（バッファ）』『証拠（エビデンス）』など面倒な横文字を使って有能アピールをするマウンティングも知識型にはあるわ。耐性のない相手をイラつかせて冷静さを奪うデバフ効果があって、ベンチャー企業に憧れる学生や自称フリーランスエンジニアの人間に多い。因み（ちな）にこの手の人の口癖は『生産性が悪い』よ！」

「すまない千里（せんり）さん。ちょっと黙っててくれるかい？」

「ええ!?　どうしましょうダーリン、なぜかオコタンが私に強く当たってくるわ……」

「嫌われてるんだよ。分かったら潔く自決しな。侍だろ」

「違いますけど」

ウソ泣きを始めた面倒なマウント狂は聖母翼（つばさ）に任せ、僕らは真面目な話に戻る。

「まあ原理は良いんだ。皆はパチットモンスターって知ってるかい？」

「もちろん知ってるよ」

「あれに似たバトルを最新３Ｄ技術で表現する。その程度の理解で問題ないだろう」

「科学の力ってスゲー」

「あとＲＴＷは社名だな」

二十一世紀も終わっていないのにそんな物が見られるとは、流石は鷺ノ宮だ。

「えーパチモンに似てるってことはさ、進化とかするのかな進化」

「どうだろうな。俺がアバターの例えとしてあげただけで、鷺ノ宮があのゲームを参考にしたわけではないだろうし」

「あり得るんじゃない？　スキルも心境の変化によって変わることがあるらしい」

正常な状態に戻った月並が東雲さんに抱き付いたまま、再び話に交じってきた。

トーナメントは現在行っているフリーバトルとは違い、具体的な精神的ダメージが計算される。お題が1個与えられ、それをきっかけに会話を展開し、マウンティングへと繋げていく。いわゆるディベートに似ているそうだ。

だが、一番の違いはスキルが使用できること。

スキルは一人一人の性格によって効果が異なり、バトル中1回だけ使用可能だとか。因みに内容はトーナメント当日まで分からない。

「でも、性格によって効果が違うなんてどうやって決めてるんでしょうね」

「入学試験時の面接と適性検査で決められるらしいわ。あとは学内での行動によって変わるとか変わらないとか」

「入学試験の時からバトルの準備が始まってたんだ……」

しかし、スキルとはいよいよワクワクしてきたな。

僕の固有能力は一体どんなものだろうか。

全てを跳ね返すカウンタースキル？　はたまた全てを貫く一撃必殺スキル？

想像するだけで厨二心がくすぐられる。

「とりあえず、今日はやるべきことを終えたわけだし部屋に戻りましょうか」

月並が席を立ってそう言った。

「確かにそうだね。変にバトルを仕掛けられ証を失うのも面倒だ。早めに部屋に戻ろう。皆、お疲れ様」

響一の言葉に僕も東雲さんも頷いた。

しかし、こうも簡単にトーナメントに参加できることになるとは。

調子のいい話だが、結局は月並に感謝だ。明日は一日暇だし、思う存分ゲームに興じよう。

そう愉悦に浸りながら、僕は皆と別れた。

3.

「――」

スマホのバイブ音で僕は目を覚ました。

春の朝はまだ冷える。眼前、カーテンの隙間からは日の光が少しだけ部屋を照らしている。

こんな時間に電話をかけてくる馬鹿はどこのどいつだ。

もちろん、一人しか思い浮かばなかった。

僕はゆっくりとスマホに手を伸ばし耳元へとあてる。

「………もしもし……」

『おはようダーリン。まだ寝てた？』

「うん……」

『眠そうなところ悪いけど起きて。面倒なことになったわ』

やはり月並だった。

もう一度眠りたいところだが、この声を聞いた以上、二度寝するわけにもいくまい。

僕は嫌々ながらも体を起こし部屋の電気をつけた。

時間はまだ八時。登校時間まで1時間もある。

「一体何があったってのさ……」

『証がなくなってるわ』

「………？」

眠気もさることながら言葉の意味が理解できず、僕は返事ができなかった。

一旦スマホを置き、歯を磨いて顔を洗う。

ある程度頭をすっきりさせてから珈琲（コーヒー）を入れて、もう一度スマホを手に取った。

「どういう意味？」

『何当たり前のように会話を放棄してんのよ』

むしろ朝からこんなにハキハキ話せる月並の方がおかしいと言いたかったが、色々面倒なのでやめておいた。

『いいから天秤時計（マウンター）を確認してみなさい』

言われた通り僕は左手に付けていた天秤時計の画面を見た。

「……え？」

昨日、確かに10個集めたはずなのに、なぜか半分の5個になっていた。

『迂闊（うかつ）だったわ』

「どういうこと？」

『優劣比較決闘戦（マウンティングバトル）は逃げる姿勢を見せたら負け。それはアナタも知ってるでしょ？』

「うん。僕も初戦はそれで証を奪われた」

『私たちは昨日逃げてしまったのよ。「バトルそのもの」から』

「え。それはどういう――」

言いかけて僕は思い出した。

僕らは昨日、余計なバトルを仕掛けられないよう昼過ぎ――つまりは鐘が鳴る下校時刻前に自室へ戻った。その行為自体がタブーだったということだ。

『優劣比較決闘戦（マウンティングバトル）はプライドを懸けて戦う精神のバトル。どんな不利な状況でも憎き相手に余裕を見せつける。そんな目的の元に行われているのに私たちは部屋へ――つまり、対戦相手からバトルをしかけられない環境を作り出してしまった。その状況から戦う意志がないと判断されて、ペナルティを課されたのよ』

「謎に奥深いな」

だが今思うと僕らは授業時間にもかかわらず部屋に戻ったことになる。普通の学校でも授業をサボれば怒られるだろうし、納得と言えば納得かもしれない。

『とにかく今日は最終日だから、早めに算段を付けた方がいいわ。9時にカフェテラスに集合しましょう』

「分かった。行くよ」

いつの間にか目は覚めきっていた。

優劣比較決闘戦。

ふざけたバトルだが意外と厳密なルールがあるものだ。

初めは馬鹿にしていたが乗り掛かった舟。勝ちに行くと決めた以上、もう後には引けない。

僕は急いで制服に着替え、自分自身を引き締める気概でネクタイを締め、部屋を後にした。

「それで、どうやって集めきるか」

5個も証(あかし)が減ったにもかかわらず響一(きょういち)は冷静だった。

「最終日となると皆ある程度戦い方を把握している。俺たちと同じようにチームを組み、酷(ひど)いところは10人くらいで集団を作って他を寄せ付けないつもりだ」

そんなに固まっていられたらマウントを仕掛けても逆に袋叩きにされてしまう。

月並(つきなみ)の言い方で表現すると、昼さがりＯＬ給湯室の原理だ。

「私とオコタンはともかく、ダーリンと翼(つばさ)が問題ね」

「オコタンじゃない。……それはさておき、昨日みたいに一人での行動は難しいね。それにもう3日目だ。さすがに声をかけられたら基本的にバトルだとみんな理解している。無策で挑めば返り討ちにあう可能性が高いはずだ」

「バトルからは逃(のが)れられないから何かしら打開策を見つけないと……。ダーリンと翼の性格だと少し厳しいかもね」

何だか足を引っ張っているようで物凄(すご)く申し訳ない気持ちになった。

「あの、僕は試しに一人でやってみようか？」

「落ち着きなさい。ダーリンは最悪、また私とリア充マウントで無双すればいいわ」

「本当に最悪だな」

　すると響一が冷静な顔で言った。

「だけど、恋人独特の雰囲気を放つことでマウントを取らせづらくするのは良いかもしれないね」

「でしょ？」

「僕のメンタルを度外視した場合だけどな」

「ダーリンについてはもう決定事項よ。でもそうね……翼をどうするか。そして集団で組んでいる相手に私たちはどう対処するべきか。貴方たちってマウントをとるには性格が良すぎるのよ。恥を知りなさい」

「あれ、褒められてる？　怒られてる？」

　僕のツッコミに月並は溜息を吐いた。

「だからそこで説教をした私——つまりはマウントを取った私に言い返さないといけないの」

「月並ってブスだよな」

「殺すわ」

「言い返したのに！」

「そういう意味じゃないのよ！」

『佐藤零　ＶＳ　月並千里』

襲い掛かってきた月並を真正面から受け止める。とんでもない握力だ。彼女が動物園でゴリラの檻に紛れていても違和感がないくらいに。

優劣比較決闘戦はチームで作戦を練っているものの本来は個人戦。互いに互いをこき下ろす心理を天秤時計が感知したのか、勝手にバトルが始まってしまった。

「わわわ二人を止めないと……！」

「いや、もう二人は放っておこう。俺たちは俺たちであと五つ集める作戦を考えないと。特に東雲さん、君は月並さんの言う通り一番心配だ。マウントを取るには余りに気が弱すぎる」

「ご迷惑をおかけして申し訳ないです……」

「ああごめん。責めてるわけじゃないんだ。ただ、どうやってこの場を打開するべきかと思って」

「あの……私は大丈夫ですから尾古さんは先に集めちゃっていいですよ。これはあくまで個人戦なんですから」

「いや、スカウト組の生徒をSクラスに入れることはこの腐った序列社会に革命を起こすために必須。それに、ここに来て東雲さんを置いていくなんてできないよ」

「……ふふっ……！」

「……何で笑うのさ」

「いえ、尾古くんが凄くカッコよかったから」

「え……？」

「見た目も良くて勉強もできて、更には性格も良いなんて物語に出てくる王子様みたいです。女の子が尾古（おこ）くんを好きになっちゃう気持ち、分かるかもしれません」

「………」

「……どうかしましたか尾古くん？」

「え、あ、いや……そういった気持ちは凄（すご）く嬉しいんだけど……勉強とかもあるし、そういうのは困ると言うか……」

「え……？　あ……！　いや！　今のはそういう意味ではなくてですね!?　気持ち分かっちゃうなーって思っただけで、別にその告白的なアレではなくてですね!?」

「……あ！　ああそういう意味か！　ご、ごめん俺、勝手に勘違いしてしまって」

「い、いえこちらこそ変なことを言って申し訳ありません！」

「――ぐはあ！」

『WINNER　東雲翼（しののめつばさ）&尾古響一（きょういち）――LOOSER　佐藤零（さとうれい）』

「ダーリン！」

そのやり取りを見て僕は思わず吐血してしまった。

僕から東雲さんと響一の天秤時計（マウンター）へと証（あかし）が吸い取られていく。

「二人とも、何でダーリンから証をふんだくってるのよ！」

「ええ⁉　私たち何もしていませんよ⁉」

「初々しいのよ！　非モテのダーリンには効果抜群じゃない！」

「俺たちはそんなつもりなかったんだが……」

「これが無意識の力か……。ダーリン死んじゃだめ！　希望を捨てないで！」

頭部に月並の柔らかな太ももの感触が伝わると同時に、上方から悲しげな声が聞こえる。彼女の瞳には涙が溜まり、色硝子のような輝きを見せた。彼女が一度瞬くと、大粒の雫が僕の頬に落ちる。とても優しく、温もりに満ちた心の鱗片だった。その一滴に僕は全身の力が抜け、途端に瞼が重くなる。

どうやらここまでのようだ……。

「ど、どうせなら月並なんかじゃなくて、東雲さんと恋人のフリをしたかった……」

「やっぱ死になさい」

「いだい！」

頭に割れるような激痛が走った。気持ちの良い膝枕から一転、固い床へと叩きつけられ目を覚ます。

いや、こんな殺人に躊躇ない彼女絶対いやでしょ。

「で、どうする千里さん。俺は成績には少々の自信があるけど、マウンティングについては君の方が数段上。東雲さんのバトルの戦略に関して意見を聞かせてほしい」

響一の言葉に月並は「そうね」と自信満々に頷いた。

どうやらいい案を思いついているようだったので、僕もそれを聞くべく椅子に座り直した。

「今の翼とオコタンのやり取りを見てピンときたわ。翼は保護型の中でも天然型と自虐型の力を色濃く有する『特殊攻撃』の性質を持つ絶対比較主義者。複合属性を持つ者は個人の性格によって攻撃方法が異なるけれど、他人を利用してストレスを感じさせるその能力はかなり貴重で、上手くやれれば強力な攻撃を繰り出すことができるわ」

言っている意味が分からない。急いで座り直した僕がバカみたいじゃないか。

「す、すみません月並さん、私たちにも分かるように説明してもらえますか……？」

「翼が私のこと千里って呼んでくれるのなら教えて上げる」

「……？　お、お願いします千里」

月並は東雲さんの言葉に嬉しそうに笑うと彼女の頭を優しく撫でた。

どうやら月並は東雲さんを大層気に入っているようだ。

「いいわ、教えて上げる。『翼は本当に可愛いわね！』」

「ほ、本当にやめてください……！　私なんかより千里の方がずっと可愛いですよ……」

「これ！　これよダーリン、オコタン！　分かる？」

「うん。分かんないね」

「だから、この子はこれだけ可愛いにもかかわらず、貴方の方が可愛いですって自分を卑下しているの。これについてダーリンはどう思う？」

「自分の可愛さをひけらかさない良い子だなって思う」

「そう！　これだけ可愛い上に自分が可愛いことを自覚していないその言動。それを男子は『良い子』と捉えるのよ。でも『比較対象』である同性の女子は違う。『本当は自分の可愛さを知っているくせに愛想を振りまいている女』と考える人もいるの」

「偏見が凄いね」

「それは価値観の違いだろう……」

「価値観の違いからストレスが生じ、マウンティングとなるのよ」

訳の分からないことを言われているはずなのに、妙に納得してしまうこのもどかしさは何だろう。

「可愛さを価値だと思う人が翼を見たらストレスを感じる。逆に可愛さを価値だと感じない人——例えばサバサバ型はストレスを感じない。これを見極めるのが大切なの」

「あ、あの……あまり可愛いとか言わないでください……」

照れる東雲さんはこれまた可愛い。可愛いを否定して新たな可愛いを作り出すとは最強か？

でも確かに月並は東雲さんの言動に全く苛立ちを見せていない。

それは月並が自分の外見に自信があるからか、見た目に重きを置いていない性格だからだろう。

だが、自分より可愛い子が許せない人なら、自分の見た目を否定する東雲さんの言動は相当ストレスに感じるだろう。

「そして特殊攻撃は自分の良い所や悪い所を使って戦うのではなく、第三者を利用して戦う方法よ。翼はさっきから私やオコタンを褒めることで、他人にストレスを与えているの」

「「詳しい説明をお願いします」」

よりレベルの上がった解説に僕らは思わず声が重なった。

「つまり、既に高スペックであるはずの翼が私やオコタンに対して『可愛い』『カッコいい』ということで他人に『え？　アンタがそれ言うの？　アンタの方が可愛いって言ってほしいの……？』とそんな気持ちにさせることができるの。自分を貶すのではなく、他人を褒めてストレスを与える。さっき二人が言ったように人によっては翼の性格が良いと捉える人もいるわ。というか、大体の人は翼が良い人だと思って守ってくれる。だから翼は自虐型ではなく保護型に分類されるのよ」

初めは笑っていたが、これは確かに途轍もない心理戦だ。

まさか人間関係をここまで細かく分解して考えることができるなんて。

ここはマウンティングを崇拝する学校。

もしかしてマウンティングガチ勢は皆このような思考のもと、生活を送っているのだろうか。

だとしたら恐ろしい。色んな意味で。

「なら千里さん、東雲さんは見た目に重きを置いている価値観の人を探してバトルを仕掛ければ良いってことだね？」

「その通りよ」

「え、私、そんな明らかに相性が悪い人たちに声をかけなければいけないんですか……」

「でも二人とも、そんなのってどうやって見分けるの？」

「それは体系的に考えれば良いんじゃないか？　俺のイメージだけど、気が強くて見た目に気を使っている人間は、ある程度見た目に対するプライドが高いと思う」

「良い判断ねオコタン。ある程度自分に自信があって醜を見下す人間。ダーリンの言い方で表現すると、陽キャと呼ばれる人たちが集まる場所を当たりましょう」

「あ、あの……本当に私その人たちに――」

「ならショッピングモールに行くべき、で合ってるかい？」

「分かってるじゃないオコタン！　気が強くて顔の良い女子はマウンティングもある程度得意だろうし、きっと今頃、証を集め終わって遊びほうけているはずよ」

言うなり月並はスマホを素早く操作して僕らに画面を見せた。それはSNSの投稿。制服を見る限りウチの生徒がモールで買い物をしているところだった。

「これは……辻本炎華、井浦アヤ、立花梨沙子、中林絵里、川島真奈だね。父親の謝恩会で見かけたことがある」

「その通り。投稿を見る限り彼女たちは今、女子だけでショッピングに興じている。これは狙(ねら)い目よ」

「俺は彼女たちを知っていたものの面識はない。そこで質問だけど、東雲(しののめ)さんのマウンティングは彼女らに通用するのかい？」

「間違いないわ。辻本炎華(つじもとほのか)と井浦(いうら)アヤは私の中学校の同級生。他の3人は分からないけれど、あの二人と一緒にいるくらいだから通じるはず」

「そんな調子よくいくかな」

　僕が不安げに尋ねると、月並(つきなみ)は自信ありげに頷いた。

「大丈夫よ。この子、凄(すご)い秘密を隠してた」

「秘密って一体なんだい？」

「説明すると少し長くなりそうだから、まずは目的地へ向かいましょう。ターゲットたちがいなくなったら面倒だもの」

「それもそうだな。今は千里(せんり)さんと東雲さんの実力を信じるよ」

「あの……！　私の――」

「よし決まりね！　なら今すぐ彼女たちを倒しに向かうわ！」

「「おう！」」

「私のいけん～……！」

こうして東雲さんの証奪還作戦が始まった。

## 4.

『WINNER　佐藤零――LOOSER　鈴木裕也&佐久間正樹』

ショッピングモールへと向かうと、至る所で証を集め終えていない生徒たちがバトルをし合っていた。

個人戦だがやはり皆グループを形成しており、明らかに強そうな集団は戦闘を仕掛けられることもなく悠々と買い物を楽しんでいる。

月並に響一、東雲さんも見た目からか、あからさまに周囲から警戒されているのだが――。

「あ、佐藤ってアニメとか好きなんだ。俺アニメ業界に顔広いから何だったら好きな声優のサインとか貰ってきてやろうか？」

「いやでも悪いし――」

「えーすごーい小畑君！　千里も欲しい〜！」

『小畑勉　VS　佐藤零&月並千里』

「月並さん……！　いいよ！　誰がいい？」

「じゃあ田中譲一さんと、寺山宏二さんと、津田健三郎さんと、小塚明夫さんと――」

「え？　そこまで有名な人になるとちょっと……」

「（は？　そのレベルじゃないならいらないって言いなさい……！）」

「は？　そのレベルじゃないならいらない。期待して損した」

『ＷＩＮＮＥＲ　佐藤零＆月並千里――ＬＯＯＳＥＲ　小畑勉』

なぜか僕だけ死ぬほどバトルを仕掛けられる。

まあ途中で月並と響一が助けに入ってくれるから何とか連勝を収め、証も10個集め終わったのだが。

「どんだけ弱そうに見えるんだよ僕」

集め終わったのはいいものの、意に反してバトルを仕掛けられるため気を抜けば奪われてしまう。今は月並と響一になんとかガードしてもらっている状態だ。

「ダーリン今のは『精神的ブランド型』だから遠慮しちゃダメよ。ブランドでマウントを取ってくる相手には興味ないと言って馬鹿にするか、それ以上のブランドで潰すしか倒す方法がないわ。『屏風から虎を出して見せよ一休』レベルのムチャぶりをかました後、鼻で笑ってやるのが一番効果的なの」

「僕は一体何をしてるんだろう……」

今頃ふつうの高校生たちは新たな出会いや部活動に心を躍らせ楽しんでいるのだろうな。

悲し気に勝利の味を噛みしめていると皆が足を止めた。

そこは生涯、僕が訪れることはなかったであろう高級ブティック。

ショーケースから中を覗くことさえ緊張してしまいそうな有名ブランドばかり揃えられている。

「ここが戦場よ」

全てを台無しにするセリフに僕はむしろ緊張がほどけた。

「またここに入ることになるなんて……」

同じく庶民である東雲さんは逃げ腰だ。しかし月並はやる気だった。

「このエリアに生息するのは中心型と自称サバサバ型、あとは否定型にブランド型ってところね。稀に評論家型とアドバイス型もいるだろうけど、ここまでの高級店となると恐らくいないわ」

「生息なんて、モンスターじゃあるまいし」

「まあ、マウンティングモンスターではあるけどね」

「怖いです……」

僕たちの反応もそこそこに、月並はドアに手をかけ開く。

上品な鐘の音が鳴り、綺麗な店員さんが出迎えてくれる。

この学園内の施設で働く人たちもみな鍛えられているのか品のある雰囲気で、やはり僕のような庶民は圧倒的な高級感に怯む。

東雲さんも同様に少し怯えた様子だ。

「本日はどのようなものをお探しでしょうか」

「ああ大丈夫です。自分たちで見て回りますから」

僕らが悠長に買い物をしにきたわけではないと知ってだろう、月並の言葉に店員さんは潔く引き下がった。

中へ入ると同じ色のネクタイを着けた女子生徒が数人、楽しそうに服を見ていた。しかし僕らの姿を捕らえた途端、何かを察したような表情で奥へと去っていった。まるで敵を見つけた働き蜂のようだ。自分たちの巣を荒らす者が現れたと、仲間や女王に伝えに行ったのだろう。

僕らは月並に続いた。

「それで月並、僕らはこれから何をするんだ？」

ここで戦うと聞いたものの、僕らはまだ戦略を教えてもらってない。僕の問いに月並は笑うと、横にあった服を手に取って言った。

「着せ替え人形ごっこよ」

「あ、あの、これは一体……！」

試着室のカーテンが晴れると絶世の銀髪美少女。淡い桃色のミニスカートに白のニットとシンプルだがフェミニンな雰囲気で、制服とは違った可愛さの東雲さんが現れた。

「え！　翼ったら本当に可愛い！　何なの？　本当に何なの？」

「しゃ、写真を撮らないでください！」

「SNSに上げていい？　タグ付けしていい？」

「タグ付けはやめてください！」

「響一。僕らって今何してるの……？」

「奇遇だね。俺も今そう思っていた」

月並は恥ずかしがる東雲さんに洋服を渡しては次々と着替えさせた。

オーバーサイズのパーカでラフに決める時もあれば、ロングスカートにフリルの付いたシャツと上品な姿。はたまた全身を黒で覆った上にチョーカーを付け、モードでヤンチャに見せることも。

次々と現れる東雲さんは毎回着せられる服の系統が異なったが、可愛いという点においては同じだった。

「響一。僕はこの行いの意味が全く理解できないけど、今すっごく幸せだよ」

「それは良かったな」

僕たちはさながら奥さんの買い物に付き合わされる旦那さん。「これなんて可愛くない？」という月並の言葉に「ああ、良いんじゃない」と言うだけの存在だ。

特に響一（きょういち）なんて本当に可愛（かわい）い女子には興味がないようで、着せ替えを楽しむ二人の様子に少し疲れた顔を見せていた。

「――ねえダーリンダーリン！」

「――――」

呼ばれたので顔をそちらへと向けると、そこには黒を基調としたワンピースをレザーのベルトで絞めた大人可愛い月並（つきなみ）がいた。

そして彼女は太陽のような明るい笑みを見せた。

「どう？　可愛い？」

僕はまるで本当の彼女に問いかけられたかのような気分に陥った。

男女共に憧れるアパレルデート。気分が上がる彼女だが、男にはその良さが分からず早く帰りたいと内心ウンザリ。思わず素っ気なく返していると彼女の機嫌が悪くなり、怒らせてしまう。必死に謝って、何とか許してもらった帰り道、これも良い思い出だね、と二人で笑う。

そんな、青春の一ページ。

僕は思わず笑ってしまった。そして、察してしまった。

『……これも、マウンティングなんだ……』

天秤時計（マウンター）には『月並千里（せんり）　VS　辻本炎華（つじもとほのか）』の文字。

そして店の奥を見つめる月並と、それを睨（にら）み返す辻本さんなる人物。

丁寧に巻かれた髪の毛は燃え盛る炎のように赤く、視線は獰猛な肉食獣のように鋭い。極限まで丈が詰められたスカートからは健康的な肌が露出しており、自信満々で自己主張の激しい性格が見て取れる。

二人は睨み合うと互いに鼻を鳴らして笑った。

今までのやり取りも、月並のセリフも、奥にいる陽キャラ軍団へバトルを仕掛ける布石でしかなかったようだ。

少しでもときめいてしまった僕の純情を返してほしい。

だが、バトルと分かればもうやることは一つ。

僕は彼氏として、月並の茶番に付き合ってやるだけだ。

「あー可愛いけど、こっちの方が似合うんじゃない？」

この行為のどこがマウンティングなのかは知らないが、月並に乗っかり彼女たちから証をふんだくってやる！

「えー千里こういうの趣味じゃな〜い」

「じゃあどういうのが良いの？」

「うんとね〜――」

月並は僕の腕を掴んで店の奥へと進み始めた。彼女はあたかも好みの服を探すかのように棚を見ながら、じりじりと陽キャ軍団へと寄っていく。明らかに僕らの声が聞こえるように意図している距離感だ。

「私ああいうのが好き！」

そう言って指さした棚の前には、僕なら一発でビビり倒す陽キャラ女子軍団の姿。辻本さん一人でもかなりの威圧感があったが、集団ともなれば迫力もさらに増す。

「ちょ、ここに来て怖くなってきた……！」

「何言ってるのよ……！　いい？　今からここに私たちのテリトリーを形成するわ。まるでここが自分たちの所有物であるかのように堂々と振る舞いなさい。彼女たちみたいなプライドの高い人間は自分たち以外が豪奢な態度を取ることを嫌うわ。いわばこれは教室内で起こる陣取り合戦。『昼休みに騒いでいい陽キャラVS昼休みに騒ぐことを許されない陰キャラ』の戦いよ……！」

確かに中学のクラスでは目立たない者が騒いではいけないと、一部の人間たちから謎の圧があったな……。

なるほど住処を奪うことで強さを証明する。

それこそ野生動物のマウンティングのような行為をしているわけか。

でもどうやってその縄張り争いに勝利しようというのだろう。

疑問に思っていると月並は僕の腕を引っ張ったまま、遂に陽キャラ軍団の横に付いた。『これあの有名なデザイナーのやつ！』とか『これとか炎華似合うんじゃない？』とか、彼女らは会話を続けながらも明らかにこちらへと視線を寄せていた。その様子はまるで獲物が寄ってきた時に見せるワニの目つきで、僕は思わず緊張した。

しかし月並は気にせず洋服を一つ手に取ると「可愛い～」と呟き、響一と東雲さんの方を見て手を振った。

「二人もこっちに来てよ！」

彼女はどうしてこんな自然な笑顔で笑えるのだろう。

呼ばれた二人は遂に始まるのかと緊張じみた面持ちでゆっくりと近づいてくる。

すると突然、陽キャラ軍団の一人が大声で言った。

「えーこれ今超人気のブランドだぜ!?　アヤ知らないの～？」

不自然なその声に一体何かと思ったが、友人を参戦させる反撃の一手なのだと察した。

薄桃色の髪をサイドテールにしたアヤなる陽キャも、唐突な弄りに少し遅れながらも反応した。

「……え？　え？　──あ……！　ごめんごめん。最近彼氏の束縛がしつこくてトレンド追えてないんだよね」

「うわ出た自虐に見せかけた彼氏自慢」

「アヤまじで性格悪いわあ」

「アヤの彼氏イケメンだけどちょっと重いよね～」

辻本さんの言葉を皮切りに騒ぎ出す他の女子3人。

　この雰囲気を僕は知っている。昼休み、クラスで騒いでいる陽キャラ軍団の圧。ここで口を閉じてしまえば最後、教室の支配者は彼女たちとなってしまう！

　僕は対抗するため焦って言葉を紡いだ。

「えーでも僕はこういうのが好みだけどな」

「ダーリンセンスなーい。――ねえねえ翼とオコタンはどっちの方がいいと思う？」

「――え？」

「急に何だ……？」

「響一もこっちの方がいいよな？　な!?」

「翼はこっちがいいに決まってるわよね？　ね!?」

　状況を理解できていない二人に僕らはすかさずフォローを入れた。

　僕らのおかしな言動に何かを察したのか二人はすぐさま慌てて言った。

「あ、ああ！　俺も零に同感だな」

「わ、私は千里の言った方が好みかな～……」

「ええ!?　オコタンセンスなさすぎ！」

「東雲さん、別にこいつに気を使わなくたっていいんだからね？」

「てかアヤの彼氏ってどこ高だっけ？　今度、彼氏君に友達紹介してって言ってよ」

「ああそれいいね～！」

「は？　お断りだわそんなの」

二つのグループが楽しそうに大声で会話を交わすカオスな状況。

ガヤガヤとした空間は僕らの声を更に大きくさせ、それに比例して熱量も上がっていく。

「絶対こっちの方が可愛い！」

「いいじゃん男紹介しろよ～！」

互いに主張し合い意地を張り合うグループ。

残念ながらクラスに二つもリーダー格は存在しえないわけで、どちらも主導権を譲らないとなれば――。

「「いった！」」


全面戦争の始まりである。


「ご、ごめんなさい見てなくって」

「こっちこそわりいな」

ぶつかってしまった月並と辻本さん。

二人のリーダーがぶつかり合った途端、辺りは静寂に包まれ、互いに謝罪の言葉を述べた。

しかし相手を尊重しようなどとの意思は一切含まれていない。

「ってあら？　炎華じゃない。奇遇ねこんなところで」

「おお月並か。……紹介するぜ皆、こいつは中学でクラスメイトだった月並千里。まあ、紹介しなくとも知ってるか」

白々しい挨拶を笑顔で交わしたリーダーたちは、すぐさま次の段階へと会話を移行させた。

「あ！　その服すっごく可愛い！　それって今人気のやつよね？」

月並が先に仕掛けた。辻本さんは指された服を一瞥すると楽しそうに笑って頷いた。

「だよな！　ほら言っただろアヤ。これ知らないのはヤバいって」

「うるさいな。ほっといてよ」

「そんなんじゃ彼氏に嫌われちゃうよアヤー」

「むしろ教えずに別れさせるもあり」

「それめっちゃうける」

「だよな。月並からも何か言ってくれよ」

『月並千里　VS　辻本炎華&井浦アヤ&立花梨沙子&中林絵里&川島真奈』

僕は相手4人が一気に参戦した状況を見てマズいと思った。

マウンティングについて僕は全く理解できていない。

しかし、これをクラスの覇権を巡る戦いに置き換えればこの状況を少しは理解できる。

辻本さんは月並に話しかけられた後、アヤさんに話を振ることで個人戦を免れたのだ。

例えば先ほどの言葉で『そうそう！　月並もこれが好きなのか？』と返事をしていたのならば、月並が『うん凄く好き！』と返事をし1対1の構図となる。

しかし仲間へと話しかけたことで他の生徒が『月並さんもこれが好きなの？』や『アヤこのブランドも知らないとかヤバくない？』と自然と月並に話しかけられる。1対複数の構図にできるのだ。

僕らがグループになって戦う理由は話しかけにくい雰囲気を作るため。集団の圧でマウントを取り、立場を優位に保つためだ。

つまり今この瞬間、会話に交ざらなければ月並が彼女たちと関係性を構築したのち僕らを紹介し『あ、月並の彼氏です。よろしくお願いします』と低い位置から会話をスタートさせることになってしまう。

僕は陰キャとして中学の頃その苦しみを痛いほど味わった。彼女たちと対等に会話を始めるには、今この瞬間、無理やりにでも複数対複数の構図を作らなければならないのだ。

僕は月並の肩を掴んだ。

「えー月並はこういうの似合わないと思うけどなあ」

『月並千里&佐藤零　VS　辻本炎華&井浦アヤ&立花梨沙子&中林絵里&川島真奈』

あちらはあちらで会話を楽しんでいる。ならこちらも同じことをするだけだ。

僕の考えは間違っていなかったようで、月並は卑しく笑ったのち東雲さんに振り向いた。

「洋服は似合う似合わないじゃなくて好き嫌いで決めるんです～。ね、翼！」

「え！　そ、そうですね……！」

『月並千里&佐藤零&東雲翼　VS　辻本炎華&井浦アヤ&立花梨沙子&中林絵里&川島真奈』

「可愛いか可愛くないか聞いてきてその答えはズルくない？　ねえ響一」

「一理あるね。それに千里さんは零の彼女なんだし、好みくらい知っていて損はないんじゃないか？」

『月並千里&佐藤零&東雲翼&尾古響一　VS　辻本炎華&井浦アヤ&立花梨沙子&中林絵里&川島真奈』

響一は状況を理解し始めたようでかなり積極的に会話を進めてくれた。

「彼氏の顔を立てるためにも一回試着してみたらどうだい？」

かなり良い雰囲気だ。あちらのペースに巻き込まれずに済んだ。これだけ存在を主張しておけば自然な流れで会話に介入できる。

「えーでも私アレがいい～」

「それならどっちも着てみりゃいいじゃん」

月並の言葉に辻本さんは笑い、持っていた服を手渡した。

「貴方が買おうとしてたはずなのにいいの？」

「いいぜ。別に見てただけだし」

「ありがとう！　じゃ、翼も着よ？」

「え!?　私も？」

月並に無理やり連れられ東雲さんは試着室へと入っていった。

元よりこれは東雲さんの証を集めるための決闘。きっと何かしら策略があるのだろう。

「アヤも試着してこいよ」

「何で私が」

「このブランド知らないのは現役女子高生としてマズいって。彼氏に幻滅される前に女子力磨いときな」

「余計なお世話だから」

そう言いながらも彼女は素直に試着室へと入っていった。

ここから先は僕もどうなるのか分からない。

一体、洋服を使ってどんなマウンティングを行えるというのか。

不安に思いながら成り行きを見守っていると、誰かに肩を叩かれた。

見ると赤髪の彼女、辻本さんが楽しそうに笑っていた。

「ウチ辻本炎華。よろしくな、月並の彼氏クン」

「……佐藤零です。よろしく辻本さん」

「そっちは尾古響一くんで間違いねえよな？」

「ああそうだね」

丁寧に巻かれた髪を弄りながら話しかける辻本さん。月並がいないからか余裕が見られた。

「あの月並と手を組むって何だか面白れえな。二人はあいつがどんな奴だか知ってつるんでんの？」

「それはどういう意味？」

「佐藤ってスカウト組だろ？　一般人だから分からないのかも知れねえけど、月並千里って私たちの世界ではかなりの変人で有名だし、付き合う人間がいるんだって驚いちまった」

不躾な言い方に僕は少しだけイラッときた。

「言いたいことがあるならちゃんと言ってよ」

「別に？（笑）」

『佐藤零に１００１のダメージ』

辻本さんの言葉に対して残りの生徒３人がクスクスと笑い出す。

まずい。このペースに乗せられたら相手の思う壺だ。

僕はにこやかに笑った。

「月並って有名な人だったんだ。辻本さんの言う通り僕ってスカウト組で色々分からなくてさ。この学園って凄い人たちがたくさん集まってるみたいだけど、辻本さんの家はどんな企業なの？」

「ウチは主に化粧品だな。大子堂って聞いたことねえ？」

「ああ！　確かにＣＭ見たことある！」

素直に凄いと思ったが、それ以上彼女が何かを仕掛けてくることはなかった。

辻本さんの取り巻きも仲間内で会話をしていて、月並がいない今のうちに僕らを潰しておこうなどという意志は感じられない。天秤時計を見る限り全員証を集め終えているようだし、あくまで彼女たちが警戒しているのは月並だけなのだろう。

「この学園って本当に凄いお金持ちが集まってるんだね……。そういえば響一も月並のこと知ってたみたいだけど、上流階級が集まるパーティーでもあるの？」

「上流階級かは知らないけど、確かに月並さんは有名だったな。俺のとこにも噂は入ってきてたし。年に一回は謝恩会のようなものがある。鷺ノ宮から招待状が届くんだ」

「尾古だってウチらの間ではめっちゃ有名だったぜ？　官房長官の息子は超イケメンだって噂だったからな」

「で、ガセだったわけだ」

「いや、期待以上っしょ」

「……零、だから何で睨む」

「は？　睨んでないけど？」

「歯がギリギリと音を立てているが」

再び女子から告白紛いのことをされて羨ましいなど決して思ってませんが。

そんな会話を続けながら待つこと数分。カーテンの中から制服姿の月並が出てきた。

「おいどうした月並、ウエストがきつくて入らなかったか？」

「いや、バストがきつくって（笑）」

『辻本炎華に２９００のダメージ』

僕は思わず吹き出しそうになってしまった。

あくまで他意はないと言いたげな自虐的な表情に、大きな胸を強調する動作。

『ああ、これは確かにウザいわ』とその華麗なマウンティングに納得せざるを得ないと同時に、全てが相手にストレスを与えるために意図的に発言しているのだと思うと、その戦略性には本当に感服せざるを得ない。

辻本さんは意地悪をしたつもりだったのだろう。しかし月並の方が一枚上手。

綺麗に反撃された辻本さんは悔しそうに舌打ちをした。

「アヤまだー？」

「んー、もうちょいー」

「翼も大丈夫ー？」

「は、はい大丈夫です～……！」

僕はドキドキしながらその時を待った。

月並の実力は確かなものだ。見た目も成績も良くて自信がある。

東雲（しののめ）さんはどうか。可愛（かわい）くて真面目な性格だが、少し自信なさげで控えめだ。

僕だって気の強い性格ではないが、相手の上に立つ必要があるのだと考えればある程度のするべき言動が分かる。が、優しい東雲さんは相手にストレスを与えることはできるのか。

だが、勝算があるから月並はバトルを仕掛けたはずだ。彼女たちを信じるしかない。

不安に思いながら行く末を案じていると、ほぼ同時に試着室のカーテンが開いた。

「「「おお……！」」」

東雲さんは肩だしのトップスにショートパンツ。アヤと呼ばれている子はフリルの付いたシャツにチェックのスカートと、どちらも系統は違うが両者ともに個性が引き立てられ非常に可愛らしく、皆思わず同時に声を上げた。

すると東雲さんが僕と響一（きょういち）を見てすぐにカーテンの裏へと隠れた。

「あ、あの千里（せんり）……この服、肩の部分が凄（すご）く恥ずかしいです……」

「そのくらいで何言ってるのよ。ねえオコタン？」

「ねえとか言われても……俺、別にこういったのに興味ないし」

恥ずかしそうに顔を伏せた響一を見て、月並は溜息を吐（つ）いた。

「翼を慮（おもんぱか）る気持ちは分かるけど、もう少し言い方あるでしょ」

「そうだよ響一！　東雲さん安心して、僕は興味津々だから！」

「ダーリンは千里だけ見てればいいの！」

「いだだだだ首がフクロウのようにいいい！」

せっかく褒めたのに、東雲さんが更に恥ずかしがってしまい、僕は月並に首を180度曲げられてしまった。

もう余計なことは言うまい。

月並は僕から手を離すと相手グループに聞こえるよう大声で言った。

「いやあでも翼は流石ね～。同じブランドでも着る人が違うとこうも印象変わるか～」

遂に始まった優劣比較決闘戦。月並は悪意のない物言いで二人を比較しアヤさんを傷つける。

『井浦アヤに920のダメージ』

「言われてんぞーアヤ」

「うっさい！　どうせ私に清楚系なんて似合わないから」

辻本さんの言葉で相手のグループにどっと笑いが起こる。なるほど、笑いの空気に変えたことで精神的ダメージを最小に抑えたわけか。

途轍もないチームワークだと感心すると共に、とっさの判断でカバーに入った辻本さんもまた猛者なのだと悟った。

「翼的にはどう？　凄く可愛いけど、気に入った？」

「え？　あ、はい！　とても素敵です！　でも、私には少し可愛すぎるかもしれません……」

月並が褒めると東雲さんはいつも通り謙遜した。

今の月並の行動は東雲さんを狙ったものではなく連携技。彼女が否定するだろうと分かった上でパスをしたわけか。

関心する暇もなく月並は再びパスを東雲さんに流した。

「えーそんなことないわよ！　セクシーで翼の魅力がぐんと増してる！」

「私お肌に自信ないしこういうのはダメですよ……」

〈井浦アヤに4099、立花梨沙子に7011、中林絵里に892、川島真奈に4991のダメージ〉

肩を抱いた翼さんの肌は色白でスベスベだ。

その発言とギャップのある謙遜をシステムが自虐型マウンティングと判断したのか、東雲さんの発言に相手グループはダメージを受けた。しかし、

「――いや、翼ちゃん肌超きれいじゃん」

謙遜する東雲さんを肯定したのはあろうことか、敵であるはずの辻本さんだった。

どういうことだ。

〈辻本炎華に0のダメージ〉

「な――！」

疑問に思ったのと同時に僕は驚きで声を上げた。

無傷。

他の生徒はダメージを受けたというのに、辻本さんは寧ろ納得したように笑っていた。

彼女は颯爽と東雲さんの元へと寄ると、彼女の肩を触りながら顔を覗き込んだ。

「こんなスベスベの肌どうやったら手に入るわけ？　普段どんなケアしてるの？」

「え……いや、そんな特別なことはしてないです……。普通にお風呂入ったあと保湿するくらいで……」

「えーマジかよ！　どれだけ神様に好かれてんだよ……」

ぷにぷにと東雲さんのほっぺをつつく辻本さん。

彼女は羨ましそうな表情を浮かべた半面、次の瞬間低い声で「でも確かに」と続けた。

「翼ちゃんにはその服あんま似合ってないかもな」

「そ、そうですよね。私って童顔で子供っぽいし、こういう大人な洋服は――」

「そうじゃなくて、庶民のアンタがブランド物を着ても映えないっしょ」

〈東雲翼に6900のクリティカルダメージ〉

突然放たれた言葉のナイフに東雲さんはダメージを受ける。どう対処すればいいのか困っているようだ。

「なんつうか、服を着てるってよりは着せられてるように見える。実際自分でもそう思うっしよ？」

「は、はい……」

〈東雲翼に2883のダメージ〉

東雲さんも思わず相手の言葉に同調してしまう。

「そんなことはない」と否定したいところだが、優劣比較決闘戦はメンタルの勝負。いくら励まそうと自己肯定感の低い東雲さんはずっとダメージを受け続けるだろう。

僕は黙ったままの月並に急いで耳打ちした。

「おい月並……！　何とかして助けないと……！」

しかし次の瞬間彼女が見せたのはあろうことか極上の下卑たる笑顔だった。

「もう手は打ってあるわ。後は翼が自分の力を発揮できるかどうか」

「お、お前まさか……！」

月並は頷いた。

こいつは試着室に入る際、こうなることを見越して既に東雲さんに助言をしていたのだ。

あまりの計画性に僕が驚愕していると、月並はキラキラと期待を込めた瞳で言った。

「遂に始まるわ！　保護型道化師のマウンティング！」

月並の言葉と同時に相手グループは東雲さんを潰しに畳みかけた。

「ちょ炎華、可哀想だからやめてあげなって〜」

「でもその通りじゃない？　見栄を張るために一着だけブランドもの買ったって周りから馬鹿にされるだけっしょ」

「確かにそうかもね。なら初めからプチプラで統一した方がいい」

「でしょでしょ!?」

「みんなして別にそこまで言わなくていいじゃん。それぞれ好きなもの買えばいいんだからさ。ね？　翼ちゃん（笑）」

〈東雲翼に7298のクリティカルダメージ〉

彼女たちはあからさまに心にもない言葉を並べる。まるで草食動物が獰猛な肉食動物に囲まれ嘲笑われているようだった。

東雲さんは彼女たちに笑われ静かに試着室へと戻ろうとした。しかし辻本さんは逃がさない。

「あれ翼ちゃん。それ買わねえの？」

「……はい。買いません」

その言葉に辻本さんはにやりとした。最後に追い打ちをかけようとしたのだろう。

しかし――。

「だって、これ私すでに持ってますから」

「は？」

そう言った東雲さんの瞳は一切笑っていなかった。

辻本さんは唐突に強気な東雲さんに面食らっていたが、状況を自分なりに整理したのか次第に笑みをこぼした。

「ああそっか。少ないお小遣いを頑張ってためて――」

「私は要らないって言ってるんですけど、男の人たちがしつこくブランド物を渡してくるんですよね。だから私、自分でお洋服買うこと滅多にないんです（笑）」

『辻本炎華に1022、井浦アヤに5111、立花梨沙子7299、中林絵里に4330、川島真奈に8003のダメージ』

東雲さんの放った言葉に辻本さんの取り巻きたちはみな一様に貫かれた。

唯一動けるのは辻本さんただ一人。彼女は攻撃を食らっても平然とした様子だった。

「い、いくら勝ちたいからって見栄張りすぎだろ。んな嘘いくら吐かれたってウチは信じ――」

「#謎の美少女現る」

「……は？」

「検索してください。証拠、ありますから」

僕は辻本さんに同じく一瞬思考が停止した。聞くにSNSのタグ付けのようだが……。

「あ――!!」

僕はとある過去の出来事を思い出し、急いで検索にかけた。

そうだ。お洒落に疎い僕だって聞いたことがある。

1年ほど前にＳＮＳでトレンド入りした謎のタグ付けだ。

内容としては千年に一度の美少女が現れたとのことだったが、その少女の詳細は一切不明。写真は口元がマスクで隠されていたものの、確かに物凄く可愛く、同級生の間で話題になっていた言葉だ。

「うわ……」

僕は検索で出てきた写真の中の美少女と、目の前にいる美少女を見比べた。

真っ白な肌。大きな瞳。滑らかな銀髪。優しい表情。

お気に入り数驚異の１０００万超えの美少女は、間違いなく東雲さん本人だった。

〈辻本炎華に１４２９２のクリティカルダメージ〉

数字が東雲さんの可愛さを表わしてくれている。撮影用にしっかりと化粧をされたのか、東雲さん特有のぴょんと跳ねた髪の毛は無造作で大人可愛い。まるで女優の寝起き姿を撮影したかのようだ。辻本さんも可愛いが、たとえ彼女が同じ写真を撮ったとしても１０００万人がお気に入りなどしないだろう。

その事実を悟ってしまったのか、先ほどまで浮かべていた辻本さんの余裕の笑みはいつの間にか消え去り、毒でも盛られたかのように動けなくなっていた。

東雲さんは自虐的に笑った。

「私、洋服自体あまり興味がないんですよね。どれだけ地味な服を着ても目立ってしまいます

から」

冷徹な表情を見るだけでも空恐ろしくて、味方である僕もMPを削られてしまった。

そして——。

「というかブランド品って自分で買うものなんですね。私、男の人がプレゼントするために存在してるんだと思ってました」

猛撃。

「見た目が良すぎると変に意識されるから本当に困るんですよね。男友達の彼女さんには無条件で嫌われますし」

「あーホント」

強烈な一撃が、僕らの精神を襲った。

「モテすぎるのも考えものですね（笑）」

『ＷＩＮＮＥＲ　東雲翼＆月並千里＆佐藤零＆尾古響一——ＬＯＯＳＥＲ　辻本炎華＆井浦アヤ＆立花梨沙子＆中林絵里＆川島真奈』

塵芥など眼中にない。鼻で笑った東雲さんは面食う彼女らを粉微塵に吹き飛ばすと試着室に戻る。そして制服に着替え直し辻本さんたちを一瞥してやると、鼻を鳴らし堂々とした足取りで退店していった。

「響一、今のって、演技だよね……？」

「演技だと、信じたいな……」

天使の裏側を見てしまった僕らも。恐怖に体を震わせながらお店を後にした。

『――お知らせします。第1学年クラス分け優劣比較決闘戦(マウンティングバトル)、3日目が終了いたしました。現在、証(あかし)の数が10に達している生徒は明後日のトーナメント戦に控え十分な休養を取ってください。繰り返します――』

「「しゃー！」」

16時を回った頃、チャイムと共にバトル終了のアナウンスが流れた。

辺りではトーナメントへの参加が決まったのであろう生徒たちの歓喜の声。反対に参加資格が剥奪(はくだつ)された生徒たちの落胆の声も聞こえる。

僕はというと、もちろん前者だった。

「やった！　やったよ！　やったね皆！」

僕が喜ぶ半面、なぜか仲間たちは皆そこまで嬉しそうではなかった。

「どうしたのさ皆。そんな人を憐(あわ)れむような目で見て」

「Sクラスに入るにはトーナメントで3回勝つ必要がある。俺たちはまだスタートラインに立ったに過ぎないからな」

「確かに喜ぶのは少し早いかもね」

「私はあんな方法で証を集めてしまいましたから……本当は読者モデルの依頼を断り切れなくて、嫌々写真に写ったら少し有名になっちゃっただけなのに……」

「そうだね。マウンティングで勝っても素直には喜べないよね」

「この程度で喜んでいたら他の生徒に『え？　参加権利を得ただけで何をそんなに喜んでるの？（笑）』ってマウントを取られるでしょうが」

「お前だけ全く共感できねえよ」

　でも自分自身、浮かれすぎだったと思う。

　最終目標は最上位クラスであるSクラスに入ることなのだから。

　そう反省していると、月並が席を立って僕らに言った。

「よし。それじゃあ今日の夜は誰かの部屋でお祝いパーティーよ！」

「僕の反省を返せよ！」

「まあお祝いというのは半分冗談で、明後日のバトルについて最大限の策を練るわ。トーナメントは完全に個人戦。私やオコタンはもちろん、ダーリンと翼は特に大変なんだから」

　なるほどそういうことか。確かにそれはありがたい。

　そう思っていると響一も頷いた。

「じゃあ材料を持ち寄って料理でもしないか。明日は準備期間で1日休みだし、俺たちもまだ出会って3日の関係だ。仲を深めるためにもいいと思うんだが」

「わあ！　凄く面白そうですね……！」

「いいわね。じゃあ18時集合にしましょうか」

「誰の部屋でやる？」

「『ダーリン』『零』『佐藤君』の部屋で！」

「即答かつ満場一致かい……」

僕の部屋にそんなに入りたいのだろうか。

それともこいつら、何か見せられないものでも部屋に置いてあるんじゃないだろうな……。

疑念を抱きながらも僕は渋々承諾した。

5.

18時前、部屋の呼び鈴が鳴った。インターホンを見ると東雲さんの姿。

僕は緊張しながらドアを開け、彼女を部屋に上げた。

「わあ、凄く整頓されてますね」

「引っ越してきたばかりだからね」

というのはフェイク。引っ越し直後に部屋に友達を上げる、ましてや女の子を部屋に入れる経験がなかった僕なので散らかし放題だった。だが、東雲さんにそんな惨状を見られるわけにもいかないため全力で掃除をした。20畳のリビングとかいう贅沢極まりない間取りに、荷物を散乱させていたために時間もかかった。

「クッションどうぞ。あ、座椅子がいい？」

「私は大丈夫ですよ……！　佐藤君が使ってください」

「いやいやお客さんを床に座らせるわけにはいかないから」

誰かを部屋に招くことなど想定していなかったからクッションすら人数分はない。

僕と月並は床に座ればいいだろう。

東雲さんに座椅子を譲ると申し訳なさそうに座ってくれた。

「「………」」

そして訪れる静寂タイム。

今思うと東雲さんと二人きりになるのは初めての経験。

女子に対する耐性がゼロの僕にとってこの空間はありがたくも苦痛だった。

「そ、そういえば東雲さんは何を持ってきたの？　結構な荷物だけど」

気まずい沈黙を掻き消すべく僕は当たり障りのない会話を始めた。

「私はタコ焼きなんかどうかなって。友達だけのパーティーなんて初めてだから少しはりきっちゃいました」

「おおーいいねタコ焼き！」

わざわざ重たい機械まで持ってきてくれてありがたいことだ。

「佐藤君は何ですか？」

「僕はチーズフォンデュにしたよ。ご飯ものが被ったらお腹いっぱいになっちゃうし、おかずも必要かなって」

「うわあいいですね！　私チーズ大好きなんです！」

「ホント!?　それなら良かったよ」

花咲くような笑顔に僕も思わず心が躍る。

何だこれ一人暮らし最高か？

この学園に入学して初めてまともに嬉しいと思ったかも知れない。

「早めに準備したいから台所を借りていいですか？」

聞いてきた東雲さんの姿に僕は思わず意識が飛び掛ける。

本当に何だこれ。こんなのまるで同棲中の恋人同士のようじゃないか。

いかんいかん。いくら女の子に縁がないからって友達をそんな目で見てはいけない。

東雲さんはあくまで友達として接してきているんだ。……いやでも仕方なくない？　これだけ可愛い子が自分の部屋で笑ってたらトキメイちゃうのも仕方なくない？

『もういっそのことコクっちまえよ。嫌いな男の部屋に一人で上がり込むわけがない。押しに弱そうだしワンチャン付き合えるかも知れねえぞ？』

君は僕の中の悪魔か？　そ、そうだ。好きと言われて嫌に思う人はいないはず。月並と恋人ごっこを続けるよりも、ちゃんと自分の青春を謳歌した方が――。

『いけません！　悪魔の誘いに乗らないでください！』

君は僕の中の天使だね？　そ、そうだよ。いくら可愛いからって出会って数日で告白するのはどうかと思うし、何よりフラれた場合、今後の関係が――。

『貴方は恵まれない子供たちのために1億円寄付するのよ！』

善意の方向性を間違えてるよ天使ぃ！

『力が欲しいか？』

君は僕の中の……僕の中の……いや誰だよ！

『我が名は魔王サタン。我と手を組むのなら、世界の半分をくれてやろう』

『聞こえますか……！　サタンの囁きに惑わされちゃいけない……！　僕は十年後の君自身……！　今、未来から、君の脳内に直接語りかけています……！』

お前ら出てくるタイミング確実に間違えてるからな！

「――佐藤君、台所使ってはまずいですか……？」

「あ！　いや、どうぞどうぞ使ってください……！」

いかんいかん。東雲さんの可愛さに惑わされ変な妄想をしてしまっていた。

ま、可愛いと思うのと好きは違うし、告白する勇気もないんですけどね。

「東雲さん僕、響一のこと迎えに行ってくるね。台所のものは勝手に使っていいから」

「え？　何かあったんですか？」

「部屋の番号忘れたらしいから、教えるついでに食材運ぶの手伝ってくる」

「なるほどです。行ってらっしゃい」

もちろんそんな連絡は来ていないが、このまま美少女と二人きりは僕には慣れていないので、適当に響一を迎えに行くことにした。


響一の部屋は僕より3階上。エレベーターを降り部屋の前まで来てインターホンを押そうとしたがやめた。先ほど、誰の部屋で集まるかと聞いた際の即答。人の部屋を指定してきたのはもちろんだが、皆の態度に違和感を覚えていた。

これは試してみる価値があるだろう。

『響一いま部屋？　もう時間になるから早く来てよ』

するとすぐに返信が来た。

『部屋。分かった。すぐ行く』

要点だけまとめられた響一らしい文面だった。

それはともかく、部屋にいるということで僕は目の前で暫し待った。

すると彼の部屋のドアが開き、荷物を持った響一と目が合う。

「うわ！」

響一は僕を見た途端、素っ頓狂な声を上げた。

「ああごめん響一。驚かせるつもりはなかったんだけど」

「なんだ零か焦った……！　お前なんで俺の部屋の前にいるんだ」

「東雲さんと二人きりは緊張しちゃってさ……迎えに行くついでに荷物持ちでもしようかと」

「そういうことか」

僕の返答に響一は納得の声を上げたがすぐに「ん？」と疑問符を浮かべた。

「ならついさっき俺に早く来いと連絡したのは何だったんだ？」

「普通に、響一が来ないから連絡しただけだよ」

「いや、あの文面だとメンバーが揃ってるけど俺だけ来なくて始められないから早く来いって意味だろう。しかし、東雲さんと二人きりで緊張となると月並さんはまだいない。そしてメッセージを送ってから俺の部屋まで来るのには、あまりに早すぎるような気がするが」

「…………」

まずい。さすがエリートの息子と言うべきなのか、状況を把握する能力が高すぎる。なぜこれだけのやり取りで僕の行動に矛盾があると気が付けるのか。

思わず黙ってしまうと、響一は何か怪しいものを見るような目で一歩前に出た。

「よく分からないがちょうどいい。俺も食材を買い過ぎて困ってたから、荷物持ちはありがた――」

響一の言葉を聞きながらドアに手をかけようとすると、彼は言葉をとめて僕の腕を掴んだ。

「……零。一体どうした？」

「……トイレを、貸してください」

不審な僕の行動に、明らかに態度の変わった響一。

両者笑顔なのは変わらないが、互いに別の思惑を隠していることは明白だった。

「トイレなら零の家ですればいいだろう。もう時間になるし、早く行こう」

「今したいんだ。それに他人がいる部屋でトイレなんて恥ずかしくてとてもできないよ」

「女子か。悪いが俺のトイレはさっき壊れたところでな、だから自分の部屋でしてくれ」

「マジか、それは災難だね」

「いや本当にまいった」

「「あはははははは！」」

「「…………」」

「おらあ！」

「お前本当に何がしたいんだよ！」

無理やり彼を引き剥がしドアを開けたのだが、響一が体全体で扉を押さえつけたためギリギり体が通らない程度の隙間しかできなかった。

「ちょっとでいいから部屋に上がらせて！　本当に少しだけだから！」

「何でそんなに俺の部屋に上がりたがるんだよ気味が悪い！」

「夢だったんだ！　ずっとボッチだったから友達の家に上がり込むのが夢だったんだあ！」

「寂しいこと言うなよツッコみづらい！　いや本当にやめろ零。今部屋めちゃくちゃに散らかってるんだ！」

「散らかってるくらいの方が逆に落ち着くから！　実家みたいな安心感だから！　それに響一、僕の部屋を集合場所にしておいて自分の部屋を見せないのは狡いって！」

「それについては悪かった！　来週……いや明日には片付けておくから本当に勘弁してくれないか！」

「隙ありぃ！」

「ちょ、ばー！」

力が緩んだすきに一気にドアを引きぬるりと部屋の中に入る。

玄関は正常。僕と間取りは一緒で３ＬＤＫと普通の内装だ。

しかし——。

「…………」

僕は言葉を失った。

広々とした部屋の壁一面には僕も見たことのある有名アニメのポスターが貼ってあったからだ。

そして本棚には大量の漫画とフィギュア。まるで秋葉原のお店をそのまま移設したかのようなサブカルぶりだった。

「――――！」

すると突如、後方から何かがガタンと音を立てた。

見ると廊下まで追ってきていた響一が涙を浮かべながら笑い膝から崩れ落ちていた。

「響一！」

「俺……小さい頃から親が漫画やアニメに否定的で、ずっと勉強ばっかりしてきたから隠れて楽しんでたんだ……」

「響一、分かる……！　分かるよその気持ち！」

「趣味で溢れる部屋っていうのに憧れていたから……一人暮らしを機にやってみようと思ってたんだけど――」

響一は咽るように咳を吐いた。

「やりすぎて、しまった……」

「きょ、きょういち……！　いや……オコターン!!」

政治家の息子として完璧な人間を演じてきた彼は、他人に裏の側面を見られて相当メンタルに響いたのか、呆気なく、そして最もダサく気を失った。

まさか響一が僕と同じオタク属性を持っているなんて。彼とはずっと仲良くしよう。そして、他人のプライベートを無理やり覗こうとは二度と思うまい。

僕は響一の悶える姿を見てそう胸に刻んだ。


「え、月並の奴まだ来てないの？」

響一を蘇生させたあと二人で僕の部屋に向かうと、東雲さんにやつが来ていないことを伝えられた。

約束した18時になったのにまだ到着していないとは何事だ。

まあ、響一が倒れたお陰で僕らも時間を過ぎてしまったわけだが。

「遅れるから先始めててって連絡はきたんですけど」

グループチャットを見ると確かにそのようなメッセージが届いていた。

だが月並抜きで始めるわけにもいかず、僕は迎えに行くことにした。

「私も行きましょうか？」

「いや、東雲さんは準備を続けてて。ついでにオコタンの看病も」

「尾古くんは一体何が……？」

明らかに具合が悪い響一を見て東雲さんは心配の声を上げたが、説明するわけにもいかず適当にごまかした。

「じゃあ行ってくるよ」

「はい。行ってらっしゃい」

僕は先ほどよろしく今度は女子寮の方へと向かった。

以前ご飯を食べに行った帰りに月並を送ったので、どの棟のどの部屋に住んでいるかは覚えている。

階段を下りて、エントランスを出て、道路に出て並木に沿って進み、ショッピングモールを抜ける。ガラス窓から軽く店の中を覗いて歩いたがそれらしい姿は見当たらない。噴水通りを横切り、2匹の龍が戦う個性的なオブジェのある広場を過ぎると、やっと女子寮の並ぶ敷地だ。

月並の部屋は右から2棟目の7階。エレベーターを降り左に曲がって三つ目の部屋だ。知らない女子生徒が出てきたと同時に建物の正面玄関からそそくさと忍び込み、オートロックを回避する。堂々とロビーを歩き、エレベーターに乗る。遂に部屋の前まで到達し、インターホンを押してみた。しかし反応はない。スマホを見ても返信はない。

「ここ、月並の部屋で合ってるよね……」

もう一回だけインターホンを押した後しゃがみ込み、どうにかして中が見えないものかとドアと床の隙間をスマホのライトで照らして——。

「――人の部屋の前で何してるのよ変態」

「ひゃあああああ!!」

事案発生事案発生!! 容疑者はモテない見た目のザ・陰キャ!

「ちちち違うんですお巡りさん僕はただこの部屋の住民が誰なのかを確認しようとしただけで……! そうだ! 僕は月並の恋人(仮)なんだから、連絡を寄こさない彼女を心配して家まで来てしまってもなんら問題はないし、ちょっと部屋を覗くくらいいいじゃないかへへへへ――……ってこれ完全にストーカーの思想じゃないか!」

って、ん?

主張の激しい白金髪に三日月のヘアピン。そして不快感。これは。

「……月並こそ、何してんのさ」

呆れた様子の彼女は全身ずぶ濡れ。手には水が滴る鞄と丸めたブレザーときた。

「雨なんて降ってないよね?」

外を見れば確かに降ってはいない……が、普段から素行の悪い彼女のことだ。

「なるほど。天罰が下ったのか」

「ここは女子寮よ。早く帰りなさい」

「ああーごめん! 冗談だから落とそうとしないで! 7階だから! 僕はまだ還りたくない! 僕は君と一緒に生きていたいんだマイハニーー!」

僕は外廊下の縁から落とされそうになりながらも必死に抵抗して何とか持ち堪えた。

てか濡れてて気持ち悪い！

「で、本当に何してるの？　まさか私を迎えに？」

月並は腕を組んでそう言った。大きな胸が強調された上、濡れたブラウスに水色の下着が薄く浮いていて僕は思わず目を逸らした。

「うん。月並抜きで始めるのもどうかと思って」

「別に気にしなくていいのに」

「そんなわけにもいかないよ」

僕の言葉に月並は一瞬だけキョトンとすると、にこやかに笑って小さく「ありがと」と呟(つぶや)いた。

静謐(せいひつ)な笑顔に僕は思わず息を呑(の)む。

僕は彼女のことを普段からマウント狂の残念美人だと思っているので、どうも真面目モードの彼女は苦手だった。

「どういたしまして。……それより本当に何があったの？」

「別に。池に美味しそうな魚が泳いでたから、パーティの食材調達として生け捕りにしようとしただけよ」

聞くんじゃなかった。

だがやはり、こっちのトチ狂った彼女の方が僕は得意だ。

「とりあえず、早くお風呂入りなよ」

「そうね。さすがにこんなことで体調崩したくないし」

「僕の部屋忘れてると面倒だから一緒に行こう。噴水のところで待ってる」

「分かった。それじゃあシャワーと洗濯だけすぐ済ませちゃう」

月並（つきなみ）は銀の天秤時計（マウンター）をセンサーにかざしドアを開けた。

「分かった――」

返事をしながら、僕の意識は別なところにあった。

月並が部屋に入っていく間の数秒、ドアの隙間から一瞬だけ見えた月並の自室。

彼女が過ごしている部屋は僕のように娯楽物が揃（そろ）えられたものでも、年頃の女の子がするお洒落にこだわった空間でもなかった。背の高い本棚には参考書が並んでいて、壁には何か資料のようなものが大量に貼ってあった。

そしてそれよりも印象に残ったのは『あと一歩だけ進む』と力強く筆で書かれた書初め。

ガチャンと閉まる扉の音が拒絶的に感じられたのは僕の考え過ぎだろうか。

何だか部屋から閉め出されたような感覚で、辺りが途端に静かになった。

とにかく、今は彼女が風呂から上がるのを待とう。

外廊下から中庭を見下ろすと風が頰（ほお）を撫でて、自分が今とても高いところにいるのだと実感した。しかし、見上げるとここよりもっと上空で月が輝いていた。

あの高さまで行ったら多分とてつもなく怖いんだろうな。

周りには誰もいなくて、落ちたら大怪我だ。


――優劣比較決闘戦（マウンティングバトル）。


互いのプライドを懸けた見栄を張り合うバトル、か。

東雲（しののめ）さんは誰よりも可愛（かわい）い読者モデル。

響一（きょういち）は頭の冴（さ）える政治家の息子。

僕からすれば二人とも羨（うらや）ましいくらいに満たされている気がするが、東雲さんは自分に自信が持てなくて、響一は二次元好きを隠して生きている。

皆、カッコよく見えても何かしらの悩みを抱えてる。

月並はどうなんだろう。

何でも完璧（かんぺき）にこなせる絶対無欠の美少女で、弱点など見当たらない彼女。

財閥である家の威厳を守るため、必死に努力を続けてる。

僕はどうなんだろう。

河川に落ちた枯れ葉のように、何事にも流されて生きてきた僕。

『貴方(あなた)には上を目指すわけ……「戦う理由」を探してもらうわ』

僕は何のために戦う。何が誇れる。

ふと月並(つきなみ)に出会った日に投げかけられた言葉を思い出したが、その答えを出すのにはまだ時間が必要なようだった。

## 6.

「……で、お前らはなぜこれらをチョイスした」

トーナメント戦参加の権利を得たお祝いのパーティ。予定より1時間ほど遅れて始まったのだが、僕は目の前に置かれた食材を見て思わず呟(つぶや)いてしまった。

一人は冷蔵バッグに入った小ぶりのサーモンにホタテなど海鮮系。

「パーティーといえばカルパッチョに決まってるじゃない」

「夜7時から魚1匹捌(さば)いてカルパッチョ作ろうとする馬鹿がどこにいるんだよ！」

「新鮮よ？」

「生モノの処理が面倒なんだよ！　人の部屋だからって好き勝手しすぎだわ！　あと一応聞くけど、まさかこれ池で泳いでたやつじゃないよな!?」

「サーモンは池にいないでしょ」

「うっぜえこいつ！」

何当たり前のこと言ってんのアンタ（笑）と言いたげなドヤ顔の馬鹿を無視して今度はもう一人の馬鹿に顔を向けた。

もう一人が持ってきたのは小麦粉やコーンスターチなどの粉物に、苺や生クリームなど甘めのものだ。

「響一（きょういち）。これは何」

「食材を持ち寄ってパーティーとなると主食が多く偏ってしまうからな。俺はデザートを用意した」

「出来合いのデザートを持ってこいよ！　焼くのか!?　夜の7時からスポンジを焼くのか!?」

「ケーキにスポンジは必須だろ?」

「お前らどんだけ大作を作ろうとしてんだよ！　うちオーブンないよ！」

「ならムースにしよう。冷蔵庫さえあれば作れる」

「でもムースは1日冷やさないといけないんじゃ……?」

「は！　しまった！」

「しまったじゃないよバカ！」

なぜ金持ち連中は常識から外れた言動ばかりなのか。いつだって僕の喉を枯れさせてくれる。

響一に至ってはおふざけなしなのが逆に怖い。

まあその後、何だかんだ言いつつ作ることになったのだが。

月並(つきなみ)は一人で魚1匹を捌(さば)き色鮮やかなカルパッチョを、響一(きょういち)は東雲(しののめ)さんが手伝いながら電子レンジでできる蒸しケーキを作った。

初めは文句を言っていたが友達とアツアツのタコ焼きを食べながらチーズフォンデュにカルパッチョ。最後に甘い蒸しケーキを食べるなど初めての経験だったので、なんだかんだで、今までの優劣比較決闘戦(マウンティングバトル)なるふざけた学校の出来事を忘れられるくらい楽しかった。

もうお腹がいっぱいだ。

「ところでダーリンって好きな人いるの？」

「あれ、なんで恋人からこんなこと言われてるんだろう」

余った食材を冷蔵庫へしまい、食後のデザートを食べ始めると月並が突然そう投げかけてきた。

いくら偽物の彼女とはいえあんまりな発言だが、皆で集まって恋バナなんてリア充感あって嬉しいので僕はノリノリで返事をした。

「いないけど、強いて言うなら月並以外の子かな」

「あら、なんで恋人からこんなこと言われてるのかしら」

「君たちはホント何で付き合ってるんだ」

「付き合ってないよ！　フリだよフリ！」

呆(あき)れた様子の響一に僕はあくまで否定する。すると月並が今度は響一に向かって言った。

「オコタンは好きな人とかいないの？」

「い！　いるわけないだろ！」

「「完全に嘘……」」

「本当だよ！　俺はその……勉強とかで忙しくてだな……そもそも高校生の恋愛など——」

「翼はいないの？」

真っ赤に顔を染めて言い訳を始めた響一を無視し、月並は東雲さんに投げかけた。

東雲さんもこの手の話題は苦手なのかと思ったが、意外と冷静で、苦笑いしながら顔を横に振った。

「いませんね。私、昔から恋愛に疎かったから」

「翼ほどの人がもったいない。付き合ったこともないの？」

「ん−……小学校とかならありますけど、ノーカウントですよね……」

「出た『恋愛なんて所詮お遊び（笑）』ね。小、中は子供だから恋愛に含まれないと切り捨てることで、非モテの人間に対して『いや−何人もいたけど中学まではノーカンだよね（笑）』とマウントを取る高等テク。流石ね翼！　私が見込んだ女！」

「ええ!?　そ、そんなつもりじゃないです……！」

計算高いアザト女子の称号を得た東雲さん。難儀だなあ……。

曲解された彼女を助けるべく、僕は逆に月並へと質問をしてみることにした。

「月並はいたの？」

「いや、いないわね」

「じゃあ好きなタイプは？」

僕の言葉に月並は「うーん」と唸った。

すると「どこまでも私を追いかけてきてくれる人、かな！」と笑った。

何とも抽象的な返事に僕は言葉を返せなかった。

彼女が純粋な笑顔を見せた時、僕はいつも不思議な感覚に襲われる。

先ほどふと見てしまった勉強漬けの部屋と同じく、薄氷に触れたらいけないような秘めた雰囲気を感じる。

「ダーリンはどんな人が好きなの？」

天使は悪徳を犯してはならない。堕落し黄泉の国へと送られてしまうからだ。

僕はその奥にある神秘の誠に触れて良いのだろうか。いや、きっとならない。

月並の笑顔に、僕は笑顔で返さなければならない。僕らの関係性を鑑みた、正当な回答を。

そう。例えばこんな風に。

「……やっぱり、月並以外の人かな！」

その後ボコボコにされたのは言うまでもない。

# 第三章　もう少し努力すればこの俺みたいになれるよ（笑）

## 1.

「遂に始まりますね……！」

「相当なプレッシャーが予想されるね」

　僕らはＳクラスへ入るため、トーナメントが行われるアリーナへと赴いていた。

　会場は学園の敷地内にある少し小さなサッカースタジアムのような形となっており、観客席がバトル参加者を囲うように配置されている。

　更には全校生徒と各業界の来賓が観客としてバトルを観戦しているため、実況解説付きの中で論戦を行うのだから、参加者は相当なメンタルが必要となるだろう。

「頑張りましょうね皆さん……！　特訓の成果を見せましょう！」

　特訓。僕らは休息期間だった昨日、一人でも戦い抜けるよう月並からみっちり仕込まれた。

＊　☾　＊

『翼、リピートアフターミー。「はいはい。強い強い（笑）」』

『は、はいはい……。強い強い……！』

『違う！　もっと口角を上げて！　じゃあ次よ。「どーせ私は変わり者ですよ（笑）」』

『どーせ私は変わり者ですよ……』

『もっと自信を持って！　このままじゃダメね……。予定を変更してまずは座学から始めるわ。マウンティング言語と精神公約数の計算どちらから始めるべきかしら……』

『誰か通訳を呼んでくれ』

あれだけの授業を受けたのだ。負けるわけにはいかない。

嫌な記憶を抹消し、僕は東雲さんに頷いて見せた。

「うん。絶対同じクラスになろうね」

「はい！」

「……って、千里さんはどうした？」

「月並？　ああ、あいつなら──」

「──？」

僕は数メートル離れた場所で目を輝かせて、ハアハアと息を漏らしながら決戦の舞台を眺める月並を指さした。

「ここにいる全員が絶対比較主義者（マウンティスト）。それもまだ芽吹いて間もない若き決闘者たち……15年という膨大な時間を費やしてどんなマウントに仕上げてきたのか、私を唸らせてくれる異才の精鋭はいるのだろうか。っくく……しかしどれだけ優秀な相手だろうと、そう易々とこの頂きに登らせはしない。そう、上に行きたければ私に挑め！　それと同時に越えられない壁があることを知り、自分の弱さを呪うがいい！　この世界に王は二人も要らないのよ。挑んでくる相手全員、花咲く間もなく捻り潰してやるわぁ!!」

「な、何を言ってるんでしょう……」

「見ないほうがいい東雲さん」

僕らはその馬鹿を呼び戻すため、彼女の近くへと向かった。

「おい月並！　あんま馬鹿言ってないでそろそろ――」

「あらあらこれは月並さんじゃありませんか。また恥も知らずに喚き散らして。みっともないことこの上ありませんわね」

僕の言葉を遮ったのは赤黒の制服を和風に改造し、綺麗な黒髪をポニーテールにした小さき美少女だった。彼女はこちらに振り向くとニッコリと笑った。

「これは、月並さんとお付き合いなさってる佐藤様ではございませんか。ご無沙汰しておりますが、その後、息災にございましたか？」

「そくさ……え?」

「元気だったかってことだ」

戸惑う僕に響一が小声で助け船を出してくれた。

「あ、ああ! 元気でしたよ。夜桜さんも変わらないご様子で」

「お気遣い感謝いたします」

この子の口調は調子狂うなあ。

「バトルの準備は順調にございますか?」

「ええまあ、何とかやってるでございますですよ」

「あの子と手を組んでいるようですね。先ほどの様子を見る限り、大変な苦労をされたことと拝察いたします」

「それはもう大変でしたよ。振り回されてばかりで」

「しかしまあ、想い人であればいたしかたありませんよね。彼女は難のある性格なればこそ、他の美質に強く惹かれてお付き合いなされているのでしょうから」

「いやそんな――」ふざけたこと言わないでください。

そう吐き捨てたくなったが僕は早まる衝動を抑えた。

月並が強がって嘘を吐いたことが知られれば(実際はもうバレているだろうが)、彼女の弱点が一つ増えてしまう。それは助けてもらう僕にとっても不利な話。クラス決めが終わるまで彼氏のフリをし、代わりに月並にバトルの際に助けてもらう。そんな取り決めだ。となれば。

「――そんな破天荒なところが大好きなんだ。やっぱり明るい子っていいよね！」

「零。吐血しながら言っても説得力がないぞ」

こんな屈辱的なセリフ、血を流さずに言えるものか……！

「というか、僕がこんな恥辱を味わっているというのに月並はいつまで叫んでるんだ」

僕は一人酔いしれる月並の元まで歩いた。

「――はいそこで皆さんお待ちかね、月並の千里。まるで魔法をかけられたかのように、平和な会話を一瞬でマウンティングの嵐へと変えてみせる。その手際の良さは正にマウントの魔術師。これには不動の精神を持つガンジーですら、思わずにっこり――」

「――おい月並お前もこっちこい！」

「うわ！　ちょっと何よ！」

僕は一人で酔いしれる月並を引っ張り夜桜さんの前へと突き出した。

「お二人とも本当に仲がよろしいのですね。月並さんもこんなに彼が尽くしてくれて――」

「ねえ。今私という名の伝説を学校の歴史に刻むためにシミュレーションをしてたの。それを邪魔するなんてどういうこと？」

「伝説を刻むなどと、月並さんには到底できな――」

「お前という名の厄災(レジエンド)が学校の黒歴史に刻まれる前に止めてあげたんでしょうが」

「仰る通り。佐藤(さとう)様が止めてくださらなければ貴方(あなた)は後々――」

「何が黒歴史に刻まれるよ。アンタを刻んであげましょうか？　私の必殺技『月の白金(ルナプラチナ)』で」

「必殺技ってなに!?」

「私(わたくし)を無視しないでくださいます!?」

あ、怒った。

「あら？　夜桜環奈(よざくらかんな)じゃない。いつからここにいたの？」

「ずっと！　ずっとここにおりましたわ！」

夜桜さんはピョンピョン跳ねながら言うと「はんっ！」と鼻を鳴らした。

「さすがは走り出したら止まらない月並(つきなみ)さん。さながら猪(いのしし)のよう。品がなく醜いですわね。さながら先ほどまでは人の言葉が通じていらっしゃらなかったのかしら」

「あーらあらあらごめんなさいね夜桜さん。背が低すぎて視界に入ってなかった。というか、話してると首が痛くなるからどうにかしてくれない？　あ、せっかく和服着てるんだし下駄でも履いてみたら？　底が30センチくらいある奴。お高くとまってる夜桜さんにはお似合いよ？ほら鼻の高い天狗(てんぐ)みたいで」

「嫌ですわ。この丈の着物にそのような物を履けば誰であろうとみっともない姿になるではありませんか。月並さんは想像力もないばかりか美的センスもございませんの？　せっかくの長躯。もっと世界を広く見渡し自分を磨いてはどうです？　まあ、そこな砂利をいくら磨こうとも光り輝くことなどないでしょうが」

「は、はたー。知らないかー。日本庭園や植栽に使われる白玉砂利が磨いて蝋を塗ることで光り輝かせていることを知らないかはたー。まあでも気にしなくて良いと思うはた。それだけ小さければ見渡せる世界も限られているから知らなくて当然はた。……あれ、でも庭園といえば夜桜さんはご実家に立派な庭園がございましたはた？　はたた、おかしいな。どれだけ小さくても足元にある砂利なら見えるはずはた。はたたどういうことはた？　はたー？」

「「「……」」」

み、醜い。表情を見る限り響一と東雲さんも同じことを考えているはずだ。

これが本物の優劣比較決闘戦か。

「下賤の砂利どもには興味などありませんわ。庭園には庭師が丁寧に剪定してくれる樹木や四季折々の花々、そこに誘われた美しい野鳥に池の水面など見るべき箇所が多くございますのよ」

「へえーふうーん？　でもぉー、庭園は景観を楽しむものだからぁ、砂利や石も主役の一つだと思うんですけどぉー、そこんとこはどぅぉーなんですかぁ？」

「ふん。何千何万も敷き詰められた砂利でも主役ですか。まさに負け犬の思考ですね。輝いてこその主役。この世、皆が一等賞になどなれはしないのです。そもそも――」

「お二人とも。お戯れはそこまでに致しましょう」

二人に割って入ったのは薄紫の髪を長めに伸ばした青年。
背が高くスラッとしていて大人びた印象だ。

「あら？　アンタは確か」

「環奈(かんな)様のお付き、白兎零世(しろうれいせい)にございます。千里(せんり)様、ご無沙汰しております」

「ああそうだ、ウサギちゃんだ。久しぶり」

執事、もしくは秘書のような存在だろうか。彼はこの年齢にして夜桜(よざくら)家ご令嬢のお世話をしているわけだ。その事実に驚きだが、月並(つきなみ)も当たり前のように返事をしていて住んでいる世界が違うのだと改めて驚かされた。

「環奈様。私(わたくし)共はいずれ大勢の前で戦う運命にあります。せっかく環奈様の威厳を知らしめる舞台が整えられているのですから、言い争いはその機会まで取っておきましょう」

夜桜さんは白兎くんの言葉を聞くと余裕の笑みを浮かべながら頷(うなず)いた。

「それもそうですわね。この戦いは上に行けば行くほど自分を曝け出さねばならず、本気を出して負ければ晒(さら)し者。あと一勝すれば代表とのところで負けた悔しさは、計り知れないものとなるでしょう」

夜桜さんは納得したように言うと僕たちにその背を向けた。

「月並千里、私が決勝で貴方(あなた)の相手をして差し上げますわ。そしてどちらがより優れているかはっきりさせてあげます」

「ふん。さすがはパパンに甘やかされて育った世間知らず。小さい世界で蝶よ花よと丁寧に扱われると、自分より強い相手を負かせられるなどという幻想を抱けるようになるのね」

「減らず口を。上で待っていますわ。まあ貴方ごときならSクラスに入れるかどうかも危ういでしょうが、せいぜい健闘なさってください。それでは」

そう言い残して夜桜さんは行ってしまった。

彼女の背中をジッと眺める月並に、僕は声をかけた。

「大丈夫？」

「大丈夫ってのは、何が？」

「いやだから、あれだけ言われたんだし悔しく――――」

悔しくないのか。そう思った僕が馬鹿だった。

彼女の目は今までになく闘争心に溢れていて、あろうことか笑っていた。

「悔しくないのかですって？　馬鹿言うんじゃないわよ。あの子は今、私に喧嘩をしかけてきたのよ？　それも絶対に自分が勝つと宣言して」

彼女のメンタルは底なしなのだろうか。散々ヤバい奴だとは思っていたが、月並の勝利に対する狂気っぷりは僕の恐怖を容赦なく鷲掴みにした。

「絶対的な自信を持つ相手を圧倒的なマウントでねじ伏せる。その時に見せた相手の屈辱的な表情、自分の信じていた力が通じなかったと泣き崩れる姿。それを見て私たちはまだ上に登れるのだと知り、今まで努力してきた分だけ最高の成果が得られるんじゃない」

月並は僕たちに振り返った。一番の笑顔で、挑戦的かつ野心的に瞳を燃やして。

「みんな絶対に勝つわよ。勝って、どれだけ自分が優れた人間か証明するの。絶対的な勝者になってこそ、正義が成り立つ。自分の人生に幸せをもたらしたいのであれば、絶対勝つしかないの」

僕は思わず笑ってしまった。本当に狂ってるとしか言いようがない。

だが以前より居心地がよくなっているのも事実だった。彼氏ごっこに付き合わされて5日間。きっかけは酷いものだったが、彼女が僕に何を見せてくれるのか少しだけ興味がある。

「僕たちは負けないよ。絶対にね」

「ああ、勝ってあの奢り高ぶった態度を改めさせよう」

「私も強くなりたいから……絶対に勝って、Sクラスに行きます！」

「へえ。皆、言うようになったじゃない」

僕たちはそう言い合うと互いの顔を見てニヤッと笑った。

「勝つためにまずはスキルの確認をしよう。状況によっては戦略を練る必要がある」

響一の言葉に僕はハッとした。

「確かに！　今日からスキルが明かされるんだもんね！」

どこに記載があるんだ。そう思って天秤時計を操作していると、響一が自身の天秤時計を前に出して見せた。

「未明、学園からメールが送られてきていた。俺のスキルはバトル中に3分間公的データを根拠として示せるものらしい」

彼の言葉に僕もメールを確認した。

「え、これって――！」

記されていたスキルを僕は興奮しながら皆に見せた。それを見て3人も驚きの表情を見せた。

「ダーリン……これは、場合によっては化けるかも」

月並の言葉に響一も頷いてくれた。

「だが油断は禁物だ。対策を立てられてしまえば終わりだからね。零を含め全員、スキルはこぞという時のために取っておきたいところだな」

『――これより第百152期生優劣比較決闘戦を開催します。生徒は対戦表を確認し指定されたリングの上へと上がってください。規定時間内に登壇しなければその時点で不戦敗となります。繰り返します――』

僕らが話し合いをしていると会場内にアナウンスが流れた。

勝てる。僕たちなら絶対に勝てる。彼らを見ているとそんな気がしてくる。

同時に僕がSクラスを目指す理由、それが少しずつ分かってきたような気がした。

## 2.

『さあ遂に始まりました第１５２期生優劣比較決闘戦(マウンティングバトル)！　栄えあるＳクラスへと上がるのは一体どんなマウントを持った生徒たちなのか！　熱いバトルを乞(こ)うご期待ください！』

「「「うおおおおお!!」」」

全生徒が観客席に移動して数刻、アナウンスの声に先輩たちが楽しそうに歓声を上げる。

本当、上流階級にとってのマウンティングって一体どれだけ重要なんだ。

『先ずはここでルール確認をしておきましょう！　こちらをご覧ください！』

実況の言葉と同時にディスプレイにはルールが表示された。

・最大ＭＰは３００００
・１回のバトルにつき最大１回、固有スキルを使用可能
・バトル開始時に与えられた議題から論争を始め相手のＭＰを先に削り切った者の勝利

『トーナメントで３回勝利を収めればＳクラスに昇進！　以後はＳクラス昇進者たちでクラス代表を決めるエキシビションマッチを行います！　また、前哨戦(ぜんしょうせん)で行ったフリースタイルの優劣比較決闘戦の結果により、各個人の性格に合わせたアバターが各個人に与えられています！　ホログラム化されたアバター同士の戦いでより臨場感あるバトルをご覧ください！』

元気な実況の声と共に、ディスプレイに黒髪の美女が映った。

『おおっと申し遅れました！　実況を務めさせていただきますのは皆さま毎度お馴染み、株式会社カラステレビの長女、２年Ｓクラス報道部部長の烏ノ燐でございます！　そして――』

『どうも皆さんおはこんばんにちは』

『解説は１年Ｓクラス担任となる氷室兵吾先生です！』

『見ごたえのある戦いを期待している』

あのやる気のなさそうな先生、Ｓクラス担任なのか。

『さて氷室先生。今年もこの季節がやってきましたね。氷室先生は昨年卒業した先輩方のＳクラスを担当していたわけですが、今年の生徒たちにはどのような期待をしていますでしょうか？』

『Ｓクラスの担任なんて面倒なだけで、俺は教師の中でも極めて優秀なので学長の命令で仕方なく最上位クラスを担当していただけだが、今年も例に漏れず……いや、今まで以上に強烈な個性を持った戦いを期待している』

『んー早速のマウンティングをありがとうございます。具体的に勝敗を分けるポイントなどはありますでしょうか？』

『相手がどの型を得意とするかを素早く見極め、それに対応し優位な型で対抗できるかどうか。分析力と判断力、また即興での対応力が重要だな』

『なるほどありがとうございます！　……さあ、前置きもこの辺りにしていよいよ参りましょう。Ｓクラス昇格トーナメント第1試合！　尾古響一　ＶＳ　成瀬和馬。さあ皆さん、バトルの合図を上から目線で？』

「「さて、お手並み拝見といきますか」」

「え、何そのムカつく掛け声」

烏ノ先輩の掛け声に先輩たちは中世貴族のような顔で呟いた。本当に彼らの価値観が分からない。そう僕は呆れたが、すぐに興奮して声を上げてしまった。

「おお！」

フィールドに現れたアバターが想像以上のクオリティーで、ＳＦアニメに出てくる近未来感があった。

響一の前に飛び出したシベリアンハスキーは青色の妖鬼を纏っており、響一の雰囲気を見事に投影して非常にカッコよかった。

さすが最新鋭の設備を揃えたお金持ちの集う学園。この学園を初めて凄いと思った。

「よろしくね尾古くん」

「ああ。よろしく頼むよ」

対する成瀬君は雷を発する虎の姿をしており、これまた強そうな雰囲気を醸し出していた。

『記念すべき第1戦の議題は～～～～！　――これだ！』

## 【幸せとは何か】

議題重くね？

果たして高校1年生に語らせるものなのだろうか。しかしそう思った僕は既に負けていたようで、僕の隣にいるマウンティング博士は感銘を受けていた。

「流石（さすが）一流の絶対比較主義者（マウンティスト）を育てる名門。一発目からこれか……」

「東雲（しののめ）さん。僕、急に勝たなくていいんじゃないかって思えてきたよ」

「私もです……」

さっそく心の折れかけた僕らに月並（つきなみ）は振り返った。

「マウンティングは共通の話題がないとできないって話したでしょ？」

「「はい」」

「更にマウンティングは価値観の違いから生じるとも言ったわね。そのために最適な方法がこの議題なのよ。幸せという人によって感じ方の違うテーマに、哲学の要素を入れることでより主観の籠（こも）った議論になる。マウンティングの議題は答えがないものほど適しているの」

深淵（しんえん）。やはり優劣比較決闘戦（マウンティングバトル）は底なしの心理戦（笑）だ。

「やっぱり幸せとはお金があってこそ実現するものだよね」

『先に動いたのは成瀬君だ！』

「お金がないと良質な教育が受けられない。十分な食事もないから体も知能も育たない。娯楽も不足して想像力に欠ける。そうなると僕はやっぱりお金が大事だと思うけど、君はどう？」

ハスキーと虎は互いに攻撃のタイミングを計りジリジリと間を取りながら歩く。

「俺は金があれば幸せとは限らないと思う。例えば両親が仕事熱心で愛情の籠ったご飯が食べられずに育った子供は孤独を感じることもあるだろう。いくら高価な食事や望んだ娯楽を手に入れられたとしても幸せとは言えない」

響一がそう言った途端、虎は鋭い放電を起こし響一のアバターを襲った。

「いや僕は何もお金が全てだなんて言ってない。人の話はちゃんと聞こうよ（笑）」

〈尾古響一に２０９８のダメージ〉

『先制したのは成瀬くんだ！』

『優劣比較決闘戦は論破を目的としたディベート対決ではない。あくまで自分が上だと証明することだ。今の返答は早計だったな』

「氷室先生の言う通り……。白黒はっきり分かれる論争と違い、優劣比較決闘戦はとにかくストレスを与えた者が勝つ。優劣比較決闘戦の鍵は冷静に暴れ倒すことなのに、何やってるのよオコタン……！」

よく分からんが壮大だ……！

　鼻で笑われた響一（きょういち）はストレスを感じたのかダメージを負った。それを好機と見たのか相手の虎は一気に距離を詰め、響一のアバターに飛び掛かって牙をむいた。

「尾古（おこ）くんって確か官房長官の息子さんだったよね？　親御さんを見て育ったのなら討論は得意なはずだけど、焦っちゃったのかな。……それともさっきのって実体験？　そうだよね。僕の両親は社長だからある程度好き勝手できるけど、政治家さんとなると四六時中忙しいもんね」

「両親が政治家だから討論が得意ってどんな理論だ？　高校生の俺が議会に参加できるわけもあるまいし、君は政治のこと何も知らないんだな」

〈尾古響一に４２２１のダメージ――成瀬和馬（なるせかずま）に９８２のダメージ〉

「まあイメージかな。僕は両親から経営のことを教わって育ってきたから政治家もそうなのかなって。でも今思うとそうだよね。僕は自分でお金を稼ぐ方法を知ってるけど、政治家は税金で生きてるんだもんね。お金を稼ぐ喜びを知らないのも当然か」

「学生に稼ぐも何もないと思うけど」

「残念ながら稼いでるんだな～これが（笑）」

『スキル「虚構の雷（シャイニングレプリカ）」発動――３分間与ダメージが二倍』

　虎がハスキーにマウントを取ったまま煌々（こうこう）と輝き始めた。

「ウチの会社は3年前まで赤字経営だった。でも僕がとある助言をした途端黒字に転向、経常利益1兆円にまで伸びた。従業員も年々増えていてさ。僕は将来起業するつもりなのに親からは絶対に会社を継げって言われちゃって、まいったよ本当（笑）」

「「「――――!!」」」

彼の言葉と共に視界は轟（とどろ）く雷光で包まれた。演出だがあまりの迫力に視界が奪われる。

「響一！」

チカチカと点滅する視界に友人の姿を捉える。そしてすぐにバトルログが表示されるディスプレイへと視線をずらした。あれだけの輝きだ。相当なダメージを受けるだろう。

そう思っていたのだが、響一のＭＰは攻撃前と何ら変化がなかった。

「口は災いの元だな」

響一の冷静な声が聞こえ視線を向けると、リングには全身を鎖で縛られた虎と、それを踏みつけるハスキーがいた。

『スキル「絶対参照（アブソルリファレンス）」発動――３分間公的データを使用可能』

「本当はギリギリまで隠しておきたかったんだがな。そっちがその気なら仕方ない」

響一の言葉に応じてディスプレイには何かデータのようなものが映された。

それは成瀬君の両親が経営する会社の決算報告書のようだ。

「君の家の会社、ここ数年黒字に転じてなんかないな。むしろ18年度から21年度の僅か２年で約２００億円の現預金が減少している。そして長期短期ともに有利子負債の合計がほぼ横這（ば）い。ここ数年黒字どころか経営自体が厳しいようだけど、どうして嘘（うそ）を吐（つ）いたんだい？」

「そ、それは……！」

〈成瀬和馬（なるせかずま）に１０２００のクリティカルダメージ〉

答えられない彼に響一（きょういち）は追加で資料を映し出す。

それは経営に関する本の一部を抜粋したもののようだった。

「それに、黒字だから良いとは限らない。東証一部に上場すると税金が上乗せされ、住民税所得税の負担が増す。そのため赤字経営を続ける大手企業は数多く存在するんだ。経営を語るんだからその程度は分かるよね。もしかして君の会社もそれだった？」

「し、知ってるに決まってるだろ！」

「ダウト」

「え」

〈成瀬和馬に８０３のダメージ〉

爽快（そうかい）な音を立てて響一のアバターが成瀬君のアバターを引き裂いた。

すると驚いたことに虎の中から弱々しい狐が飛び出した。響一は笑う。

「やっぱり虎は偽の姿だったか……。一応言っておくと、住民税および所得税の負担が増えるのは黒字の時。まあ、社長の年収にもよるけどね」

〈成瀬和馬に１３０２２のダメージ〉

何も言えなくなった様子を見ると成瀬君はずっと適当なことを言っていたのだろう。まさか相手が会社の経営についてまで知識を蓄えているなどと思わず、難しいことを言っておけば騙せると思っていたわけだ。

怯える狐を踏みつけると、ハスキーはそれを見下ろして妖鬼を発した。

「頑張れ未来の社長。そして国に多くの税金を払ってくれよ（笑）」

『WINNER　尾古響一――LOOSER　成瀬和馬』

「「「うおおおおおお!!」」」

鮮やかな響一の勝利に会場全体が沸いた。

『記念すべき1回戦を制したのは尾古響一くんです！』

『序盤、金が全てではないとあえて隙を見せることで相手にマウントを取らせ、調子に乗った足元をすくうことで反論ができない決定的な嘘を引きずり出す。見事なフィッシングだな』

「まさか彼が保守的カウンター型を使いこなせるなんて……ごめんなさいオコタン、私は貴方を過小評価していたようね……」

興奮する烏ノ先輩に冷静に解説する先生。悔しそうに笑みを見せた月並と、よく分からないが響一は何か凄い技をやってのけたらしい。

詳しく聞いたら馬鹿になりそうだからあえてスルーするけどね。

「響一ナイスー！」

理解には及ばないが彼が勝利したことには間違いない。

客席から声を張り上げると響一(きょういち)はこちらに向かってグッと親指を掲げた。

『さあそれではドンドン参りましょう！　第2試合は高津(たかつ)メイ　VS　神崎友香(かんざきともか)です！』

——その後も試合は飛ぶように進んだ。

思わずツッコんでしまう内容も中にはあったが流石(さすが)エリートが集う学園。世界陸上記録保持者や芸能人、はたまた学生起業家まで驚かされる特技を持った生徒たちのマウンティングはそれはもうレベルの高いものだった。

僕らはこの中で3回勝利を収めなければならない。月並(つきなみ)と響一は優秀だから心配はあまりないが、スカウト組はそうもいかない。

『お次は東雲翼(しののめつばさ)　VS　木村舞(きむらまい)！　スパルタ系上司のような顔で？』

「「とりあえずやれるだけやってみて。後でまとめて指摘するから」」

相も変わらずふざけた掛け声で東雲さんの1回戦が開始される。

議題は【理想の恋人とは】だ。

途端、木村さんのアバターが電光石火で動き出した。

「やっぱり彼氏は見た目が良いのが第一条件だよね～。あと経済的な余裕もあるとなお良し。私の元カレ、顔は良かったんだけどお金がなくてさぁ～。デートのたびに安物で済ませようとするから幻滅しちゃったの～」

「あ……そうな——」

「対して今の彼氏はお金もあるからプレゼントもちゃんとしてくれるし色んなとこ連れてってくれるから毎日刺激的！　でも顔が良くてお金持ちってなると変な女がたくさん集まってくるし浮気されないか不安になるから、一概に良いことばかりとは言えないけどね（笑）」

〈東雲翼に1292のダメージ〉

東雲さんが発言しようとするたびに木村さんはワザとらしく言葉を遮り語り出す。

怒涛の攻めに東雲さんのアバターであるフェレットはなすすべもなくダメージを負っていた。

「理想の恋人という議題から自分の意見を言ったのち、他人の話も聞かずに自分語りを始め、最終的には顔が良くお金持ちの彼氏だから浮気されないか不安だと自虐と精神的ブランドの二つの型を織り交ぜてマウントを取っている……。これは見事ね……！」

「言ってる場合か！　翼さんが劣勢なんだよ！」

「大丈夫よダーリン。優劣比較決闘戦はメンタルの勝負。言葉を遮られることにストレスを感じても、恋愛に無頓着な翼には彼氏自慢は効果が薄い。見ての通りダメージは微量よ」

言われてみれば敵の猛攻に対して東雲さんのMPはあまり削れていない。

状況を見て相性不利と察したのか木村さんは一方的な独白をやめると、笑顔で東雲さんに投げかけた。

「東雲さんはどんな人がタイプ？」

「えっ……！」

〈東雲翼に8330のクリティカルダメージ〉

恋愛的な話が苦手なのか東雲さんは今までで一番大きなダメージを負った。

彼女は真っ白の顔を桃色に染めながら恥ずかしそうに俯くと、やがて意を決したようにハニカミながら呟いた。

「や……優しい人、ですかね……！」

「「――――!!」」

〈木村舞に46291のクリティカルダメージ〉

『WINNER　東雲翼――LOOSER　木村舞』

東雲さんの言葉に会場全体に突風が巻き起こった。同時に毒を飲まされたかのような呻き声が聞こえ始める。それは漏れなく女子生徒の悲鳴であった。

一体何があった。そう思っていると目を見開き肩で息をする月並が視界に入った。

「偽装天然型清楚系ビッチのみが使える伝説の技――優しい人（イケメンに限る）！　合コンでそう言った肉食系の友達に『本当は顔しか見てないくせに』とツッコミたいものの、異性のいる手前、友達に難癖をつける女というレッテルを貼られたくないという女子の心理を巧みに利用した究極のマウンティング……！　翼、恐ろしい子……！」

『強力な敵さえ一撃で吹き飛ばすアザト女子！　これがスカウト組の秘められた力だあああ！』

『地雷だと分かっていても、男はああいう計算高い子に惚れちまうんだよな』

「「つ・ば・さ！　つ・ば・さ！　つ・ば・さ！　つ・ば・さ！」」

「ち、ちがっ……！　そんなつもりじゃなくて……」

「難儀だなぁ」

底知れぬ実力を見せつけた東雲さんは、声援と舌打ちの嵐の中、退場した。

可愛い人は可愛い人なりの苦労があると言うが、まさにこれだろう。

不憫に思いつつも「ふええ……」と不安そうに駆ける東雲さんがあまりに可愛かったので、僕も周囲に便乗し全力で翼コールを送った。

白熱した試合が続き、遂に僕の出番が回ってきた。

（因みに月並は中学の同級生と戦い「あれ早紀久しぶりね！　何かやつれた？　中2の時はもう少しふっくらしてた気がするけど。……あ、もしかしてストレス？　そうだよね。早紀、ずっと彼氏いないいから寂しいんじゃないかって、私心配してたんだ（笑）」と言って数秒で吹き飛ばした）

彼女ほど圧倒せずとも、僕だって必ず勝利しなければならない。

濃い煙幕の中を掻き分け歩く。煌々とスポットライトを浴びせられ全身に汗が滲んだ。これだけ大きな会場の中心で戦う緊張は、スポーツでも勉強でも目立った成績を上げたことがない僕にとっては初めてのことだった。

不安は拭えないがここまで来たら負けるわけにはいかない。必ず勝利を収めてSクラスへと入るのだ。

覚悟を決めて実況の掛け声と共に僕は天秤時計（マウンター）をかざした。

『さあお次は山沢大成（やまさわたいせい）　VS　佐藤零（さとうれい）！　さあ皆さん、バリキャリ女子のようなドヤ顔で？』

「『10分以内に終わらせてね。私、あまり暇じゃないので』」

苛々（いらいら）する声と同時に天秤時計の中から光が飛び出す。最新3D機能を用いたホログラムのアバターだ。

響一（きょういち）は凛々（りり）しい顔つきのシベリアンハスキー。東雲（しののめ）さんは可愛（かわい）らしいフェレット。月並（つきなみ）は力強いライオンと、個人の性格や能力をAIが分析して姿を決めるらしいが、僕は一体どんな姿に——悲しいかな、ハムスターが現れやがった。

マスコット化されているので本物よりはモンスター感こそあるものの、プルプル震える小さな姿は極上の雑魚にしか見えない。

『おおっと何だあのアバターは！　弱そう！　激烈に弱そうです！』

「うるさいやい！」

楽しそうに茶化す実況にヤジを飛ばしつつ僕はゲームへと集中する。

ディスプレイを見ると議題は【趣味について語れ】と表示されている。

対戦相手の山沢君はモジャモジャとしたやぼったい髪型で目元は完全に隠れている。猫背で根暗なオーラから不気味な印象を抱いたのは申し訳ないが、アバターはヘドロを放ちながら蜷を巻く蛇と、それなりの性格であることが予想された。

「よ、よろしくね。山沢くん」

「…………」

無視……だと……。

〈佐藤零に3040のダメージ〉

僕のハムスターは毒の霧を吸い込みダメージを受けた。

スカウト組だから言葉を交わす必要もないと見下されているのかとも思ったが、流石にそれは卑屈すぎる考えだろう。

聞こえなかったのだ。そう思い、僕は無理やり作った笑顔でもう一度言った。

「お互い頑張ろうね、山沢くん！」

「…………」

「「…………」」

〈佐藤零に7103のクリティカルダメージ〉

ナニコレ泣きたい。

一体僕が何をやらかしたというのか、自己紹介で一発ギャグをやってスベったような空気が会場全体に流れている。何もしてないのに。

僕のメンタルは戦う前から既にズタボロだ。

それでも戦わないわけにはいかない。趣味について語り、何とかマウントを取らなければ。

「趣味かー。僕はアニメとか漫画が好きなんだけど、山沢くんは興味ない？」

仮に彼が同じ趣味を共有する中であれば知識をひけらかしてマウントを取ることができる。

狙いはそれだったのだが、彼は僕の言葉にピクリとも反応しなかった。

しかし3度目ともなればイラッとはしてもダメージは微量。このまま漫画方向で攻めよう。

「僕って結構漫画にはうるさいんだけどね？　最近だと『タナトスの瞳』とか面白いよね。あれ？　もしかしてタナヒト知らない？　あーでもそうか。最近連載始まったばかりだし普通の人は知らないか（笑）」

これは昨日のトレーニングで月並から伝授されたプラス属性自虐型の『私って変わってるから（笑）』マウンティングだ。『他人と違う私』という自尊の念が込められている表情と言葉で相手のメンタルを根こそぎ削り取るらしい。

さあ山沢くん。君はこの攻撃に耐えられるか——。

「——はぁ……しょうもな……」

「なにい!?」

〈佐藤零に３６０５のダメージ〉

瞬きすら許さない一瞬の隙。

僕の明け透けな余裕を嘲笑うかのように、蛇はハムスターの背後へと回っていた。

理解が追い付かない。その心情をシステムに汲み取られたのか、蛇の毒を吸いこんだハムスターは震えたまま動けなくなった。

蛇は暗い表情のままボソリと呟く。

「真面目に討論しようとして馬鹿じゃねえの。なんつうか、その必死に頑張ってますって余裕のなさがマジでダサい」

突き放すような言葉のナイフに僕のメンタルは激烈な痛みを受けた。

ハムスターは大蛇に締め上げられ、苦しそうにキュウキュウと鳴いている。

「そもそもクラス決めごときに必死になること自体が間違ってるよな。所詮高校生の戯れ。お遊戯じゃん」

〈佐藤零に2221のダメージ〉

彼の厭味ったらしい言葉は会場全体へ向けられたものだった。

その瞳は揺るがず、水底で時を忘れた老木のような静けさだった。

確かに彼の言う通りかもしれない。クラス決めのために必死になっているのに、その内容はマウンティング。

果たしてこれが華々しく輝く高校生の行うべきことだろうか。

たとえ勝利を収めたとしても、残るのは独りぼっちの玉座と虚しさだけ。

この戦いは、不毛だ……。

「……目が覚めたよ山沢君。マウンティングなんて馬鹿なことやめて、普通に――」

『いやーこれはまた見事な否定型マウントですね～』

『あとはうまく使いこなせるかが問題だな。否定型は攻守ともに優れた高ステータスのバランスタイプだが如何せん嫌われやすい。メンタルの強さと性格の相性がものを言う型だが、それ以上に短時間で相手の精神を削り切るスピードとパワーが必要。「クラスで休み時間、一人物憂げな表情で外を見て溜息を吐く痛い奴」「文化祭後のクラス会、斜に構えて一人だけ参加しない痛い奴」「体育の自由時間、皆が楽しくサッカーをする中ベンチに座る痛い奴」などが該当する。因みに口癖は「しょうもな……」だ』

「…………」

いや、マウンティングかよ！

は？　てことはなに。最初の挨拶を無視したところから全部戦略の内だったの？

分かりにくすぎるわ！

こちとらまともな意見に感化されて痛い詩まで浮かんじゃったのに！

　何だよ『水底で時を忘れた老木のような静けさ』って。

　恥ずかしい上に訳が分かんないよ！

「佐藤お前さ、そこまで必死に上のクラス行って何がしたいわけ？　内輪のルールで天下とってもマジ無駄じゃん」

〈佐藤零に2780のダメージ〉

　全てを馬鹿にしたような突き放す言葉に僕のストレスはどんどん溜まり、ハムスターはじわじわと体力を奪われていく。

　打開策はない。彼には何を言っても無駄だと否定されてしまうだろう。

　だが僕は約束したんだ！　皆と同じクラスに入るって。

　どうすれば……どうすればこの蛇に勝てる……！

「そもそも鷺ノ宮家が言うことは絶対って価値観が古いよな。マジしょうもない」

「……ん？」

「大人たちの古い感性に囚われて何がマウンティングだよ。その時点で既に大人にマウントを取られてるっての」

「マウンティングは、しょうもないの？」

「しょうもねえだろ。必死に自分を取り繕って、大きく見せて何になるってんだよ。はっきり言ってダセえ」

「なら山沢君は何で戦ってるの？　勝ち負け関係ないならフリーバトルの段階で下位クラスに落ちればよかったんじゃない？」

「……………それはまあ、勝手にバトルをしかけられて、証が集まっちまって」

「じゃあ負けてよ」

「…………」

「別に上のクラスに興味ないなら降参してくれてもよくない？」

「…………」

『ソッポ向きましたね』

『ソッポ向いたな』

上のクラスに行くために、上のクラスに行こうとする人間をスカした態度で馬鹿にする。いくら何でも本末転倒ではないだろうか。

納得した。氷室先生が言っていたのはこのことだったのか。

基本的に否定型はコンプレックスや劣等感が強く、何にも興味がないかのような態度を取ってしまうのだろう。

本当は皆の輪に入りたい。でも自分から声をかけるのは恥ずかしい。

儚げで純情なその思いが臨界点を越え「しょうもな……」と逆張りをして目立とうとする否定型へと進化するのだ。

そうなれば彼の弱点は恥ずかしいという感情。僕はそこを揺さぶればいい。

「もしかして必死に努力する姿を見られるのが恥ずかしくて無駄とか言っちゃった？」

〈山沢大成に１３３１８のクリティカルダメージ〉

完全に呑みこんだ蛇の皮膚をハムスターが元気に貫く。

いや、いくら何でも動揺しすぎでしょ。

「は？　そんなんじゃねえよ。でも親が勝てって言うから仕方なく」

「古い感性を打破したいなら親にも言えばいいじゃん『しょうもないって』」

〈山沢大成に２４４０のダメージ〉

僕のハムスターが蛇の尻尾をポッキーみたいに齧り始める。もうそろそろ限界のようだ。

「親にそんなこと言えるわけねえだろ」

「どうして？」

「いや……だってせっかく育ててくれたんだからそんなこと言ったら悪いし……」

〈山沢大成に２８５５のダメージ〉

反論が幼稚でどうしようもないものになってきた。

さっさと倒してあげた方が彼のためにもなるだろう。

僕は先ほど彼がしたように、冷たい表情をもって鼻で笑った。

「そっちこそ真面目じゃん。正直、何とかして必死に抵抗しようとする姿、ダッサイよ」

〈山沢大成に4283のダメージ〉

「は!?　お前みたいな奴に言われても説得力ねえんだけど?」

「あ、そ（笑）」

〈山沢大成に13200のクリティカルダメージ〉

「……!!　マジ、マジだっせえし……!」

『WINNER　佐藤零――LOOSER　山沢大成』

『勝利を収めたのは佐藤選手!　2回戦進出です!』

『肯定的カウンター型の攻撃と否定型のマリアージュ。見事だな』

「ダーリンナイス!　貴方は今、最高に輝いてるわ!」

僕の初めての勝利に会場には大歓声が響き渡る。

恥を掻いた山沢君は逃げるように元来た道を戻ったが、僕は英雄さながらに拍手喝采を受けながら歩く。

眩いスポットライトに当てられ、恥ずかしくもカメラに手を振りながら思った。

『……勝ったのに、そんなに嬉しくない』

倒し方がマズかったのか、アバターがハムスターだから映えないのか、僕の価値観が間違っているのか。

初めての勝利は嬉しさよりも虚しさと悟りだけが蟠りとして心に残った。

## 3.

「あらあらこの程度ですの？」

『WINNER　夜桜環奈――LOOSER　前原啓介』

試合は順調に進み2回戦。

会場は夜桜さんの圧倒的な強さにどよめいていた。

というのも1回戦よろしく彼女が相手を倒す速度が速すぎたのだ。

彼女は日本を支えてきた旧財閥の一人娘。成績は優秀で入学試験を満点でパスした5人中の一人。小さいながらも大人びた雰囲気に強気の笑みと、他の追随を許さないスペックが備わっているのだ。

更にはお付きの白兎君も凄い。中性的な顔で成績も良く、何を言われても動じない鋼のメンタルには強者たる風格があった。

だというのに――。

「今のマウントはなってないわね。芸術性に欠けるわ」

「だが鮮やかだったね。俺も見習わなければ」

真面目な顔つきで何を言っているんだこいつら。

容姿端麗で満点入学と、条件は前述の二人と一緒なのに、どうしてこうも頭が悪く見えてしまうのだろう。

　いやまあ、どちらも実力者には間違いないのだが。

「どうした零（れい）。緊張してるのか？」

「心配ありがとうバ――バカタン。でも大丈夫だよ」

「バカって言いかけた上に修正してなお悪い呼び方してないか」

「いいじゃん。月並（つきなみ）だってオコタン呼びしてるんだし」

「彼女は何かもういいんだよ。地球外生命体と会話し――いや何でもない。とにかく、理解してもらおうって方が無理だ」

「一理あるか……」

「ないでしょ。ないって言いなさいよ」

「ない、わけない」

「――――!!」

　月並が僕の腿（もも）の上に跨（また）り物理的にマウントを取ってきた。

　僕は彼女の手を握り何とか対抗する。

　主張の激しい大きな胸が僕の顔面に当たりまくっているが全く嬉しくない。

　恥じらいがない辺りも彼女を月並として扱わなければならない所以（ゆえん）だろう。

　騒（ざわ）がしいやり取りを行っていると、いつも間に入って止めてくれる東雲（しののめ）さんがクスクス笑い出したから、僕らは揃って顔を見合わせた。

「あ、ごめんなさい……何だか楽しくって」

東雲さんの言葉の意味が理解できないでいると、彼女はそのまま天使のような笑みで言った。

「皆さん、もし私たちが同じクラスになれなくとも、ずっと仲良くしてくださいね。私、千里のことも、佐藤くんのことも、尾古くんのことも、すっごく大好きですよ！」

「えッ――アッ――アッ――アッ――アッ――！」

「ちょ、急に何言ってるのよ翼!!　美少女耐性ゼロのダーリンが持病の発作を起こしちゃったじゃない！」

「えええ!?　何がどういうことですか……!?」

「戻ってきてダーリン！　待って、今目覚めのキスを――」

「うわあああ元気げんき元気げんき元気もりもりー!!」

「さすがに酷いと思うんですけど」

危うく天使の囁きと悪魔のキッスで殺されるところだったが、かろうじて自我を取り戻すことができた。

流石は天然型も混じる翼さん……。何の脈略もなく恥ずかしいセリフを言ってくれるとはありがたい。誰か録音してくれてないかな、目覚ましにしたい。

錯乱して馬鹿なことを考えていると月並は僕の腿に乗ったまま「でもそうね……」と感慨

深く呟いた。

「負けるなんてあり得ないけど、３人とはずっと仲良くしたいと思ってるわ」

「千里さんまで急に何を言いだすんだ」

「ダーリンとは一人の女として、一生仲良くしたいと思ってるわ」

「それはいい。是非幸せにしてやってくれ」

「おい響一！　面倒だからって僕の人生を雑に扱うな！」

「前から思ってたんだけど、ダーリンってどうして千里にだけ強く当たるの？　千里のどこが不満なの!?」

「自分の胸に聞いてみろ印象派ブス」

「――うおらあ！」

「うわあああ！」

月並がゴリラ顔負けの剣幕で襲い掛かってきた。

僕は羽交い絞めにしてくる月並を必死に引き剥がした。

「ダーリンが私に強く当たるから私も暴れざるを得ないんじゃない！　謝りなさい。ダーリンが悪くて、私が清い美少女だと認めたうえで謝りなさいよ！」

「僕は絶対に謝らない！　譲らない！　退かない！　失・せ・ろ！　は・な・せ！」

「嫌よダーリン！　私は貴方と一時も離れたくないの！」

「白々しい！　うおおお密着すんな！」

「天使の守護ね。私の福音を受けたダーリンにはきっと幸福が訪れるわ」

「うるさい堕天使。あるべきところへ帰れ」

「黄泉の国へと連れてってあげるわよ……」

「あー抱きつきながら首を絞めるな首を――!!」

僕らのやり取りを見て笑い出す響一と東雲さん。

くっそ他人事だと思いやがって。

「…………」

苛立ちを見せながらも、僕自身、このやり取りは存外悪いものではないと思っていた。

友達が少なく何のとりえもない僕に、こんな楽しい仲間ができるなんて。

そのためにも、必ず勝たなければならない。

Sクラスに入って、彼らと共に学園生活を過ごすのだ。

『影山春樹くん。及び佐藤零くんはバトルの用意をしてください。繰り返します――』

アナウンスで呼ばれ、僕は歩き出す。

皆はもう2回戦を終え、あと1回勝てばSクラスに入籍確定だ。

僕もあと2勝。そうすれば、彼らと笑って過ごすことができる。

『貴方には上を目指すわけ……「戦う理由」を探してもらうわ』

月並から出された謎の課題。

名前の通り無気力に生きてきた零の僕だけど、戦う理由が、その答えが少しずつ分かってきた。

そんな気がした。

4.

「えっと……佐藤君で間違いないですね？」

「はい。佐藤零です」

「背中に乗っているのは……」

「死に神です。もしくはスタンドです」

「は、はあ……」

妄言を吐く僕に疑問符を浮かべる手荷物検査役の先生。

でも仕方がないじゃないか。この悪魔、自分を貶したことを謝らない限り離さないとか言うんだもの。

「って、月並（つきなみ）さんですか……。なら仕方がありませんね。入場を許可します」

おんぶしているのが月並だと分かった途端、諦めたように溜息を吐（つ）いた先生。

こいつ、金持ちの間でどれだけ悪名を轟（とどろ）かせているのだろう。

僕は月並を背負ったままフィールドに立つことを許された。

歓声の中入場し、バトル開始の合図のために天秤時計（マウンター）を相手へと掲げる。

『第2回戦、影山春樹（かげやまはるき）　VS　佐藤零（さとうれい）！　さあ皆さん、余計なお世話の表情で？』

「「効率の良い戦い方教えて上げようか？　君なら私みたいにもっと強くなれるって！」」

掛け声と同時に時計の中から出現したハムスターは、2回目だからか先ほどと違って緊張した様子はない。

対する相手は大人びた表情の鹿だ。使役者である影山君が大学生みたいに落ち着いていてかなり雰囲気に似合っている。

「よろしくね佐藤君」

「うん。こちらこそよろしく」

議題は【自己実現のために何をするべきか】とこれまた哲学的なものだ。自己実現だなんて言われても、何の目標も持たずだらだらと人生を送ってきた僕には答えようがない。

回答に困るお題だと思っていると、影山君は薄く笑って「自己実現か……」と呟（つぶや）いた。

「これまた難しい議題だね。僕ら高校1年生には身に余る」

独り言ではなく僕に投げかけているようだったので、笑いながら「そうだね」と返す。

鹿はトテトテ歩き出すと、静かにハムスターの隣へと座った。

「そもそも自己実現って何だろうね。お金持ちになる。運命の相手を見つける。有名人になる。人によって目標が異なるわけで、優劣比較決闘戦（マウンティングバトル）においては議題として少しだけ不適当だ」

随分ツラツラと話を続ける人だな。影山君も僕と同じく答えに迷っているのかもしれない。

すると彼は落ち着いた声音で僕に「佐藤君は将来の夢とかある？」と問いかけてきた。

「うーん……正直まだかな」

早く見つけた方が良いよ、と上から目線でマウントを取ってくるのかと思ったが、僕の予想は外れた。

「そうだよね。僕らは成長したようでまだまだ子供だ」

意外な返事だった。というか、彼の態度がマウンティングをするそれではない。

今までの相手なら馬鹿にしてきたり、優しい態度を見せつつも表情に裏の意図が隠れたりしていたが、彼の憂いを帯びた表情は正真正銘（しょうしんしょうめい）マウントを取ろうとするものではなかった。

フィールドには敵対するはずのハムスターと鹿が並んで座る、不思議な光景が広がっている。

会話がそこで途絶え、気まずい空気が会場に流れ始めたので今度は僕が言葉を紡（つむ）いだ。

「影山君は夢とかないの？」

「夢……か……。そんなもの、今はもう忘れてしまったね……。幼い頃は夢の中、正に自己実現のために夢中になって努力をしたものさ……」

一体何があったのだろうか。

過去に、夢を追って嫌な出来事でもあったのだろうか。

触れにくいその回答に僕は愛想笑いしながら何とか続けた。

「でもやっぱりお金持ちには憧れるよね。とりあえずお金さえあれば本当にやりたいことを見つけた時に大抵のことはできるし」

「お金……か……。はたして、お金の量と幸福は比例するのだろうか……。僕も昔は佐藤君と同じことを思っていたけど、お金と引き換えに大事なものを失ったあの日、お金が全てではないと知ったよ……」

「やりにくいわ！」

いや本当に何があったんだよ。

アニメの世界だけかもしれないが、お金持ちといえば資産を巡って親族で争ったり、普通の人たちと釣り合わずに独りぼっちになったりするイメージがある。

彼も似たような経験をしたのだろうか。

トラウマを持っている人間を追い詰めるのは気が引けるが、これは上を巡って争う戦い。

影山君には申し訳ないが、その弱点を集中的に攻めさせてもらおう。

「何か影山君ネガティブだね。自己実現なんて大したことは置いておいてさ、まずは趣味でもいいから見つけてみた方がいいんじゃない？　そんなに否定的だと人生楽しめないよ？」

鼻で笑いながら上から目線でアドバイスを送る。ハムスターが光の球を至近距離から放った。

しかし、

「えー――」

〈影山春樹に0のダメージ〉

攻撃は影山君のアバターを透過し向こうの壁にぶつかった。ダメージが入っておらず、影山君のMPに変化はない。今の皮肉が理解できなかったんだろうか。もしくは僕の演技力が足りなかったか。

絶好の機会を逃し悔し気に思っていると、彼は再び溜息を吐いた。

「趣味……か……。人間、多くを望めば幸せになれるとは限らないのさ」

「別に大したことはしなくていいと思う。例えば一本のゲームをやり切るだけでも、シナリオをクリアした達成感と満足感が得られるし。影山君は人生の楽しみ方が分かってないね（笑）」

ハムスターが特大のビームを口から放つ。僕のような人間から生き方について諭されれば激昂は必死。今度こそ完璧な煽りだ。

そう思っていたのに、やはり影山君の鹿には攻撃が当たらなかった。それどころか、鹿の陰が波紋のように広がり、ハムスターの背後を取る。

そして、彼は悟った表情で静かに笑った。

「ゲーム……か……。そんな低俗な遊戯で満足できるなんて羨ましいな。僕はもう、その程度じゃ幸せとは思えない」

「な――――！」

彼は僕を憐れむような儚げな表情のまま、自虐的に言った。

「まあきっと、いつか佐藤君にも分かるようになるよ（笑）」

「――ぐはぁ!!」

〈佐藤零に６３３３のクリティカルダメージ〉

影は火輪のようにハムスターを覆うと、四方八方から襲いかかり僕のアバターを切り裂いた。

『これは鮮やかな肯定的カウンター！　対戦相手に自分がマウントを取ったと錯覚させる高等テクまで見せてくれました！』

『佐藤はこのバトルがＭＰ減点方式で命拾いしたな。これが芸術性加点方式だったらもう追いつくことはできなかっただろう』

何だ……今の攻撃は……！

彼は人生を楽しめなくて、それに対し僕が余計なお世話のアドバイスを送った。

影山君が下で、僕が上にいたはずなのに、どうして彼はあんな余裕を見せている。

どうして僕は、胸が痛むほどストレスを受けている！

「ダーリンしっかりして！」

月並の声援に何とか持ちこたえる。

彼女の声がなければ今頃ストレスで自制心を失っていただろう。

「……てかお前いつまで背中乗ってんだよ」

「そんなことはどうでもいいの。今は彼を倒さないと」

確かに月並の言う通り今はバトルに集中しなければ。

人生で一度も味わったことがないくらいウザかった先ほどのセリフ。それを実況では肯定的カウンターと呼んでいた。それに僕がマウントを取っていると勘違いしていたとも。

これは一体どういうことだ……。

「──最小限主義者……」

動揺していると、怯えるような声音で月並が呟いた。

「まずいわダーリン……！　もしかしてと思ったけど、彼は超越型最小限主義者よ！」

「ミニマリスト……？　一体何を──」

「流石は月並さん。僕の正体を一発で見破るとは」

胡乱な目つきで薄く微笑んだ影山君。

彼は右手を広げ左手を自らの胸へと置くと、静かに深々と頭を下げた。

「改めてご挨拶。影山家次期当主、影山春樹と申します。理論家の父と平等主義者の母の血を受け継ぐ誇り高き種族さ」

「種族ってなに？　ハーフ。ハーフって意味で良いんだよね？」

「理論家(セオリスト)と平等主義者(イガリタリアン)の家系……なるほど、納得だわ……その点に注意して戦うのよダーリン」

『影山(かげやま)家にも遂に「称号持ち」が現れましたか……！』

『最小限主義者(ミニマリスト)。秩序と混沌(こんとん)の矛盾から生まれた悲劇の立役者だ。奴らはあらゆる攻撃を無効化し、虚無の中から瞬時に鋭い一撃を放つ。さて、佐藤(さとう)はこの場をどうやって切り抜けるか、見ものだな』

「お願いだ皆！　僕を置いて話を進めないでくれ！」

この1分で聞きなれない単語がいくつ出ただろうか。頭の中はもう滅茶苦茶だ。

唯一分かるのは、彼が非常に危険な存在だということ。

あの月並(つきなみ)が狼狽(ろうばい)しているのが良い証拠だった。

「教えてくれ月並……！　最小限主義者って一体何者なんだ……!?」

「最小限主義者は正義と効率を極めし悪魔の俗称よ。物が溢(あふ)れかえる現代。満たされすぎた心と歪(いびつ)な人間関係から悟りを開き、最小限の幸せだけを求めるようになった人間の末路。彼らは正義と効率を優先するあまり人の少ない穏やかな地域に生息し、部屋の隅には小洒落(こじゃれ)たアンティークと観葉植物。そして数冊の自己啓発本しか持ち合わせていない恐ろしい種族なの」

何だろう。僕の知っているミニマリストとだいぶ違う。

「主食はプロテインとサプリメント。性格は比較的穏やかだけどカウンター性能は抜群で、会話をすればこちらが与えた約5倍のストレスを返してくると言われているわ」

「お前ら全世界のミニマリストに謝れよ」

「食事は時間の無駄だからね。それにお金も節約できて合理的だ」

「部屋の隅に置いてある観葉植物は合理的なの？」

この学園の価値観に正面から向き合おうとしたのが間違いだった。

僕は頭の悪い解説に一旦落ち着きを取り戻し、彼を倒す方法を考える。

氷室先生の解説によると最小限主義者はあらゆる攻撃を無効化するらしい。

それは全ての面において無駄を省くような性格からくるのだろう。

だが弱点は必ず存在するはずなのだ。必死に考えを巡らせていると、影山君は「さて、バトルを続けようか」と余裕そうに笑った。

「しかし佐藤君は無邪気でいいね。僕はこの年齢にして全てを悟ってしまった。どれだけ手に入れても満たされない。本当に必要なのは自己受容。その点において、佐藤君はまだまだ伸びしろがあるからね。未来に希望を持つ姿は見ていて羨ましいよ」

「ふん。同じ煽りをされたところで痛くも痒くも――」

「彼女である月並さんともラブラブのようだしね」

「ぎいえああああああああああああああ!!」

〈佐藤零に１１９８２のクリティカルダメージ〉

「ちょ！　何でその話題でダメージ受けてるのよ⁉　しかもクリティカル！」

　僕の弱点を既に見切っているだと……⁉

　この話題は不利だ。どうにかして話の主導権をこちらが握らなければ……！

　ハムスターが駆け出し、鹿の背中に跳びついた。

「そ、そうだよ……！　影山君だって好きな人を探せばいい。お金や物に興味がなくてもさ、信頼できる大切な人との時間って最小限の幸せじゃないか」

〈影山春樹に９８０のダメージ〉

　僕の投げかけた言葉に影山君は意外にもダメージを受けていた。

　そして彼は俯くと、反撃もせず自傷的に笑った。

「真実の愛って……一体何だろうね……」

「…………」

〈佐藤零に４４９のダメージ〉

　もうあれだよ。勝てる気がしないよ。全ての会話を哲学へと変換し、口にする言葉の全てがウザい。目線の流し方。間の置き方。表情。声のトーン。

　自覚していないのだろうが、一挙手一投足がストレスフルで芸術の域に達している。

「僕だって男だ。若い頃は愛する人だっていたよ。でも全てを失ったあの日、真実の愛とは何なのかを考えるようになってしまった。皮肉なものだね……」

大仰に首を振る影山君は悲劇の主人公気取りでムカついたが、彼は再びあの日と言った。もしかしたら彼はマウントを取りたいのではなく、本当に人生を悲観しミニマリストへと堕ちてしまったのかもしれない。

そう思うと少し気の毒な気もした。

「影山君。君は、過去に一体何があったんだ……？」

僕の問いかけに彼はダメージを受けながらも静かに語りだした。

「……中2の冬、僕は運命の人に出会った。彼女は僕とそこそこの関係で、友人づてに聞いても両想い確定だった。本人から二人で遊ぼうと誘われたこともあった。烏滸がましいけど、目を見れば僕のことが好きなのだなと一発で理解できた」

鹿は自らの影に囚われ苦しそうにもがいていた。

「僕は告白することを決意した。彼女はロマンチックな展開が好きだと友人から聞いていたから、サプライズプレゼントも用意した。でも……彼女は……いや『彼女たち』は僕を嘲笑っていただけだったんだ」

何もかも諦めたかのような表情に僕は確信した。彼は絶対比較主義者じゃない。

スカした奴だと僕が勝手にイラついていただけだ。

嘘告白。

恋愛感情もないのに嘘の告白をしたり、その気がある振りをして告白させたりして、その場面とやり取りを周囲が笑うという陰湿な嫌がらせだ。

彼もその遊びの被害者になってしまったわけだ。

「ごめん影山君……嫌なことを思い出させちゃったね……」

「いや、いいんだ。僕もあれを機に人間関係や物が人生を豊かにするわけじゃないと学んだしね。サプライズの詩集がお蔵入りになってしまったのが、唯一残念だったけど」

「……詩集?」

自嘲気味に笑った影山君の言葉にふと引っ掛かる。

「影山君。サプライズの詩集ってなに?」

「ああ。僕は詩を綴るのが趣味でね。ロマンチックが好きだという彼女のために短編集を作ったんだ。せっかくだから直接読んで気持ちを伝えようと一作を読み終えたら逃げられちゃって、渡せなかったけどね……」

〈影山春樹に４９９のダメージ〉

寂寥たる表情で呟いた影山君。何だろう。どこかおかしい。

試しに僕が「覚えている箇所だけでいいから詠んでくれないか」とお願いしたところ、彼は嬉しそうに快諾してくれた。

『君は僕の太陽　　著・影山春樹

君は太陽　僕は月

いつだって君は　僕を明るく照らしてくれる

僕は一人じゃ輝けないけど　君がいれば一万ルクス

惹かれ重なる日食のように　僕と君は結ばれる

赤く染まった可愛い（かわい）太陽　Ｆｏｒｅｖｅｒ君を愛してる』

「『「うわあああああああああああああああ!!」』」

〈佐藤零に11120のクリティカルダメージ〉

　立ち込めた黒い影にハムスターは愚か、会場全体が蹂躙された。

『こ、これは強烈なポエム攻撃……!!　見事な共感性羞恥にメンタルがゴリゴリと削られていきます……!!』

『これが超越型最小限主義者の真なる姿……!!　奴にはもう人の心が残っていないのか……!?』

「聞くんじゃなかった……!　聞くんじゃなかったあ!」

　悪意は一切ないのだろうが影山君は精神を削る才能に溢れている。

　きっと勝つつもりもなくここまで上がってきたのだろう。

「これだけ心を込めたのに彼女たちは僕を蔑むような顔つきで離れていった。笑ったよ!　それ以来、僕は他人が信じられなくなってしまった……」

〈影山春樹に4429のダメージ〉

「悪いのお前だけどな!!」

　こんな痛いポエム目の前で詠まれたら運命の恋も一瞬で冷めるわ!

　だが、経緯がどうであれ彼が悲しきモンスターとなり、結果的に脅威となっているのには間違いない。僕のMPも残りわずか。彼が絶対比較主義者でないにせよ、後少しストレスを受けたら負けてしまう。

「月並……！　僕は一体どうすればいい……？」

彼女は凄まじいポエムを放った影山君を羨望の眼差しで見ていたが、僕の不利を思い出してかすぐに真剣な顔に切り替わった。

「超越型は基本的に弱点の型である攻撃しか効果がないわ。なかでも彼はマイナス属性で真正タイプの最小限主義者。となるとプラス属性のアドバイス型か肯定型、もしくは天然型で――」

「僕にも分かるようにお願いします」

月並はこれ以上分かりやすく解説できるか？　といった表情を見せ「だから」と言葉を紡いだ。

「彼は精神を超越して全てを無へと変換する。よってマウントをとっても『うんうん。すごいすごい』と逆に見下してくるわ。まるで幼稚園児の言葉に頷く母親のようにね。でもそこに愛はない。それを私たちはストレスに感じてしまうの」

「全てを無に変換されたら勝ち目がないじゃないか……！」

「そこで必要なのは『同調』と『感動』よ。彼は今、少数派な自分に酔っている。酷い扱いを受けた自分。周りと違う自分。理解されない自分。そのバリアを張ることでメンタルを守り、間接的に相手へとダメージを与えているの」

「同調と感動……？」

「そう。彼らは多元希少種だから同じ意見を持った人間には甘い。これが同調。そして自分のことを賢く落ち着き払っていると思っている彼らには、その平穏な精神を揺るがす巨大な感動を与える必要があるの。それこそ、彼にミニマリズムを教えた人間がいるはず。きっと理論家(セオリスト)の父と平等主義者(イガリタリアン)の母の教育が彼に影響を与えたのね。彼は失恋からメンタルに巨大な衝撃が走り彼の価値観と正常な判断力が揺らぎ始めた。そして世界に疑問を持った彼は、人との関わりを減らし物を捨て、新たな価値観に目覚めることで最小限主義者(ミニマリスト)となったわけ」

「宗教みたいなハマり方だな」

「だから今必要なのはそれを超える感動。まずは彼に寄り添い同調して関係を築いたのち、ミニマリズムに勝る新たな価値観を与えれば、今までの自分は間違っていたのだと精神を削ることができるわ」

「最後まで聞いても結局よく分からなかった」

詳しいことは置いておいて、同調と感動の部分に焦点を絞ろう。

ちょうどアドバイスを聞き終えたところで会場が全体的に落ち着き、何があったと驚いていた影山(かげやま)君もバトルを一旦仕切り直す。

「まあつまり、人間関係ほど希薄なものはないってことさ。好きな人を運命の人と思ってもそれは一時の熱に浮かされているだけ。付き合ってみたら価値観が合わないトキメかない。大人だって離婚する時代だ。結局この世に愛なんてなくて、互いに我慢をしながら生きているんだ」

影山君は自信満々の表情でこちらに語りかける。

「そんな人生って本当に幸せって言えるかい？　我慢して見栄を張った幸せなんて時間の無駄。僕らに必要なのは自己受容。矮小な存在である自分を受け入れ最小限を愛す。ありのままの自分を見つけて初めて、自己実現が可能だと思わないかい？」

鹿は空を駆けた。彼のアバターが足を着けた空中からは宝石の欠片のようなものが生成され、僕のハムスターを狙う。どうやら終わらせにくるようだ。

「この世に価値も、愛も存在しない！　全て時間の無駄！　さあ佐藤くん。君も僕と同じく無駄を断ち切り、効率的で幸福な人生を送れる最小限主義者になろうじゃないか！」

無数の欠片は避けられそうにない。反撃するには愛の証明をしなければならないが、どうすればいいか見当もつかない。彼は先ほど自傷ダメージを受けていたから、必ず弱点は存在するはずなのだ。とにかく何でもいい。相手にペースを握られる前にこちらが攻撃側に回らなければ！

「――愛は、存在する！」

デタラメに否定した僕の言葉に影山君は興味深そうに笑った。

それと同時に放たれる寸前だった欠片が動きを止める。

「へえ、愛は存在すると……そっか。君には月並さんという素敵な彼女がいるもんね」

勘違いされているのは不満だが元より自分で蒔いた種。

そして2度目ということもあって僕は何とか精神を正常に保てた。

堪える僕の表情を見て自信があると勘違いしたのか、影山君は挑発的に言う。

「でも君らはまだ出会って間もない。そんな薄っぺらい関係でも真実の愛があり、無駄ではないと言うのかい？」

「た、確かに僕らは付き合って間もないけど……幼い頃からの知り合いで、でも両親の都合で離ればなれになって……」

「ありきたりだね。ただ幼馴染ってだけで好きになるとは愛とは程遠い。単純接触効果ってやつだね。それを抜きにして、君は彼女を真に愛していると証明できるのかい？」

「えっと……」

言葉に詰まる。もうだめだ。諦めかけたその時、

「——私は14歳までアメリカに住んでた。この意味がお分かり？」

月並は突然、影山君にそう問いかけた。

僕は言葉の真意が分からずにいた。しかし、影山君はその問いに信じられないようなものを見たように目を見開いていた。

「ま、まさか……そんな馬鹿な……！　真実の愛が、引き裂かれた二人の運命を修復し引き合わせた…!?　佐藤君と月並さんは同じ病院で生まれ、その際お互いの両親が仲良くなる。

そして二人共に仲良くスクスク成長し無邪気にも結婚の約束を交わす」

「え、ちょ――」

「しかし二人は住む世界が違う。月並家のご子女である月並さんは佐藤君へ何も告げずアメリカへと発ち、別れ、二人の思い出は幼き日の幻となる。……しかし！　二人は互いのことが忘れられず神に祈る『どうか、またあの人に逢えますように……』。その強い思いは天まで届き、一般人である佐藤君は鷺ノ宮学園へスカウト入学。入学式の日、二人は運命的な再会を果たし、熱い……キスを交わす……。真実の愛が二人を再び巡り合わせたんだ！」

〈影山春樹に11100のクリティカルダメージ〉

鹿は制御が効かなくなった欠片と共に空から落下した。

瓦礫の中から這い出た鹿はもうボロボロで、使役者である影山君は一人、大粒の涙を流してその場に膝をついていた。

「まさか……雑多に塗れ腐り切った現代社会に……これほど瑞々しい愛が芽生えているだなんて……。感激だよ……！」

月並は僕の背中から降りた。そして勝手に馬鹿な拡大解釈をしてダメージを受ける影山君に、優しい声音で宥めるように続けた。

「私は最小限主義者を否定するつもりはないわ。でもね影山君。純愛を語る貴方は本当の愛を知っているの？」

「ぼ、僕は——」

「私たちは所詮高校1年生。貴方(あなた)が過去を否定する気持ちは分からないでもないけど、人は様々な成功失敗を繰り返して大人になっていくの。貴方は多くを否定する前に多くの経験を積む必要がある。……それにね、好きという気持ちに大小なんて関係ないのよ。確かに世界は無駄な余剰で溢(あふ)れているわ。でもね、その数には限りがある。それに対して愛の量は無限なの。そう。私がダーリンを、心から愛しているように……」

「うばああああああああああ!!」

〈影山春樹(かげやまはるき)に43211のクリティカルダメージ〉

〈佐藤零(さとうれい)に99999のクリティカルダメージ〉

『WINNER　佐藤零——LOOSER　影山春樹』

『共倒れだあああああ!　佐藤君、タッチの差で影山君に勝利を収めました!』

「だから何でアンタまでダメージ受けてるのよ!」

「燃え尽きたぜ……真っ白にな……」

突然投下された爆撃に鹿もハムスターも灰燼(かいじん)へと帰した。

『えー解説の氷室(ひむろ)先生。かなりグレーな決着のつき方でしたが、佐藤くん本人がとどめを刺さなくとも良いのでしょうか』

『いいんじゃね。俺、影山の担任やりたくねえし』

雑か。そうツッコミたくもなったが、月並が同席している時点で既におかしい。

お金持ちの世界では権力者が良いと言えば良いのだろう。

さすがマウンティングが全てを支配する学校だ。

半分呆れながらうな垂れていると、同じく吹き飛んでいた影山君が腰を上げて歩み寄って来た。その表情は晴れやかで、先ほどまでの悟った表情ではなくなっていた。

「世界に無駄なものが多いという意見は変わらないが、二人の愛はしかと感じたよ。確かに僕は経験もせずに多くを否定していた。僕ももっと研鑽を積んで本当に自分が好きになれるものを見つけるよ。ぜひ上に行ってくれ。応援してる」

「影山君……ありがとう。君の分も頑張って、絶対にSクラスへと行ってみせるよ」

差し出された手を僕は微笑みながら掴んだ。

なかなか狂った相手だったが悪い人ではない。

どうか今後、彼のしょうもない価値観をぶっ壊してくれる人が現れますように。

……まあ、この学校ではもうできないだろうけどね。

5.

苦戦しつつも何とか2勝。

Ｓクラスまであと1勝で、僕らは最終決戦に向け最終調整を行っていた。

「昨日までに話し合った通りＳクラス昇格を戦うバトルまでスキルを隠す。皆は無事隠し通せたから、次のバトルでは比較的有利に戦闘を進められるはずだ」

スキルは試合中1回しか使えず、早めに使用すると対策を立てられる可能性があった。僕はまだ一度も使用していないため、どのような秘策があるのかと相手に圧をかけることができる。

「私は優勝を目指すからギリギリまで使うつもりはないけどね」

かくいう月並も使用していなかった。彼女は対策を警戒したというよりも、使うまでもなく相手を倒せたからだが。

「そうだね。今回も対策を立てるべきは零と東雲さんだろう。これを見てほしい」

響一が見せてくれたノートには、次、僕と東雲さんが戦う相手の特徴と対策が書いてあった。

「この短時間で作ってくれたの!?」

対戦相手は当日まで分からず的を絞った対策が立てづらいのがきつかった。それなのに響一は自分だけでなく僕らの分まで纏めてくれていたのだ。

秀才の本領発揮といったところだ。

「ああ。東雲さんの対戦相手は今崎紗雪さん。大手ＩＴベンダー企業の娘さんだ。旧財閥とは言わずとも名の知れた人物だ。性格は氷のように冷たく鋭い性格で、俺と同じく理詰めで戦うタイプ。できるだけ明確な答えのある会話は避け、スキルも早いうちから使うべきだろう。厳しいけど真面目な人だから素直に自分に実力があることを見せれば揚げ足は取られないはず。逆に真面目すぎるところを突いて攻撃するべきだ」

「わ、分かりました……！」

響一が破ったノートの紙を数枚受け取り、東雲さんはアドバイスを緊張した面持ちで読み込み始める。

「零の相手は高城歩くん。広告事業とゲーム事業で頭角を現したメガベンチャーの家の子だな。俺たち推薦組とも零のようなスカウト組とも違い、一般受験で入ってきたらしいから情報が少ない。分かっているのは零と同じくスキルを一度も使用していないこと。優秀なのには変わりがないだろうから、下手に自分から攻めず初めは様子見をしていこう」

「ありがとう」

僕もノートを貰い読み込んでいく。響一自身もSクラスに入るため必死なはずなのにここまでしてくれるとは、本当にありがたいことだ。

「翼もダーリンも、Sクラスがかかってるんだからスキルを出し惜しみしちゃダメよ。今まで覚えてきたマウンティングを全て駆使して戦って、絶対に勝利を収めるのよ！」

月並の激励に重く頷いた。これに勝てばSクラス。もうどんな手を使ってでも勝ち上がるしかないのだ。

昇格戦最終試合。勝てば最上位クラス確定となれば緊張しそうだが、響一の戦いぶりは見事なものだった。

女子相手だろうと手加減せず、得意のデータと論理的思考で相手のマウントを論破した。

『WINNER　尾古響一――LOOSER　佐々木明日香』

「「オコタンかっこいいー!!」」

鮮やかな勝利を見せつけた響一に僕らはエールを送った。なのに彼は鬱陶しそうな顔をして選手控室へと戻って行ってしまった。何が不満なのやら。

「さすが尾古くんは違いますね……!」

東雲さんも自分のことのように興奮して喜んでいる。

そして少し不安げに「次は私の番ですね……」と意気込んだ。

「頑張ってね翼。なに大丈夫よ。スカウト組は何かしらの見込みがあって呼ばれているんだから、尻込みする必要はないわ。自分の長所を最大限生かして戦いなさい。私と別のクラスになんかなったら許さないんだから」

「行ってらっしゃい東雲さん!」

「い、行ってきます……!」

バトルは混戦を交えながらも無事進み、遂に東雲さんの番が回ってきた。

対戦相手は情報通り今崎紗雪さん。彼女が東雲さんの最難関だ。

【Sクラスへ向けた心意気を表明せよ】ディスプレイに議題が表示された。

「……東雲さん貴方、スカウト組にしては健闘しましたね。それに関しては素直に認めざるをえません」

静かに口を開いた今崎さんに合わせて彼女のアバターであるオコジョが駆け出す。

「ですが快進撃もここまでです。これ以上、あなた方スカウト組に好き勝手させるわけにはいきません」

『スキル「氷結」発動——4999以下のダメージを無効化』

同時にフィールドには雪が降り始め、白いオコジョが雪と同化する。

『スキル「天使の涙」発動——周囲の感情をダメージに加算』

「わ、私だって、ご両親の威を借りてあぐらを掻いている貴方がたに負けるつもりはありません……！」

〈今崎紗雪　309ダメージを無効化〉

東雲さんのスキルは攻撃防御ともに第三者の精神が影響する癖のある効果だった。

しかし今回は金持ち連中をこき下ろす発言をしたためか大幅にダメージが減少してしまった。

「悪いことは言いません。貴方は自分自身のためにも自ら身を引くべきです」

雪の中からフェレットが勢いよく飛び出したがオコジョはよける。しかし彼女は負けじと切り返すと、堂々とした態度で宣言した。

「負ける気はありません。私は皆と一緒にいたいんです。だから、たとえ役不足でもＳクラスに入ってみせます！」

いいぞ東雲（しののめ）さんよくぞ言った。彼女の弱点は気の弱さにあるが、今の彼女なら相手の攻撃も低ダメージで抑えられるはずだ！

「東雲さん……」

後方から溜息が聞こえ振り返ると、そこにはバトルを終えて戻ってきた響一（きょういち）があきれ顔で立っていた。

「どうした響一」

僕の疑問に彼は何とも言えない苦い表情を見せた。

「あのねえ東雲さん……」

対する今崎（いまざき）さんも呆（あき）れたように目を瞑（つむ）った。

「キメ台詞を言ったつもりなのかも知れないけど、言葉の使い方が間違ってます」

「……え？」

「役不足は実力に対して立場や役目が足りていないこと。この場合使用するべきなのは力不足です」

「え？　あっ――――あ～……」

〈東雲翼に12900のクリティカルダメージ〉

彼女の言葉に東雲さんは大ダメージを受けながら、白い肌を真っ赤に染めてその場に腰を下ろした。顔を手で覆い、恥ずかしそうに声を漏らす。

やってしまった。ドヤ顔の発言が間違いだったと知り彼女はブツブツと自分を攻めていたが、今崎さんは容赦しない。

「この程度の教養すらない人間はSクラスに行くのに相応しくありませんね。これ以上恥をかく前に降参しては？」

その言葉に東雲さんは即座に反応し、顔を赤らめながらも必死に抵抗する。

「ち、違います……！　これは今崎さんを油断させるための作戦でしてね……！　ふふふ……！　まんまと私の策略に乗ってしまったようですね……！」

耳まで真っ赤に染めながら滅茶苦茶な誤魔化し方をする東雲さん。

可愛い。

「……呆れてものも言えませんね。どんな人生を送っていれば貴方のような人間に――――」

オコジョが氷柱を放った途端、それは嵐の強風に煽られて本人へと突き刺さった。

〈今崎紗雪に5298のダメージ〉

「何ですかこれは……!?」

突如起こった出来事に今崎さんは困惑していた。だがフィールドを見ればそれは理解できた。東雲さんのアバターの周りには巨大なヴェールができていたからだ。

あれは彼女のスキルによるもののようで、その効果は周囲の感情をダメージに加算するもの。それはつまり――。

「うわ……」

僕は思わず苦笑いをしてしまった。先ほどまで厳しい目線を浴びせていた会場の連中が、優しい目つきで東雲さんを見守っていたからだ。

「……可愛い素振りを見せて会場の男子連中と人に甘い女子連中を味方につけ、私への敵愾心をダメージに変換した……!?　なるほど……これが貴方の作戦ですか……。あえて言葉を間違え私に指摘させることで、大事な場面で間違っちゃう天然っ子可愛いと周囲を巻き込む算段だったと……」

「え……？　そ、その通りです！」

明らかに今崎さんの発言の意図を理解していない反応なのに頷いてしまう彼女。

可愛い。

今崎さんは顔を伏せた。そしてワナワナと肩を震わせると、東雲さんを指さした。

「この悪女！　悪女悪女悪女！」

「ええ!?　悪女……？」

「他人を誑かして利益を得るこの腹黒ビッチ！　これだから私は可愛い子ぶる女は嫌いなのよ！」

過去に何かあったのだろうか。冷静だったはずの今崎さんは泣きそうになりながら叫び出す。

「何しても許されるし、何もしなくても許されるし、それに対して私みたいなブスはどれだけ努力しても過小評価……」

うん。えらく面倒な話になってきた。

涙を流し始めた今崎さんに、東雲さんはあろうことかフォローを入れた。

「い、いやそんなことはないと思いますよ!?　私だって全然モテませんし、今崎さんだってすっごく可愛いじゃ——」

「はあああああ何それマウンティング!?　貴方たちっていっつもそう！　本当は自分が一番だって思ってるくせに私を可愛いって煽って……」

「ほ、本当ですよ……！」

「生徒会に立候補しても、テストで満点を取っても、部活で活躍してもチヤホヤされるのはいつも可愛い子だもん……！」

「たぶん顔は関係ありませんよ……！」

「じゃあ何が問題だって言うんです!?」

「普通に、話しづらいだけでは……？」

「え？」

〈今崎紗雪に１８２２のクリティカルダメージ〉

「私の話も聞いてくれずに怒るし、他の人も気軽に声をかけづらいんだと思いますよ……」

『ＷＩＮＮＥＲ　東雲翼——ＬＯＯＳＥＲ　今崎紗雪』

口走った東雲さんの言葉にフィールドは揺らぎ、オコジョは雪崩に巻き込まれて消えて行く。

「……そうですよね、私って話しかけづらいですよね……」

「え？　うわあああ違います！　ほらそこ！　もっと普通に受け止めればいいんです！　変に重く捉えないでください！」

「どうせ私なんて面倒な人間ですから……」

「さっきのは違くてですね!?　ふと思ったことを口にしちゃっただけで、決して貶したわけはなくわぶ——！」

東雲さんはトボトボ去る今崎さんを追いかけようと走り出した。

そして一歩も進まずに転んだ。

可愛い。

それを見た会場のボルテージは遂に臨界点を突破した。

「「ツ・バ・サ！　テ・ン・シ！　ツ・バ・サ！　テ・ン・シ！」」

「うわあああああん!!」

「待ってください誤解です〜……！」

本日2度目の翼コールに泣き叫ぶ今崎さん。

それを背後に「可愛い子ぶってなんかないのに〜……！」と駆ける東雲さん。

彼女らしい勝ち方だなぁと同情しながらも、テロテロと走る姿がこの世の何よりも可愛かったので、僕も皆に交じって翼天使コールを贈った。

響一は上位クラスへ無事在籍を決めた。東雲さんも何とか勝利を収めた。そしてもちろん、月並も当たり前のように上へと登る。

残るは僕の番だ。

耐えがたいプレッシャーに晒されながら、僕はリングでその時を待つ。

『さあ遂に最上位クラスの座は残り一つとなりました。最後の枠を勝ち取るのは果たしてどちらなのか!?　高城歩　VS　佐藤零！　さて皆さん、友達のフリして足を引っ張る腹黒女の真剣な顔で？』

「「貴方のために言うけど、そこまで必死になってもいいことないと思うよ？」」

バトル開始の合図と共にやる気でみなぎるハムスターが現れた。対する高城君は賢く強そうな鷹。月並たちの情報によると彼は最近頭角を現し始めたゲーム会社の息子さんらしく、これまた天敵の動物だ。

議題は【どんな努力をしてきたか。していくか】だ。

テーマを見て僕は息が詰まった。

なぜなら僕の辞書に努力の文字など存在したことがなかったからだ。

「努力か。まあ俺はとにかく勉強と社会経験だな。ウチの父親の会社はまだ発足して10年程度だから、この学園の連中に張り合えることと言えば成績くらいしかないし」

高城君が黙り込みこちらを見つめてくる。どうやら僕の番らしい。

「……僕が頑張ったことは友達作りかな。勉強って最低限のことができれば良いと思うけど、友達は一生の宝物だと思うし、学生の今のうちに楽しい思い出を作っておきたいしね」

嘘はついていない。僕だって友達を作る努力は最大限してきたつもりだ。

だが結果は伴わず3年間同じクラスだった女子たちから

『あれ、佐藤君って下の名前なんだっけ……？』

『え、知らない……』
『先生に提出するプリントに書かないといけないの。誰か聞いてきてよ……！』
『やだよ！　なんかいっつも一人でいて怖いもん……！』
『え、見てあれ。なんか一人で静かに泣き始めたよ……』
『『こわーい……！』』

とヒソヒソ声なのになぜか教室中に響く会話をされ、気まずくなってトイレに行き、その間に名前を認識してもらう。その程度には充実していない人生を送ってきたわけだが。

「友達作りって努力するものなの？　友達なんて普通にしてればできるし、良い成績を取っておいた方が進学に有利で結果的に就職先も選択肢が増えるから、勉強しておいた方が佐藤君のためになると思うけど（笑）」

「東大に行かないと入れない会社があるわけじゃないんだから最低限でいいんだよ。それに社会では勉強ができるよりも仕事ができる方が大事だと思うし、なら使わない勉強を突き詰めるよりも一生使うコミュニケーション能力を上げた方がいいと僕は思う。あーでも高城君には友達の大事さは分からないか……。なんか人付き合い苦手そうだもんね（笑）」

〈高城歩に３４９９のダメージ〉

『おっと佐藤君が虚空的カウンターを見せました！　決して否定はせずともさりげなくメンタルにダメージを与える技は見事！　スカウト組でここまで上ってきただけのことはあります！』

『高城は超高倍率の試験を潜り抜けた数少ない受験組。とはいえベンチャー育ちのあいつは俺たち上流階級の歴史には疎い。未だマウンティングの仕組みを理解できていないのかもしれないな』

　初めてまともな論戦でダメージを与えることができた。ほとんど偶然なので追撃はできず、ハムスターは噛みついた鷲の翼から離れてしまったが。

　高城君は僕をスカウト組だと甘く見ていたのか反論できずに眼鏡をクイと上げ直す。

「確かに話す力も大事だね。この学園は親会社同士の繋がりが多くて僕みたいな成り金組は余計に苦労したよ……」

「ちゃんと下調べしないからそうなるんだよ。次からは気をつけたほうがいいよ（笑）」

〈高城歩に２３３０のダメージ〉

　無論、僕自身なに一つ調べなかったどころか優劣比較決闘戦の存在すら知らなかったが……。

　鼻で笑ってやると高城君は再びダメージを負った。

「……た、確かに迂闊だったよ。対して佐藤君は凄いよね。あの月並さんや尾古くんと協力していたらしいじゃないか。どうやったらそんな人たちと仲良くなれるのか教えてほしいくらいだ」

低姿勢でやたらと自虐的な態度を見る限り、やはり先生の言った通りまだマウンティングに慣れていないようだ。自虐型のマウントを取っているつもりなのだろうが全くイラつかない。

彼のアバターも上空を旋回するばかりで全く襲ってくる様子がない。

畳みかけるチャンスだろう。そう思い、僕は大仰な態度を取ってみせた。

「んー高城君は弱気なのがいけないんじゃないかな。この学校自体、気が弱いっていうのは不利だし、気を使ってばかりの人って本音で話してる感じがしないから信頼されないよね。もっと自信を持って話すといいと思うよ。まあ僕の場合？　生まれつきの性格もあるから真似しても仕方がないかもしれないけどね（笑）」

ハムスターは最大出力で空へとビームを放った。まともに受ければ多大な傷を負うだろう渾身の一撃。極太の光が消え、上空を見ると眩い太陽が僕の視界を眩ませた。

思わず顔を伏せてしまった。

その行動は自身のなさの表われだったのかもしれない。

暗闇が晴れて再び上方を見上げるとそこには黒い影があった。残念ながら攻撃が当たらなかったようで、それは徐々に姿を現し、やがて会場全体に甲高い鳴き声が響いた。

『スキル「組織破壊」発動――バトル開始から自身が3回以内に受けた型以外の攻撃を無効化』

「なに!?」

比喩ではなく、風を切る速さで何かが目の前を通り過ぎていった。

言わずもがな、高城君の鷹だ。

今までの行動は全て作戦の内だったのだろう。そいつは気づかぬ間に背中にジェットを背負っていた。僕の取った渾身のマウンティングも届かぬ高さまで鷹は上っていたのだ。

奴は鋭い爪に僕のハムスターを捕らえており、地面に押し付ける形でマウントを取り強く握って放さない。

「なるほど、ここまで勝ち上がってきた生徒がスンナリ負けてくれるわけないよね。……ま、このまま簡単に倒してしまうのも退屈だと思っていたから丁度いいや」

僕は君の行動は想定済みだと言わんばかりの挑発的な抑揚で相手を煽る。しかし、至近距離から発したハムスターの攻撃は鷹を傷つけることなく弾かれていた。

「無駄だよ。佐藤君がバトルのために無理していることは分かっている。というか、さっきまで皆の前で情けない声を上げまくっていたくせに、突然そのキャラは無理があるだろ?」

〈佐藤零に1210のダメージ〉

鷹はより深く、強く爪をハムスターの皮膚へと突き立てた。

僕の精神を表わすようにアバターが悲鳴を上げる。

「さっきまでは状況に合わせてたからね。相手が相手だったし、そろそろ本気出しても良いかなって思って」

ハムスターは何とか藻掻いたが、逃れるどころかより深く傷を負う。

「佐藤君みたいな人間に見下されたら確かに腹も立つね。タイミングや表情が完璧だし、確かにマウンティングとしては強力だ。でも、俺の前では意味がない」

鷹は再び上空へと舞うと突然のきりもみで急降下し、接地する間際にハムスターだけを叩きつけた。

「俺のスキルは相手が最初の3回行った型以外のダメージを無効化する能力！　君はまんまと俺の作戦にハマってしまったわけだ！」

「僕が行った型……」

実況では最初、虚空的カウンターを行ったと言っていた。これについてはよく分からない。

そして次の2つは、僕の理解が正しければアドバイス型のはずだ。

これで初撃3回のうち、食らったのは2種類の型となる。

なるほど、彼は状況に合わせてデタラメにマウントを取る僕の様子をいち早く察知し、受ける型をできるだけ少ない種類に絞るようあえて下手な自虐を行っていた。そうすることで無効化できる型が増えるから……！

『これはまた芸術点が高いですね氷室先生……！』

『技構成が完璧だな。教科書に載せられるくらいのフィッシングだ』

鷹が再び空を貫く。

「それで？　佐藤君はそろそろ本気を出してくれるんだったよね。友達を作るために俺が何を努力すればいいのか教えてくれよ」

「……さっきも言った通り明るくなった方が良いよ。明るく振る舞った方が周りも楽しくなるし」

「なるほどぉ！　やっぱ佐藤君の言うことは違うな。俺もさっき大爆笑してたもん。『お願いだ皆！　僕を置いて話を進めないでくれ！』とか『ぎいえああああああああああ!!』とか。恥ずかしげもなく感情を全身で表現するさまはホントに面白かった」

〈佐藤零に１００９０のクリティカルダメージ〉

ハムスターは必死に光線を飛ばしたが鷹の速さには全くもって及ばない。無力に乱れ突きを食らい続ける。

「俺も佐藤君みたいに面白ければ良かったんだけどな（笑）。今は冷静な表情で凄い賢そうだし。ねえ、どうしたらそんなにオンオフ切り替えられるの？　俺って期末試験で９割切ったことない程度には勉強できるけど、興味がないことに対してはとことん無関心だから馬鹿なことを本気でやれないんだよね。だから皆に面白みがないって言われる始末」

鷹は硬化した羽を機関銃のように打ち続けた。

「共通の話題をつくるためにテニスを始めたんだけど、興に乗ってのめり込んでたら関東大会で１位になっちゃって『そこまで行くと逆に打ち解けづらいわ！』って皆に引かれて参った（笑）」

〈佐藤零に３９０４のダメージ〉

『これは怒涛のマウンティングコンボ！　佐藤君はされるがままだあああ！』

フィールドには巨大な竜巻が巻き起った。逃げ場もなく囂々と会場の音を掻き消した。

独壇場。実況解説も会場の声援も、全てを巻き込み暴れまわっている。

遥か上空には一匹の鷹がこちらを見下ろし、まるで自分がこの世界の王であるかのような表情で羽ばたいている。

ハムスターは圧倒的力の前では無力だ。小さい。力もない。ストレスに弱い。天敵が多い。ましてや鷹になんて敵うわけもない。相手は最強の猛禽類。ハムスター相手に本気を出すまでもないだろう。

「……佐藤くんさあ。これは君のためでもあるんだよ」

鷹は爪を剥きだしにして威嚇するように言った。

「何の努力もしてこなかった君が。何の特技もない君が。何の価値もない君が、最上位クラスに入ったらどうなる？　迫害されるだけだ。だってそうだろ？　ここは上流の人間が競い合う学園。同じクラスに君がいるということは、最上位のクラスの人も君と同程度の価値しかないのと同じ意味を表わす。それを、今まで必死に努力してきた人間が許すと思うかい？」

風は収まり、鷹はハムスターの目の前へと降り立った。見下し、鋭い眼光と猟奇な声を上げて更に距離を詰める。

「なあ、君は何のためにSクラスを目指しているんだい？　俺はスカウト組を決して無能だなんては思っていない。でもね、彼らにはみな何かしらやり遂げようとしていることがある。それに対して君はどうだ。その場を取り繕うために虚言を吐いて、何の目的もなく動いてる。周りの流れに身を任せて、下のクラスは恥ずかしいからなどという下らない自尊心から戦っている」

鷹はハムスターを踏みつけた。

「君は零だ。今までの人生も、これからの人生も、何の目標も持たず、戦う理由も示さず、これっぽっちの学びも実りもない空っぽの無駄な人生さ。この程度のマウントで言い返すこともできないような臆病者を、Sクラスなどには絶対行かせはしない。さあ……勝ちたければ、上に行きたければ、この俺を打ち負かす何かを言ってみろよ!!」

鷹の鼻息からは怒りにも似た熱が感じられ、シンと静まり返った会場には憐憫の念が漂う。まるで僕が何か悪いことをしたかのような言い草だった。

僕は弱い弱いハムスター。そりゃあハムスターだって他の動物に生まれれば良かったのではないかと思ったことも勿論ある。格好良いハスキー。可愛いフェレット。力強いライオン。皆、僕には無いものを持っている。

仕方がないじゃないか。ハムスターは、ハムスターなのだから。

でも、そんなハムスターでも、少しだけ誇れる特技を持っている。

逃げ回ることと、人に可愛がられることだ。

「……高城君。能ある鷹は爪を隠すって言葉知ってる？」

「……いきなり何を――」

「君は、爪をひけらかす無能の鷹だ」

『スキル「敵前逃亡」発動――自分を信頼している友人を一人だけ召喚』

「ゆ、友人を召喚!?」

ディスプレイに表示された僕のスキル能力を見て、高城君はもちろん会場全体が驚きの声を上げた。

フィールドに暗雲が立ち込める。暴風が鷹の翼を折り、地に落とす。

『なんと巨大な魔法陣が出現！　これは……これは――！』

紫の魔法陣が煌々と光を放ち出し、雷鳴が五感を打ち消す。

高城君、君に生物としての本能があるのなら、今すぐ踵を返して逃げるといい。

悍ましい予感は次第に完全なる恐怖へと変化し君の精神を捻り潰す。

もし立ち向かうのなら覚悟しな。

マウンティングの頂点、イカれた獣の王が、君を骨の髄まで食い尽くす。

「月並千里（つきなみせんり）――召・喚!!」

ハムスターの後方に白金（プラチナ）の鬣（たてがみ）を生やした最強の獅子（しし）が咆哮（ほうこう）を放ちながら現れた。目覚ましい地鳴りが轟（とどろ）く。大地が暴れるようにひび割れる。

君は屈せず、跪（ひざまず）くことをしなかった。もう逃げるなんて許されないよ。

君は目覚めさせてしまったんだ、この世で一番の狂気を。

「立派な墓を用意なさい。沈めてやるから」

月並という名の、化け物を。

『おおっと！　これは使役者である月並さんが観客席から飛び降り佐藤（さとう）君の元へと駆け出しま

した！　氷室先生、これはルール上アリなのでしょうか』

『使役者がフィールドにいないと戦えないからな。スキルの都合上ありだろう。それに俺はあれに歯向かいたくない。面倒だからな』

『これは教育者の風上にもおけない見事な発言です！』

「ダーリィィィン！」

奴は挑発的な笑みのまま、勢いを殺さぬままジャンプし僕の背中へと搭乗した。

「痛いわ馬鹿！　ちょっとは減速しろよ！」

「ダーリンなら受け止めてくれると信じてた……」

「気持ち悪い！　……てか、何でいちいちおんぶされるわけ？」

「マウントを取ってるの」

「やかましいわ」

「冗談よ。ここ、何だか居心地がいいんだもん」

猫のように顔を背中に擦りつける月並。それはそれで気持ちが悪い。どれだけ気持ち悪いか千の熟語を用いて説明してやりたい。が、今はそれどころではないので一旦ストップ。

月並は僕の背中から降りると見下した顔で腕を組んだ。

「さて高城君。何か言うことはある？」

自信満々の月並の言葉に対し高城君は眉を寄せて反論した。

「大事な彼氏クンを虐めてすみません。はい、これでいい？」

「ちがーう！　死ぬ前に言い残すことはあるか聞いてるの！」

〈高城歩に6620のクリティカルダメージ〉

煽る月並の言葉に彼はより一層険しい顔を見せたが、月並を相手にするべきではないと悟ったのか怒りの矛先は僕へと向けられた。

「佐藤くん、君は本当にどうしようもない人だね。何の取り柄もなければ最後の最後で人頼みだなんて。人としての底が知れるよ」

途轍もない速さで鋼の羽が放たれたが、それはハムスターへと到達する前にライオンの熱波が溶かして落とした。

「……高城君。君は本当に愚かだ」

「………なに……？」

「優劣比較決闘戦はメンタルのバトル。この前提がある限り、最も重要なのは特技や家柄ではなく忍耐力。感情をコントロールする力さ」

光の檻が鷹を囲って捕らえた。

「君は確かに優秀な人だけど、たった1つの感情が制御できなかった。承認欲求さ」

「承認欲求……！」

「自覚がある顔だね。その通り。理詰めで倒していけばいいものを、わざわざ皆の前で僕を怒鳴り散らしたんだから。さぞ気持ちよかっただろうね、正義のマウンティングは」

鷹は逃れようとするが檻から逃げられない。やはり自覚があったようだ。

僕はスカウト組で学園の生徒に比べて能力が劣り気も弱い。それだけの差があるのだから、彼が僕を倒したいだけならばジワジワとMPを削ればよい。

しかし彼は欲を見せた。僕を完膚なきまでに叩きのめし圧倒的な演出をしようと試みた。それが最後の説教だ。

物語の主人公であるかのように余裕を見せつけ、正義を振りかざし勝利する。これによって権威付けが完了し、今後の学園生活における地位を少しでも上げようと思ってしまった。

「スキル内容も知らない段階で、僕が何の努力もしない人間だと説教をしてきた。その時点で君が冷静じゃないと分かったよ。だって、もしかしたら努力していたかもしれない、目標があるかもしれない。それなのに僕の人生は無意味だと断定し説教した。もう一度言うけど優劣比較決闘戦はメンタルのバトル。月並は、優劣比較決闘戦は冷静に暴れ倒すものだと言った。つまり冷静さを失った時点で負けているのがこの戦い。君は冷静でいられたか？　僕は冷静だった」

月並に目線を送ると彼女はいつも通り強気に頷いた。

対策を立てられたら面倒だとギリギリまでスキルを温存していたが、ここまでくれば負けはないだろう。

「告げる。汝の身は我が上に、我が運命は汝の下に。マウンティングの寄るべに従い、この意の理に従うならば応えよ」

「『？？？』」

「誓いをあそこに。我はこの世全ての王と成る者。我はこの世全ての人を敷く者。されど汝はその目をマウントに曇らせ侍るべし。汝、マウンティングに囚われし者。我はその鎖に引きずられる者。汝七大の優劣を競う財閥、抑止の輪より来たれ、天秤の守り手よ――」

僕は高らかに叫んだ。

「――やっちゃえ、バーサーカー！」

『ぐうううおおおおおおおおおおおおお!!』

『きゅいきゅいきゅい！』

『おっとライオンがなぜか真っ先にハムスターへと襲い掛かり、月並さんも使役者である佐藤君を張り倒しました！　これは見事なキャメルクラッチです！』

「誰が何なのかしらダーリン♡」

「うわあああごめん！　スキルを見た時から言ってみたいと思ってたんだあ!!」

少しふざけただけなのによく分からない名前のプロレス技で背骨を折られかけた。

月並は僕を逆エビ反りのシャチホコに仕立て上げやがると、立ち上がって高城君を指さした。

「高城君、さっきテストで9割程度には勉強ができるって言ってたけど、貴方どこの中学出身？」

「……と、都立安曇野中学」

「あずみの……？　うーん、ちょっと聞いたことないな（笑）」

〈高城歩に6980のクリティカルダメージ〉

自分から聞いておいてこの返し。流石と言わざるを得ない。

「というか、事前に範囲の決まってるテストで9割は勉強できるって言わないわよ。10割が普通だから。あーでも……私この前の全国模試2位だったんだ……。偉そうなこと言ってごめんなさい。いくら事前対策しなかったとはいえ模試で満点取れないのはマズいわよね……」

〈高城歩に4876のダメージ〉

獅子はさも当然かのように空を駆け鷹を地へと引きずり落とした。

空を支配していた猛禽類の長は、いとも容易く立派な翼をもぎ取られていく。

「くそ！　佐藤零お前は――」

「え、やだもしかして逃げるの!?　圧倒的な私を前にして怯えちゃったの!?」

〈高城歩に10920のクリティカルダメージ〉

僕はただ、澄まし顔でその戦いを見ていればいい。

そしてやっとの思いで獣から逃れ、ボロボロになった強き者に向かって、斜め上から、数学の授業を聞いている時のような死んだ目で、魔王の如く冷笑してやればいいのだ。

「出直しなよ。次は本気で戦ってあげるから（笑）」

「お、お前……！　あまり調子に――――！」

〈高城歩に1340のダメージ〉

鷹は最後の力を振り絞り反撃しようとしたが、最後に見せたハムスターの体当たりで、遂には攻撃を放たずに沈黙した。

そいつはピクリとも動かず、小さきハムスターが上に乗っかっている。

僕は、勝った……のか？

『WINNER　佐藤零――LOOSER　高城歩』

「――――!!」

ディスプレイに結果が表示されたと共に割れんばかりの大声援が会場に響いた。

あまりの大きさに空気が揺れている。……いや、違う。僕が震えているんだ。今まで味わったことのない喜びに、僕の体が反応しているんだ。

「き……きたあ……！」

Sクラス。この学園で一番権威のあるクラス。

僕は今この瞬間、最上位のクラス入りを決めたんだ……！

「きたああああああ!!」

『最後の席に座ったのは何とスカウト組の佐藤君！　今年はスカウト組の快進撃です！』

『何もしていないのに最後のあの一言。あれはウザいな』

「ダーリン！」

「つきなぐえええええ――！」

飛び込んできた月並を真正面から受け止めてしまい、首を持ってかれる勢いで抱きつかれた。

「流石ねダーリン！　まさか召喚スキルを持つなんて、そんじゃそこらのダメ男とは訳が違うわ！　人生のかかった勝負で人任せにできるなんて最高に情けない！」

「全く褒められてないいいいいい！」

「別にそれでいいじゃない！　人の好意を素直に受け取れるのも凄い才能だもの！」

「とりあえず離してくれないいいい!?」

やっと拷問から解放され血液が体を巡り始める。

月並は肩で息をする僕を見て困惑した顔で耳打ちしてきた。

「これは非常に残念なお知らせなのだけど……貴方、熟してないトマトみたいな顔になってるわよ？」

「だからお前のせいだよ！」

その後、あたかも自分が助けましたかのような表情で歩く月並(つきなみ)に付き添われながら退場した。

観客席には納得したような顔で頷(うなず)く響一(きょういち)と、嬉しそうに目を潤ませ笑う東雲(しののめ)さんがいた。

「……二人とも、とりあえず1年間よろしくね」

「ああ。よろしく頼む」

「よろしくお願いします……！　本当の本当に嬉しいです……！」

正直、Sクラスがどうのなんて目的は僕の中では重要ではなかった。

彼らと同じ教室で一年間学べる。それが1番の収穫だ。

「でもまだ満足しちゃダメなんだよね」

たった一名のみに向けて放った言葉。彼女は僕の言葉に野心的な笑みを浮かべると、高らかに宣言した。

「当たり前じゃない。目指すは頂上。この高い高いお山のてっぺんに君臨してこそ、真の絶対比較主義者(マウンティスト)の称号を得られるのよ」

月並の言葉に響一は頷いた。

「称号は必要ないけど、千里(せんり)さんの言う通りだな。残るは消化試合が多いだろうが、確実に勝ちにくる人間だけは何としても打ち倒さないと」

「消化試合ってどういうこと？」

響一の発した消化試合との言葉に違和感を覚え僕は疑問を問いかけた。

「知っての通りこの学園にはバトル前からある程度の序列が付いている。トップを狙う人間たち以外はSクラスに入っただけでステータス。必死に戦い負けて恥を晒すより、降参して勝ちを譲ってやったという形にした方が後々好都合な連中もいるんだ」

「全く。初めから負ける気だなんて絶対比較主義者の名折れね」

「名折れか。僕も最速でサレンダーしようかな」

「君の背骨を折りたい」

「斬新な告白だな」

眉を寄せ睨んでくる月並。はいはい。戦えば良いんでしょ戦えば。

面倒に思いつつも、元より準決勝で当たる月並に道を譲ることまでが任務なのだ。

「バトルのことはとりあえず置いておいて、Sクラス内定を祝してお昼の時間にしませんか？」

「そうしよう。ずっと気を張っていたからいい加減疲れた」

お昼休憩のアナウンスが流れ僕らはひとまず休憩を取ることにした。

僕はSクラスに入れただけで大きな成果なので、気が抜けて一度腰を下ろせば二度と立ち上がれなそうだ。

蓄積した疲労に苛まれつつも、心は非常に軽かった。

Sクラス。この学園で一番権威のある者が集まるクラス。

それだけで僕はもうウハウハで、今日のお昼はさぞ美味しいことだろう。

僕と月並（つきなみ）は珍しく喧嘩（けんか）をすることもなく、今日のバトルについて語り合いながら食堂へと向かった。

# 第四章　それって弱すぎって意味だよな？（笑）

## 1.

「あれ、月並の彼氏じゃん」

「人違いです」

食後のプチ抹茶ケーキを取ろうとした時、派手目の薄桃色の髪をサイドテールにした、見知らぬ陽キャに声をかけられ固まった。バトルで公言していたのだから当たり前だが、まさか見知らぬ生徒に声をかけられるまでに月並の彼氏として認識が定着してしまっているだなんて。

「いや、絶対そうでしょ」

「ウウン？　ヒトチガイダヨ！」

「いまさら声のトーン変えられてもさ……」

彼女は僕の持っていたトングを奪いケーキを自身の皿に盛り始めると「それにしてもさー」と親し気に続けた。

「レイがまさか本当にSクラスまで行くとは思わなかったわ。おめでとう」

その人は次々と皿の上にケーキを載せていきながら「あ、レイって呼んでもいい？」と言う。

しかし困惑した僕の顔を見て「佐藤の方が良かった？」と首を傾げた。

圧倒的なコミュ力の差に僕が委縮していると彼女はムッと口を尖らせた。

「……レイ、もしかしなくとも私のこと覚えてないな」

まずい。返事ができずに陽キャを怒らせてしまった。このままでは暴れ狂う陽キャの力によって海が干上がり大地は荒れ果て、時空が歪み宇宙の法則が乱れ、生きとし生けるもの全てが滅びてしまう——えっ、覚えてないとは？

「お、覚えてるよ！」

「なら名前を言ってみてよ」

僕は記憶の中から天敵である陽キャフォルダーを開く。薄桃色サイドテールに大き目のシュシュと短いスカート。目元の赤いシャドウが地雷感を醸し出しているが、表情と接し方からいい人だと伝わってくる。これだけ主張しているのにもかかわらず人畜無害そうで影の薄い彼女は。

「そうだ、弄られ役の井浦アヤさんだ！」

「なんか失礼な覚え方されてるんだけど」

２日前、ショッピングモールで東雲さんの証奪還作戦をした際、辻本さんたち陽キャ軍団の中にいた一人だ。

特別積極的に攻撃してこなかったし、元々の影が薄く思い出せなかった。

「ま、改めてSクラス決定おめでとう。今後も大変だろうけど頑張ってね」

「え、どうして井浦さんが僕の応援を？　こう言うのはあれだけど……」

多分、僕らのせいでトーナメントに参加できなかったはずだし。

「アヤで良いよ。私もレイって呼ぶし」

彼女は表情を変えぬままプチケーキを2枚目の皿に盛り始めた。

「応援する理由としては、別に私はSクラスとか興味ないから」

Sクラスに興味がない？　ならなぜこの学校に来たのだろう。

そう思っていると井浦さんは僕の疑問を汲んだように続けた。

「私の家、炎華の家が50パーセントの株を持つ子会社なんだ。社会的地位もそこまで高くなければ、父親も今の地位に満足してるし、私の成績にそこまで固執してないの。それに私の役目は炎華のサポート。だから苦労してまでSクラスに行く必要はないんだ」

「……なんか、大変そうだね」

「私みたいな役回りの人は意外といるよ。別クラスからフォローするか、同じクラスに所属するかの方針はその人たちによるけど」

興味なさそうに言うと井浦さんは笑った。

「だから変に気にしないで。あとレイは将来起業して成功するためとかじゃなく、何にも知らずこの世界に入ってきたって感じでしょ。肉食獣の群れに迷い込んだハムスター的な」

「その通りです」

「だから何か色々と応援しがいがあるかなって。どっちに転んでも面白そうだし」

「それは僕が食い殺されるのを楽しみにしてるってことだよね？」

「ハムスターが肉食獣を引き連れる絵を想像したらめっちゃ笑えるじゃん？」

確かに実現したら珍妙で笑える光景だろうけど、十中八九食われるのがオチだ。

「ま、せいぜい頑張れ、程度の応援だから気負わないで」

「あ、ありがとう」

意外な接し方に僕はいまいち慣れなかった。

この学校にも彼女のような穏健派絶対比較主義者(マウンティスト)が存在したのだ。

「応援料としてケーキは貰(もら)ってくね」

「あ！　一つくらい残してよ！」

話している間に全てのケーキを奪われ思わず叫んだが、彼女は一つも譲る気はないようで小走りでその場から離れた。すると暫(しばら)くして振り返り、

「あと月並(つきなみ)に、ごめんって伝えておいて」

と意味ありげな表情で言った。

「え――」

どういう意味だろう。

言葉の真意は分からぬまま彼女は姿を消した。

分かるのは、プチケーキを持ってこなかった僕は月並から叱咤されるということだけだ。

「仕方ない。手作りにするか」

重ねた食パンにワサビを塗って抹茶ケーキとでも言って渡せば良いだろう。

悶絶するやつの姿を想像しただけで笑いが止まらない。

2.

手作り抹茶ケーキの正体を見破られ、逆に無理やり食べさせられ悶絶した後、遂にSクラスの代表を決めるトーナメント戦が始まった。僕からすればエキシビションだったが、学園の皆からすれば見応えのある有名な生徒が集まっているらしく、先ほどまでよりも熱烈な声援を送られながら戦っていた。


『石木隆杉　VS　極光苹果――勝者　極光苹果』

「っく……！　僕の実力が足らないあまり、たったベスト16位という結果で終わってしまった！」

「うんうんアグリー。ヴォクが勝ち上がることは既にフィックス事項。どうして負けたのか、ゼロベースから考え直してみてください。貴方はもっとハングリーになるべきでぇす。しかしまぁ、ドラスティックにヴァトルを掻きまわす行為はあまりにハレーション。この先はアサップで参りましょう」

『長谷川佳織　VS　神木レイア』

「で、アタシはその先輩にハッキリ言ってやったわけよ『その男はダメだね』って。アタシから言わせれば車と時計に金を費やす男は地雷。結局その先輩は遊ばれて、アタシの意見が正しかったってわけ」

「はい異議があります！　何にお金を費やすかで人の性格を決めるのは酷いと思います！　貴方みたいな人が差別を引き起こし、争いを生むんです！　皆もそう思ってます！」

「『偽装知識型意識高い系』に『知識型学生起業家』……『評論家型人生相談窓口』に『否定型学級委員長』までいるなんて……。流石はSクラス。粒揃いね……！」

「個性で殴り合うな」

安心していた僕が馬鹿だった。

先ほどまでも様々なヤバい連中と戦ってきた。しかし彼らですらSクラスに入れなかった雑兵に過ぎない。

数多の戦いで勝利をもぎ取り、選ばれた真の絶対比較主義者だけが入れるSクラス。

つまりそれは、この学園で一番変人が集まるクラスだということを意味する。

「この人たちと1年間同じクラスか……」

「先が思いやられますね……」

声を落とす僕に響一は若干上から目線で肩に手をかけてきた。

「安心しろ零。お前なら立派にやっていけるさ」

「……まるで自分は関係ないかのような言い方だけど、お前もその変人たちの筆頭だからな」

「まともの代名詞である俺を捕まえて何を言う。なあ、東雲さん？」

「え……？　あ、あはは……」

「どうした東雲さん。具合でも悪いのか？」

「悪いのはお前の頭だよ」

僕にも響一にも気を使って返事に困る東雲さん。

まあ響一も馬鹿だが悪気のあるタイプのそれではない。

今回は深く突っ込まないでおいてやろう。

その後もSクラス代表トーナメントは瞬く間に展開を見せた。

明らかに実力差のあるバトルも多ければ、先ほど説明された通り降参するバトルも多い。

月並と響一は2回戦も勝利を収めていて、東雲さんは残念ながら1回戦で敗れた。

かくいう僕は明らかな雑魚だと思われ好戦的な相手が多かったのだが、初手で月並を召喚すると彼女が無双してくれるので、予想以上に上の方まで来てしまっている。

準決勝で月並に勝利を譲れればそれでいいのだが、これほど楽なら初戦から使用しておけばよかったと少し後悔。

そして再び月並の番。

あと1回勝てば準決勝というところで現れたのは、僕も見覚えのある相手。

赤髪を丁寧に細かく巻いた偉そうな態度の美少女。東雲さんの証を集める際、服屋でバトルを仕掛けたイケイケグループのリーダー格、辻本炎華さんだった。

「よお月並。こないだはどーも」

「あら炎華。貴方と戦えるなんて光栄ね」

腕を組みにやける辻本さんと腰に手を当て胸を張る月並。先日の物言いからしても二人の相性は最悪レベルだろう。妙に物々しい雰囲気の中、バトルは始まった。

議題は【友達の存在価値について】だ。

バトル開始の合図と同時に二人の天秤時計からアバターが現れる。

月並の獅子（ライオン）に辻本さんは鬣犬（ハイエナ）と、マスコット化されているとはいえ大型の肉食系動物が対峙（たいじ）する構図には緊張と迫力があった。

「ハイエナなんて貴方らしいわね。弱い者を虐（いじ）めて群れないと行動できない。そんな性格の現れかしら？」

初っ端から飛ばした月並の言葉に僕は驚いた。

彼女は負けず嫌いのマウンティング女だが、先ほどまでは自分の長所でマウントを取るだけで他人を落とすようなことはあまりしなかった。

だと言うのに初めから攻撃的姿勢を見せたのは珍しい。というかこの話しぶり、二人は以前から何かしらの関わり合いがあったのだろうか。

「そっちこそお似合いじゃねえか。縄張り意識が強くて傲慢（ごうまん）。まさに獅子（プライド）そのものだ」

獅子（ライオン）と鬣犬（ハイエナ）は互いに様子を窺いながらジリジリ間合いを縮めていく。

「議題については迷うこともない。友達より大切なものはないよな。高め合って助け合える。金で買えることができない唯一の財産だ」

「同感ね。友達より大切なものは家族くらいしか思いつかない」

月並の言葉に辻本さんは眉（まゆ）を寄せると、次第に肩を揺らして笑い出した。

「あ……アンタが友達が大事なんて言い出すとは思わなかったぜ……！　ウケる……！　超面白いんですけど……！」

辻本さんはお腹と顔を手で押さえながら後方へ振り返ると、友人たちと思われる集団に手を振った。

「みんな聞いた⁉　月並って友達思いらしいよ⁉」

〈月並千里に５００のダメージ〉

辻本さんの言葉に彼女の友人たちは一斉に笑い出す。見ていて気持ちのいい光景ではなく、鬣犬の放った黒い球に月並も微量のダメージを受けた。

「てっきり完璧な私には友達なんて必要ないって言うかと思った」

「なわけないじゃない」

「でもそれもそうか。月並って友達作らないんじゃなくて、作れないんだもんな」

『スキル「炎の眷属」発動――攻撃するたびに３００の固定ダメージを与える分身を四体召喚』

途端、鬣犬が分身し五体となって獅子に噛みついた。

「周りにいるのはいっつも気の弱い奴ばかり。自分の言うことを聞いてくれる都合の良い奴だけが好きなんだろ？　今だって協力してるのは尾古と東雲と佐藤。真面目で意見の言えない奴に囲まれて、おまけに二人はスカウト組ときた。自分の性格を知らない奴を騙して友達（笑）になったんだもんな。まあ、佐藤は友達どころか彼氏らしいけど。見た目が好みってだけで付き合うなんて気が知れねえぜ」

〈月並千里に４６４０のダメージ＋１２００の固定ダメージ〉

あまりの物言いに僕は体が熱くなった。これが辻本さんのやり方か。月並は黙ったままで、辻本さんはより激しく攻撃を続けた。

「この際だから言っておくけど、お前、本当にイタいぜ？　毎日騒々しく目立とうとしてさ、なに必死になっちゃってんのって感じ。中学の時もそうだったよな。可愛くて、スタイルも良くて、勉強も運動もできて、転校生の帰国子女で、異性にボディータッチも平気でして、空気も読まず言いたいことを平気なふりして言って。どれだけキャラに命懸けてるのって感じ――」

本体である鬣犬が群れから離れ口に黒い光を溜め始める。それは空間を歪ませるほどの威力を見せ、次の瞬間、轟音を響かせながら獅子を一閃した。

「正義のヒーローぶるのも見ててキツかったし（笑）」

〈月並千里に13460のクリティカルダメージ＋1200の固定ダメージ〉

月並が大ダメージを与えられたのは初めてではないだろうか。獅子は光線を真正面から受け止め、地面を削りながら後方へと飛んだ。見た目ほどではなったにせよ、一万を超える傷を負ったのには驚いた。

それを見て辻本さんは卑しく口角を上げた。

「あれ？　何か気に障った？　もしかしてルカのこと思い出した？」

〈月並千里に3498のダメージ〉

僕には分からない人の名前が出てきた。

有名人かと思ったが、響一は首を横に振ったから違うようだ。

辻本さんは追撃せず、鬣犬は静かに獅子から離れた。

「もうあいつのことは忘れろって。インドネシアだっけ、とにかくもう遠くに行っちまったんだからさ」

「別に私なにも言ってないけど」

「言わなくてもダメージ見りゃ分かるっつーの。前にも言ったけど、別にウチらは普通に仲良かったかんね？　それなのにお前が勝手に勘違いしてさ。変に重たい空気にするから本人も勘違いしたんじゃん？」

「意図的に独りぼっちにしたり、裏で馬鹿にしてるのは友達のうちに入るの？」

「だから悪い言い方すんなって。ただの悪ふざけじゃん。お前だって寝癖付けたまま登校したルカのこと笑ったり、飲み物奪ったりしてただろ」

「本人が嫌がってるかどうかが問題でしょ」

「はい自分だけ棚に上げました。大体それを客観的に測りようがないじゃん」

「……これ以上は意味がなさそうね」

彼女たちにしか分からない会話だったが、僕らはその内容を何となく理解した。

会場全体はが静まり返っており、烏ノ先輩だけが『これは因縁の対決か!?』などと必死に盛り上げている。

「まあウチだって少しは悪いとは思ってるぜ。ウチってサバサバしてるから勘違いされること多いんだ（笑）。あ、会場の同級生たちには一応言っておくけど、見た目ほど悪い奴じゃないから。確かにピアスの数とか多いけど、めっちゃフレンドリー。仲良くしよーぜ！」

カメラに向かって辻本さんは満面の笑みでピースを放つと、再び月並（つきなみ）の方へと向き直り、不満そうに言った。

「性格わりいやつって勘違いされたらどうすんだよ。これでダチが減ったらお前のせいだかんな」

「アンタは私がいなくとも嫌われるから安心しなさい」

〈辻本炎華（ほのか）に790のダメージ〉

「出た出た。ウチにだけ厳しいやつ。ホント中学の頃から何なの？　そんなにウチが気に入らない？　わざわざ皆の前で悪い印象ばかり植え付けようとしてさ」

辻本さんは卑しく笑った。

「あ、もしかして池に落ちたの根に持ってる？」

「――――！」

その言葉に僕は思わず立ち上がってしまった。

「佐藤（さとう）くん……？」

「……どうした零（れい）」

アヤさんが月並(つきなみ)に伝えておいてほしいと言った謝罪。そしてあの日……皆で僕の部屋に集まったあの日、雨も降っていないのに月並がずぶ濡れになって帰ってきたのは。

まさか――。

「あれについては悪かったって。ちょっとした事故じゃん。ウチが遊ぼうって引っ張ったら月並が抵抗して、離した勢いで池に落ちた。事実アヤも巻きこまれて濡れてんだしさ、今度なんか奢(おご)ってやるから」

大ダメージを受けるかと思ったが月並は意外にも数百しか受けておらず気にしていないようだったので、僕はひとまず落ち着いて席に着いた。

鬣犬(ハイエナ)は再び地面を蹴(け)る。

「……なあ月並。言いたいことがあるならハッキリ言えよ。ウチそういう態度でいられんのが一番ムカつくんだわ。色々すれ違いはあったけどウチお前のこと嫌いじゃないしさ、お互い腹割って話そうぜ？」

分身が吐き出したヘドロに獅子(ライオン)は目を潰(つぶ)され、手足を噛(か)まれる。そして本体は獅子(ライオン)にマウントを取ろうと駆け出し、上空から飛び掛かった。

しかし。

「炎華(ほのか)アンタ、そんなに私のことが怖いのね」

〈辻本(つじもと)炎華に１１３９０のクリティカルダメージ〉

その言葉に鬣犬はダメージを負い、足を負傷し止まった。

「あ？　何のことだよ」

「腹を割るべきなのは貴方でしょ炎華。馬鹿にされるのが怖くていつも強がってる。自分より人気な子に嫉妬して、目の敵に思ってる。気の弱い子が好きなのは貴方自身でしょ？　クラスでモテはやされていたのに私が来た途端に二番手に降格。私には叶わないからってルカを利用して周りを威嚇して。自分が弱いから周りを落としてマウントを取ってばかり」

〈辻本炎華に6420のクリティカルダメージ〉

「言いがかりつけんなや。つーかどれだけ自意識過剰なんだよ。お前なんて人気者の対義語じゃねえか。意識なんてするわけねえし」

「ダメージ受けといて何言ってるのよ死肉を貪る醜い鬣犬。皆から羨望の眼差しを向けられる遥か高みのお月様がそんなに羨ましい？」

〈辻本炎華に4394のダメージ〉

鬣犬は再び駆け出したが、暗がりに唯一輝く獅子の咆哮に呆気なく吹き飛ばされた。

「全く羨ましくないね、暗い夜空に浮いた独りぼっちのお月様。ウチはお前と違ってたくさんの友達がいるだけで満足。満たされてんだよ」

「たくさんの友達がいる貴方にいいこと教えてあげる」

「……んだよ」

「アヤ、美咲、諒、優二郎、大地くん。いっつも学校の帰り道、皆で炎華の悪口言ってたわよ」

「は――？」

〈辻本炎華に2771のダメージ〉

険しい表情で振り返った辻本さんに、アヤさんたちは必死に頭を振った。

すると月並が笑い、獅子が鬣犬の隙を突いて首元に噛みついた。

「嘘に決まってるじゃない。何で友達のことより、友達でも何でもない私の言葉を信じたの？それともなにか、自覚でもあった？」

〈辻本炎華に7290のクリティカルダメージ〉

鬣犬は悲痛な声を上げながらも必死に獅子の腹を蹴る。

「っち……。別に覚えなんてねえし。てかアンタまじ近い将来後悔するぜ？　趣味も友達もなくて自分より弱い奴だけを従える人生とか寂しすぎて笑えない（笑）」

「後悔なんて死んでからすればいいのよ」

「は、何その返事。死んでからとかキモすぎ。友達いなさすぎて病んでるんですか？　強がるのもいい加減にしとけよ」

「天に唾を吐いたわね。貴方に少しでも勇気があるのなら、己の胸に聞いてみなさいよ」

獅子は俄然輝きを増しながら悠然とした態度で獲物を見下ろす。そいつは前足で上から踏みつけているだけだったが、鬣犬はもう瀕死寸前だった。

「ひたむきに努力し前を向く人間と、他人の努力を嫌い後方へと引っ張る人間。誰が真の勝者で誰が敗者か、強い貴方なら私に証明できるわよね」

月並が腕輪を掲げた。

「楽しませなさい炎華。私はいつだって、私より強い相手を探しているの」

『スキル「月の白金（ルナプラチナ）」使用――相手の攻撃力を千倍にする代わりに相手を混乱状態にする（混乱時〝0・0001×月並千里（せんり）への劣等感〟パーセントの確率で自傷ダメージを与える）』

『なんだなんだこのスキル！　あろうことか月並さんは辻本さんの攻撃力を千倍にしました！』

『代わりに確率で自傷ダメージ。だが確率は月並へどんな感情を抱いているかで数値が変わる。相手によっては確率どころか、確定で自滅する場合もあり得るな』

フィールドはいつの間にか夜の空へと変わり月だけが鬱陶（うっとう）しく輝いている。

「さあ炎華。私を恐れてないのなら、混乱なんてするわけないわよね」

「――――っつ！」

自傷ダメージを受けることなど数字的にはあり得ない。しかし、仮に辻本さんが月並に対して一定以上の劣等感を抱いていた場合、辻本さんは確実に即死する。

他を寄せ付けない月並の輝きに辻本さんは言葉が続けられないようだった。

「どうしたの炎華。私に何かマウントをとってみなさいよ」

「う、ウチは……」

辻本さんは言葉を慎重に選んでいるようだった。するとそれを見て月並は溜息を吐く。

「言い返すこともできないのね炎華。貴方って、弱すぎるわ」

苛立ちと同時に獅子は月光を吸収しはじめる。

「今回はこれでお終い。次に期待しているわ」

「な、何を勝手に」

「引きなさい。私の道を塞ぐ人は、誰だろうと決して許さない」

「っ……！」

白金を纏った獅子は煌びやかに明滅し、フィールドもろとも鬣犬を焦土へと化した。

〈辻本炎華に９９９９のクリティカルダメージ〉

『ＷＩＮＮＥＲ　月並千里――ＬＯＯＳＥＲ　辻本炎華』

「「…………」」

月並の恐ろしい剣幕と共に辻本さんのＭＰは涸れた。

勝負は決まったんだよな？

今までの終わり方とは全く違う、スッキリしない結末。月並が強すぎるが故の出来事だった。

会場は未だ静まり返っている。

懸命に盛り上げてくれていた実況解説もいつの間にか言葉を失っていた。

月並は周囲を見回し様子がおかしいことを確認すると、ニヤッと笑い、カメラに向かって指を指した。

「改めて全校生徒にご挨拶（あいさつ）！　私の名前は月並千里。月並家の長女にして、世界で一番強めのいい女！　我こそはという勇者はいつでも私にかかってきなさい。思う存分、笑っちゃうくらいに叩きのめしてやるわ！」

生徒たちはみな一瞬、彼女の発言の意味が分かりかねるようだった。しかし、彼らは次第に笑い出す。そして楽しそうに立ち上がって声を上げた。

「いい度胸だ1年！　いくら月並の人間だからって容赦しねえからな！」

「自分が一番だなんて思い上がりも甚（はなは）だしいですね！」

「今の言葉を忘れないでくださいね月並さん！」

たった一言でその場を支配してしまうのがこの女の恐ろしいところだ。

怒りとも喜びともとれる彼らの言葉に月並はまた満足そうに口角を上げた。そして大仰に髪を靡（なび）かせて振り返ると、幾重にも重なる月並コールを背後にその場を後にした。

## 3.

その後もバトルは順調に進んだ。

響一は残念ながら準々決勝で夜桜さんに敗れた。

そして準決勝。夜桜さんと白兎くんは予定調和といった風に白兎くんが白旗を上げた。

「頑張ってくださいね佐藤君……！」

「ありがとう」

東雲さんの励ましに押されながら僕はリングへと歩き出す。

かくいう僕も、その後の強敵、学生起業家を無事に倒して準決勝へと進むことになったのだ（「今は学歴が問われる時代じゃありませぇん。常識に囚われず大胆に生きてヴィジネスをするべきでぇす。佐藤クンも、そうは思いませんか？」などと言うので「なら何でこの学園来たんだよ。ヴィジネスに集中しなよ」と返したら「アグリー」と何度も呟きながらアッサリ降参してくれた）。

遂に月並との戦いだ。

何だかあっという間だったというのが正直な感想だ。月並が上に行き助けてもらう代わりに彼氏のフリをする。最後にここで勝ちを譲ればその約束ももう終わり。ハッピーだ。

『代表トーナメント準決勝第2試合！　勝つのはダークホース佐藤君か。それとも圧倒的な力を持つ月並さんか。さあ皆さん。読んでもないのにダメだしばかりする自称漫画評論家のような顔で？』

「「皆が凄い凄い言うけど俺は評価しない。何か展開がワンパターンでつまんないんだよな」」

ウザったらしい掛け声と共にハムスターが出現する。ここまでバトルを回数こなし、月並のお陰とはいえベスト4に入った僕に、もう怖いものはなかった。

「……え？　ナニコレ化け物？」

目の前にいる獅子。襲い掛かってくる様子はない。ないのだが、とてつもない凄みと迫力がある。動こうとしない堂々とした様子が、獲物の隙を狙っているようで逆に怖い。やはり彼女は能力者なのだろうか。覇気だけでハムスターは泡を吹いてひっくり返っている。

「これが『月の白金』……なんて強力なスキルなんだ……！」

「私まだ何もしてないんですけど」

皆これを前にして戦ってたとか強すぎる。心臓に悪いわ。さっさとサレンダーしよう。

「まあいいわ。私は約束通りここで顔を合わせられたことを本当に嬉しく思っているの」

天秤時計にある降参ボタンを選択しようとした途端、月並が話し出した。

やめろよ。いかにも本気のバトルを繰り広げるみたいで降参しづらくなるじゃないか。

「危ない場面も何度かあったけれど見事なマウンティングだったわ。まずはそれに対して最大の敬意を」

ちょ、本当にメチャクチャ喋るじゃん。早いとこ止めないと——。

「月並。感傷に浸るのはまた後で――」

「それでダーリン。私はここで貴方に聞きたいことがあるの。序盤は私の力に頼り切り、後半は運だけで勝ち上がった弱者に」

え。ちょっとこれ……。

「何の取り柄もなく、目標もなく、努力もしない。それなのに、如何にもな顔をして上に立つ気分はどう？　私だったら恥ずかしくって、自分に相応しい立場で留まると思うけどね普通」

…………。

「答えを聞きましょうかダーリン。貴方の『戦う理由』を」

「何のため？　何のためってそれは……」

初日に月並が出した勝ち上がるための課題。その答えを今、求められている。

本当に面倒な奴だ。初対面でキスをしてきて彼氏だと無理やり言い張って、散々ボケ倒して振り回した挙句、こんな大勢の前で喧嘩を売ってきた。僕は月並の彼氏役。そんな僕が下位クラスになってしまえば恋人である月並の価値が下がるという理由でここまでやってきた。だが彼女は、僕を陥れるような言葉を羅列する。それはつまり――。

「それはなあ――！」

自分の彼氏が人前で尻尾を巻いて逃げるなど決して許さないということだ。

「お前を捻り潰すためだよこの切り捨てブスゥ!!」

もううんざりだ！

散々人を馬鹿にして迷惑をかけてきたくせに最後の最後まで自分のプライド優先かよ！

ああそうかい。それなら僕だって今まで溜まってたものを全部吐き出してやらあ！

【自分の最大の長所を語れ】

僕の怒号と同時に獅子（ライオン）は2匹に増えた。

「な！　こいつなぜスキルを二つも――」

「スキルじゃないわ。それは残像よ……！」

「なにいいいい!?」

ハムスターの前方にいた獅子（ライオン）は霞のように消えていった。どうやらあまりの速さにシステム処理が間に合わなかったようだ。同時に僕の理解も及ばず、凄（すご）すぎて逆にストレスを感じない。お陰で僕のアバターは月並の斬撃を見事に交わし、ダメージを負わずに済む。

「ど、どういうことだ……？　マウントを取っていないのになぜ行動を……」

「真の絶対比較主義者（マウンティスト）はその場の空気を自在に操る。言動。表情。声域。服装。音楽。趣味。友人。恋人。学歴。年齢。立場……。言った通り、この世の万物をマウンティングへ変換し、見たもの全てをイラつかせる。これがどういうことか分かる?」

「こいつは何を言っているんだ……」

彼女が笑うと共に空は闇に包まれ白金（プラチナ）の月だけが爛々（らんらん）と輝く。

獅子（ライオン）は光の帯を纏（まと）い、ユラユラと覇気を纏う恐ろしい姿へと変貌した。

「真の絶対比較主義者（マウンティスト）。それは、私自身がマウンティングになることよ」

「こいつは何を言ってるんだあああああ!!」

キメ台詞を言ってやったかのようなしたり顔の月並（つきなみ）に僕の理解は完全に周回遅れとなった。

「言ったでしょ。私自身がマウンティングになるということは、それ即ち私が存在するだけで他人にストレスを与えることができることを指す。友達と談笑しているだけでも、歌を歌っても、可愛（かわい）い服を着ても、恋人と歩いていても、良い成績をとったとしても、私は他人にストレスを与えてしまうの」

「自分で言ってて悲しくならない？」

「つく！　私が超絶完璧（かんぺき）美少女なばかり、悪戯（いたずら）に相手の劣等感を刺激してしまう……！」

「うん理解した。確かにお前の存在自体がストレスだ」

勢いよく放たれる覇気の鱗片（りんぺん）に触れただけで僕の精神は一気に持っていかれる。これがマウンティングを極めた者の真の姿。奴はあれだけ圧倒的なバトルを繰り広げていたが、それですら手を抜いていたというのか……。

彼女は役者のように身振り手振りを動かしながら、涙を浮かべて続けた。

「私はこの議題を与えた人に憐（あわ）れみの念を与えたい。完璧美少女であるこの私が、最も優れた長所なんて選べるわけがないじゃない！」

「「「ぐあああああああああ!!」」」

奴のマウンティングに僕はもちろんのこと、会場全体が悲鳴を上げた。

「ああでも、逆に私はそこがダメなのかも……。完璧すぎる私は、その気がなくとも他人を傷つけてしまう。私はもっと可愛げのある顔に生まれたかったから童顔の子に『いいなー』って言うと『嫌味かよ』とか言われちゃって……本当に心の底から思ってるのに！　色気がありすぎて化粧とかできないし……。この前だって街中で『お姉さん綺麗だね。女優さん？』とか言われちゃって……中学生にそれは流石に失礼すぎない？　どれだけ老けて見えたんだっての!!」

「「「ぎぃいいいいいいい!?」」」

「勉強だって将来のために努力してるだけだもん！　私だって別に天才でも何でもないし……家庭教師も普通の人より多く雇っちゃってたから、両親にもお金たくさん使わせちゃった……。まあ、両親が特別なお金持ちだったから何とかなったけどね。感謝感謝☆」

「「「じぇえええええああああ!!」」」

「だから私が皆から誤解されてるだけだと思うの。この通り私に悪意なんて一切ないの。それなのに、皆して私に強く当たるんだもん。プンプン！　――でもどんなに辛いことがあっても、ふと夜空を見上げるとまた明日も頑張ろって思えるんだよね。お月様が言ってるの『大丈夫だよ千里！　君の健気でひたむきな姿は神様も見てくれてるよ！』って……。そうだよね……！　神様もきっと、私を祝福してくれるよね……！　最後に勝つのはいつだって素直な子。だから私は今日も一人涙を流して目を瞑る。明日はきっと、良い日になりますように……」

「『っぢぃいいいいいいい!!』」

〈佐藤零に26330のクリティカルダメージ〉

地獄。ここはマウンティングに敗れた者が召すまで苦行を強いられるマウント地獄だ。

自分の魅力を存分に主張した中心型。相手のコンプレックスを笑顔で認める肯定型。自分の大人っぽい見た目をおばさんと捉える自虐型。他人のお陰で自分が幸福を得られたと胸を張る精神的ブランド型。痛い言葉を無情にも羅列するSNS型。流れるような動作であらゆる型のマウンティングを行い、こちらのストレスを極限まで引き上げた!

あらゆる方面から意識の中へと飛び込んでくるこの主張の激しさはまさに月。空で一番目立つのは太陽だと一見思いがちだが、太陽は夕暮れ時には沈む。だがよく考えると、月は昼も夜も空に浮かんでやがるのだ。

奴は無差別にマウントをとってくる。決してやつを直視してはいけない。あれを目にしたが最後、僕らの自制心は瞬間的に溶解され、己の内に秘める憤怒の化身がマウンティングの餌食となってしまう。

ほとんど一撃必殺。

僕は月並の性格に慣れていたからMPは何とかギリギリ残ったが、面識が少なく、更に同じ女子として生まれていたら命の危機に晒されていただろう。

これが本物のマウンティング。ＯＬの給湯室？　ＳＮＳ映え？　睡眠不足自慢？　比べ物にならない。あれはただ不快な気持ちになるだけだ。

〝本物のマウンティングは、殺意を覚える〟

「月並お前いい加減にしろよ!?　彼女だから言うの憚られてたけど……お前言うほど可愛くねえし。東雲さんの方が千倍可愛いし!!」

「「「そーだそーだ！」」」

「それって貴方の感想よね？　事実、私はこの5日間で既に11人から告白をされ、今でも数多くの男子からしつこく連絡先を聞かれている！」

「誰だそんな大罪を犯した奴らは……！　誰にでも可愛い可愛い褒めちぎるお前らみたいな奴が、こういう自意識過剰の化け物を生みだすんだ！　分かったら自決しろこの犯罪者どもお!!」

「ホント断る身にもなってよね。もう3桁の男子と気まずい関係になっちゃって、生きづらいったらありゃしない」

「……え、3桁？　それって……人生で告白された人数!?」

マジで!?　僕の知り合いの数より多いじゃん。

「街を歩けばナンパにスカウト。学校にくれば告白の嵐でほんっと面倒臭いわ（笑）」

〈佐藤零に３１０９のダメージ〉

獅子はその場から一切動いていないのに、奴が放つ月のオーラに焼かれて僕のメンタルはボロボロに朽ち果てている。

もうダメだ。元から負けるつもりではいたが、結局僕は、こいつに一矢報いることもできずに負けてしまう。

「――でも素直に、可愛くて良かったなって思ったことが一つだけあるの」

二の足を踏んでいると月並はそう切り出した。

微笑みながら彼女のそれが僕に向けられたものではなく、会場全体に対してしているものだと気がついた。獅子はいつの間にか光を失い、空は明るく晴れやかだ。

「ダーリンが私を好きになってくれた。それが本当に嬉しかった……」

獅子は静かな足取りで歩き出すと、ハムスターの前まで来て目の前で伏せをした。

「!?!!?!?!?」

「ダーリンと私は幼い頃にとても仲が良く結婚の約束をするも親の都合で――」

「ちょちょちょ待て待て待て！」

あの馬鹿は何を考えている!?　倒すべきは僕であってギャラリーじゃないだろう!?

それなのにどうしてそんな顔をする。病室で自分の死を悟った薄幸の少女のように儚げで、恐ろしく優しい笑顔。そんな本物のヒロインみたいな表情で目を潤ませて。

え、実話なの？

本当に幼い頃に出会って結婚の約束をしていたの？　僕が覚えていないだけなの？

幸せそうに笑う彼女は天使か悪魔か。僕は怯えながら次の言葉を待った。

「――でもダーリンと過ごすうちに私は思ったの。他人を蔑むよりも、自分が幸せになる努力をした方がずっと良いって……。他人にあるものを羨むよりも、自分に与えられたものに感謝した方が良いって……」

お、おう。もしかしたら月並は、本当に辛いと思って生きてきたが誰にも打ち明けられず、今本音で話しているのかも知れない。今のところは天使だ。

「私は自分をできるだけ大きく見せようとずっと何かに固執して生きてきた……。でもダーリンは違った。皆も知っての通り、彼には誇れる特技も見た目の華やかさもない……。そんな彼は私に、他人を嫉妬せずとも幸せになれるんだって証明してくれたの……！」

「つ、月並……！」

「ダーリン……！」

やった……頬を伝うあれは本当の涙だ……心の底から出た笑みだ……！

憑りつかれていた悪魔から解放されたんだ！　僕も思わず涙ぐみそうになった。

当たり前だ。マウントをとるために初対面の男子にキスをして、彼氏だと言い張る人間がいるはずがない。彼女の今までの行動は全部、内に秘める思いを隠すためのものだったんだ……。

彼女は見た目通りの天使だったのだ。

え……てことは僕に対する恋心も本物――。

「……は？」

奥にある巨大なディスプレイの文字を見て、僕は思わず間抜けな声を出してしまった。

『WINNER　佐藤零（さとうれい）――LOOSER　月並千里（つきなみせんり）』

フィールドを見ると伏せる獅子（ライオン）の上に小さなハムスターが嬉しそうに手を挙げて乗っている。

おい何やってるんだハム。食い殺されるぞ。

『まさか！　月並選手ここでサレンダー！　何ということでしょう！　一番の優勝候補だった彼女が準決勝で自ら敗北を選びました!!　これはどういうことだ!?』

え？　サレンダー？　自ら敗北を選んだ？　へ？

騒（ざわ）めく会場の中、月並がこちらにトコトコと歩いてきた。その表情は勝ちに拘（こだわ）っていた人間が負けた時にする無念さはなく、非常に満足げで幸せに満ちたものだった。

彼女は僕の前まで来ると突然その体をこちらに預けた。

僕が驚くまでもなく会場全体からどよめく声が聞こえた。

「月並！　これはどういうことだよ!?」

必死に引き剥がそうとしても離れない月並。僕は訳が分からぬまま尋ねた。

そして、少しして彼女が見せた顔は先ほどまでの天使の笑みではなく、まるで自分が新世界の神であるかのような下卑たる笑みだった。

『正にダークホース！　何の特技も自慢もなく決勝まで上り詰め、学校一と名高い美少女すらも手籠めに抑える佐藤零君とは一体何者なのでしょうか⁉　スカウト組の人間が決勝進出。推薦なしの一般生徒が決勝に上がるのは実に27年ぶりの快挙！　もし彼が決勝で勝利を収めれば、我が校で2人目の一般生徒が代表となります！』

「ダーリン。この世で一番強力なマウンティングは、結局のところ幸せマウンティングなのよ」

「お前……まさか……！」

「私が夜桜環奈を倒す。そんな当たり前の勝ち方じゃ足りないわ。良いダーリン？　夜桜環奈をぶっ潰してきなさい。そして私に『Sクラス代表と付き合っている女』のブランドを、事実上の勝利を献上して頂戴！　大丈夫！　夜桜環奈の実力は私が認めてあげる。そしてそれを倒したダーリンに私が負けたのは仕方がないと世間は思うから、私の負けは負けじゃないわ！　完璧よ。これで私は学園一マウンティングの強い女になれる！」

「――悪魔だ！」

「え？　何が？」

「お前マジで怖いって！　こんなになるのなら最初からSクラスに行く作戦なんか乗るんじゃ

なかった！　悪霊退散！　悪霊退散！」

「あん！　もうダーリンったら、そんなに恥ずかしがらなくてもいいのに！」

「うるさい離れろおおおおおお!!」

――こうして、僕の決勝進出が決まった。

## 4.

学校一の美少女に突然キスをされ付き合うことになり、上位クラスへと入籍した。

彼女には恥じらいという概念がないのか僕に対する距離が異常に近く、大勢の前でも平気で飛びついてくるし、至近距離で目が合い大きな胸が当たってもなんら気に留めることはない。

高校での出来事を短く話すとしたらそんな具合だ。

こんなことを言ったら、それこそ「は？　何それマウンティング？」と舌打ちされるかもしれない。羨(うらや)ま死ねと殴られるかもしれない。だがそれでも声を大にして言いたい。

「何も嬉しくねえよ！」

「……よもや誠、道々敗者と成すとは。それともよほど愛しの彼に信頼を寄せているのでしょうか。あのじゃじゃ馬をたった5日で飼い馴らすとは……佐藤(さとう)様、貴方(あなた)は一体何者ですか？」

「さあね。何者か決めるのは僕じゃなく、僕を見たその人自身だから」

ああああ恥ずかしい！

普段通り振り回されてただけなのにここまで来たからには引くわけにもいかない！

「なるほど深いですわね。人は常に鏡合わせ。佐藤様が何者か分からない私は案外自分自身に猜疑心を抱いているのかもしれません。今までの勝負は茶番。能ある鷹が爪を隠していたと。でなければあの子がこれほど入れ込むわけがありません。私、人を見る目には少しだけ自信がございましたが今日からはその認識を改めようと思います」

合ってます！　僕は類い稀なる才能なき凡夫でございます……！

だがラッキーだ。変に警戒されたせいで相手が隙を見せてくれることもないだろうが、夜桜さんが本気を出してくれれば負けても言い訳が付くだろう。

『さあ皆さん、いよいよ最終決戦です！　零の名に恥じない空虚の魔物、未だ実力が知れない彼にはどんな秘策があるのか！　正体不明の男、佐藤零！　対するのは立つべくして立っている。名家夜桜の一人娘にして成績優秀、容姿端麗、構成する全てが宝石の如く輝かしい夜桜環奈！　この戦いで1学年の王が決まります。さあ皆さん、二人の実力は既に知れました。最後の掛け声、新入生の方々もご一緒に。せーのっ！』

「「なかなかやるじゃん。いいね……もう少しだけ楽しめそうだ！」」

僕はふざけた掛け声に反応することができないくらいに焦っていた。

Sクラスは彼女たちお金持ちの世界では名誉とされる最上位クラス。そしてその代表ともなれば古今無双の英雄（笑）として名をはせることができる。

そんな人間と付き合っているとなれば、確かに強力なマウンティングになるかもしれない。だが僕が夜桜さんに勝つ可能性など皆無だと月並も分かっているはずだ。それなのに、なぜか彼女は戦いを預けた。

夜桜さんのアバターは艶やかな毛並みで赤の瞳を鋭く睨ませた凛とした黒猫。小さな羽が生えたその姿はシンプルなのに妙に威圧的で、ただ者ではない威圧感があった。

これが月並と並ぶ夜桜のオーラ。フィールドはスキルも発動していないのに夜へと変わっていて、桜吹雪が舞っている。

対する僕はハムスター。未だにプルプル震えてマナーモード。いつでも逃げる気満々だ。皆みたいに特殊な加工などされておらず普通の白色で、何の取り柄もないと体現されている。

だが何かがあるはずなんだ。

獅子がハムスターに信頼を置いた、僕にしかできないマウンティングが。

「よろしくね夜桜さん」

「こちらこそよろしくお願いいたします」

『最終決戦の二人が討論する議題は〜……これだ！』

【どちらがより代表に相応しいか】

うわあ、もう既に言えることがない内容だ。

完全にキャラになりきり、スカした態度を取るしかなさそうだ。

「そりゃあ勿論（もちろん）、僕が相応しいよね」

「ご冗談を。私（わたくし）が相応しいに決まっております」

桜の花びら舞い散る戦場、脇目（わき め）もふらず一直線に駆け出す。

ハムスターと猫は向かい合うと、微動だにせず睨み合う。

「私には一族の誇りと我ら一流としての気構えがあります。あらゆる方面に顔が利き、クラスを纏（まと）める力はもちろんのこと、古き時代に囚（とら）われない新たな価値を創造するカリスマ性も持ち合わせております。現状維持は退化に同じ。その志を胸に中学では生徒会長を務め、全学年のテスト平均点を27パーセント向上させる政策に成功いたしました」

「僕には一般人として戦う実力と覚悟がある。どれだけ逆境の中でも諦めず戦い続け勝利を掴（つか）む。僕はこの学園に革命を起こすつもりだ。君たちお金持ちはマウンティングが自分たちだけのものと勘違いしているようだけどそれは違う。マウンティングは取られ取りかえすこと。つまり僕のような弱者がするからこそ真価を発揮するんだ」

……何言ってるんだろう僕。

「なるほど……。確かに優劣比較決闘戦（マウンティングバトル）の目的は苛烈（か れつ）なる社会で生き延びるため精神面を鍛えることにあり、その点において佐藤（さ とう）様の躍進は非常に素晴らしいものと感服せざるをえません。しかしながら貴方様は、代表としてクラスを纏める力に些か欠如した点がございませんか？　続柄はもちろんですが、私どもの世界には様々な派閥が存在し面倒な派閥争いが多く存在します。その中で……このような言い方は好きではありませんがスカウト組の貴方様が、指揮を執り皆を従える魅力があるといえますか？」

「……あるよ。何だろう僕は……言葉では表わせない不思議な魅力を持っている。それこそカリスマ性だと思う。……だから、派閥とかしがらみがないからこそ発揮できるリーダーシップがあると思うんだ」

猫は瞬き一つしない。僕が隙を見せるのを、非常に冷静に観察している。

そして僕は隙を見せていた。自分でも苦しい言い訳だとわかっていたんだ。見上げていたはずの猫の顔は、いつの間にか目の前へと来ていて、紅の瞳が僕を睨んでいた。

「随分と抽象的ですね。根拠のない主張は皆の信頼を削ぐことになりますわよ？　それとも、言い表わせない心の曇りや気の迷いがあるのでしょうか」

夜桜さんの戦い方が今までの相手と異なり困惑した。

響一に近いだろうか。自分を主張することもなく、相手を否定することもなく、自分の意見と相手の言葉を交わし、少しずつ判断の迷いや見解のズレを分析し、的確に弱点を探しに来ている。

ジリジリと路地裏へ置いつめ、逃げられなくなったところを一気に仕留める。まさに猫のような狡猾さだった。

僕は焦った。そして、思わずまた隙を見せてしまった。

「根拠はあるさ……あの月並が僕を認めた。それだけで十分だろう」

「おや……」

猫は笑みを見せた。仮面を張り付けたかのような作り物の、美しい笑み。

「そうか、そうでしたわね。貴方様には月並さんがいらっしゃいました。愛しの月並さんが」

嘲笑うかのような笑みに僕は極度の緊張を強いられた。

「佐藤様。一つ質問をしてよろしいでしょうか」

「……どうぞ」

「貴方様はなぜSクラス代表の座に拘っているのです？」

「ぼ、僕が代表になりたい理由は、１００億円……。そうだ……！　君たちと違って一般人の僕からすればそれだけの大金、喉から手が出るほど欲しいに決まってるからね！」

「奨励金は『Sクラスの代表として卒業すれば』得られます。つまり、３学年の年だけその座を死守すれば良いのです」

「あっ……！」

〈佐藤零に６０３０のクリティカルダメージ〉

揚げ足を取られて僕は思わず声を上げた。

そうだ。咄嗟に理由を問われて出任せを口走ったが、冷静に考えればそちらの方が賢い。

夜桜さんの嘲りを帯びた眼光に、僕は全身から汗が噴き出るのを感じた。

「ひゃ、100億円なんて大金を手にするのにそんな姑息な手は使えないよ。1年生の時から代表の座を奪って守り切ってこその大金。報酬に見合った努力がしたいんだ」

「なるほど。つまり佐藤様はあくまで受難に精魂を預けてこその栄華を求め、自身の美徳を重んじている。巨万の富と、対価に見合った過程を必要とするのであり、決して代表の座に固執しているわけではないと？」

「あ、ああ……。僕は元から代表の座に興味があったわけじゃない。でも代表にならなければ大金は得られないだろ？　だから仕方なく勝ちに行くんだ。まさかこの学校の人たちがここまで弱くて勝ち上がれるとは思っていなかったけど（笑）」

苦し紛れだったが、対戦相手たちが期待に満たない実力だったとマウントを取ると、会場には不愉快そうなざわめきが広がった。

矛盾はないしマウンティングも決まった。しかし、

「なら——」

夜桜さんは目を細めて笑った。

「私に代表を譲れば、100億円は佐藤様にお譲りいたしましょう」

「…………？」

一拍遅れて恐怖と驚きが、僕の心臓を優しく撫でた。

「あ——今のは違っ……！」

嵌められた。数秒してから理解したが、放った言葉が僕の口へ戻ることなどあり得ない。

「佐藤様。スカウトされた身でありながら初回のバトルで決勝まで上り詰めた、100億円を手にするには十分すぎる成果です。他の誰が異論を唱えようと、私が認めます。ですから貴方様は面倒な代表の座などは私に任せて、傍らで悠々自適、自由奔放な学園生活をお楽しみくださ い」

「だ、ダメだ……そんなのダメだよ！」

「何が不満にございますか？」

「だって……！　ここで負けを認めても君が僕に奨励金を譲ってくれる確証がない……！」

「でしたら念書をご用意いたしましょう。皆の前で、判を捺印させていただきます」

「でもそれは——」

「おやどうなさいました？　貴方様はすでに素晴らしい努力と成果を上げられました。あとは望みの大金を手に入れるだけ。逆に私は富を望まず、代表としての地位を望んでおります。立場を嫌とし財を欲す者と、財を嫌とし権力を欲す者。互いに好都合ではありませんか」

「————」

〈佐藤零に14200のクリティカルダメージ〉

圧倒的だった。

有無を言わさぬ論理的思考。

感情を殺し、ただ相手の上を取ることだけに特化した夜桜さんの実力に、僕は絶望した。

「さて佐藤様。今すぐこの場で自ら下り、私に勝ちをお譲りください」

何か言わなければ。

沈黙が喉を詰まらせ思考が止まる。

猫は微動だにしないのに、息をするごとに肺が痛む。

今はまだ理詰めをされただけでマウントは取られていない。だというのにこれだけ精神を追い詰められている。

冷静になれ。冷静に暴れなければマウントは取れない。

思えば思うほど考えが絡まり僕の胸を締め付けた。

「佐藤様。山は登れば登るほど空気が薄れ、苦しくなります。耐える力がないのであれば、下山するのが賢明でしょう。さあ、天秤時計に触れ、降参を選択するのです」

何でもいい。何かを言え。

「さあ！」

何か紡がなければ負けてしまう。

「……嫌だ。僕は、負けない……！」

毎年、高い高い山の頂点を目指す者たちが存在する。

エベレストとか、チョモランマとか、どうしてあんなのに挑むのだろう。

肺が潰れそうな重圧。目まぐるしく変化する厳しい環境。

足を滑らせでもすれば大怪我で、最悪の場合転落死。

苛烈な条件で戦いながら、頂上に辿り着けるのは選ばれた人間たちだけだ。

どう考えても無謀。しかし、今なら少し理解できるかもしれない。

「申し訳ないけど、負ける気はないよ。夜桜さん」

「ほう……」

意地になっているんだ。

戦う理由を見つけてしまったから。

マウントという非日常。たとえお山の頂上に上り詰めても、得られるのは自己満足だけ。しかし、ここで降りれば自分に負けてしまう。それだけは許されない。

いわばこの戦いは人生のメルクマール。ここを堪えられるかどうかで、僕という人間の今後が大きく決まる。

「佐藤様。もう一つ、質問があります。よろしいでしょうか」

「ああ」

僕の拒絶に夜桜さんは満足そうに笑うと、立ち向かう僕に対して畳みかけた。

「私はあの日のことをここで公言するような真似は致しません。しかしどうしても気がかりで仕方がありませんの。……どうして興味もないのに勝とうとするのですか？」

月並（つきなみ）といい夜桜（よざくら）さんといい、なぜ二人して僕の心を勝手に読むのだろうか。

僕がSクラスを目指したのも、今クラス代表を目指しているのも『そうなることになった』からだ。偶然に偶然が重なって、流されるようにここにいる。

いつだって僕は零（ゼロ）。あてもなく先へ進み、山があれば避けて回り道。山頂を目指すこともなく、キラキラと輝く皆の姿を静かに眺めて見てるだけ。

それでも生きていれば再び山場がやってくる。

初めは些細（ささい）なことだった。お金持ちだけが通える学園に、なぜか突然スカウトされた。そこは上に行くことを絶対とした学園で、人としての優劣が明確に比較される。

そんな厳しい世界だとも知らず、確実に一人暮らしができるから。賞金の１００億円が欲しいからなんて安易な動機で入学した。

だが今はそんなことどうでもいい。

迷い続けていた人生の意味、戦う理由を見つけたのだから。

「僕が……僕が戦う理由は——」

自身の目標を見つけても、口にするのが憚（はばか）られる。そうしていると、夜桜さんは僕の気持ちを代弁するかのような口ぶりで、ニヤッとしながら呟（つぶや）いた。

「佐藤（さとう）様、よもや誠に月並さんに絆（ほだ）されてしまったのですか……？」

「――!!」

絆された。僕が？

それってつまり『あんなに嫌がってた現状を受け入れた』という意味か？

月並の彼氏役。ずっと嫌々やっていたそれを、僕がいつの間にか嬉しがっていたと？

「その表情、もしや図星でしょうか。まさかとは思いましたが、よもや誠にそんなことが……。それともその表情は今私に言われて初めて自覚なさったのでしょうか。……なるほど、代表の座に興味はなくとも彼女のためなら仕方なくやると。何と尊き愛情の形！　羨ましい限りでございます」

「…………」

彼女の言葉を反芻する。僕が、月並を好き？

互いに罵り合う姿が、周囲からはそのように見えているらしい。

僕は、月並のことが好きなのだろうか。

心に問う。初めての感情に違和感を覚える。今思うと、僕は誰かを可愛いとは思っても、好きになったことはなかったかもしれない。

再び心に問う。

そして、一筋の光明を見た。

僕らにしかない、僕らだけの、僕らだからこそできるマウンティングがある。

このまま負けるわけにはいかなかった。負けるわけがなかった。

強烈で太い勝ち筋が完璧に見える。脳が冴えわたっている。

流れるように生きてきた、零の僕がこんな感情を抱いたのは初めてのことだった。

僕は動揺を悟られないよう心を落ち着かせ、彼女の目を見て真っ直ぐ言った。


「ああそうさ。僕は彼女のことが大好きだ」

「「「――――」」」


会場からは騒めきの声が聞こえた。

夜桜さんの表情はすでに勝ちを確信したものへと変わっている。

無自覚な恋情に初めて気づいた男子が見せる羞恥の表情。

思春期が嫌う心の隙を見逃さず、猫はハムスターを袋の鼠と言わんばかりに僕を嘲笑う。

状況は圧倒的劣勢。だが、それでいい。


〝たとえどれだけ不利な状況だろうと、相手に余裕を見せつける〟


それが優劣比較決闘戦なのだから。

弱者であるからこその利点。舐められているからこその強さ。

強者は自身を狩人で、弱者が獲物だと思っている。生きとし生けるもの全てが狩り狩られる者だというのに、神色自若と獲物を追う。

道行く先が罠だらけの大迷宮だとも知らずに。

さあ驕れ、高ぶれ。

自身の強さに慢心し、嘲笑え。

窮鼠猫を噛む。

僕という人間の真骨頂を今、見せてやる。

「一応言っておくよ夜桜さん。君は月並を下に見ているようだけど、君の魅力は月並の足元にも及ばない」

「な――!?」

〈夜桜環奈に2055のダメージ〉

ハムスターはジッと猫を睨み返した。

猫は一瞬ギョッとしたように目を細めたが、やがて不敵に笑いだした。

「私があの子の足元にも及ばない？　お笑いぐさですわね」

彼女の煽りには乗らず僕は冷静に言葉を紡ぐ。

「夜桜さん。僕も、君に一つ聞きたいことがあったんだ」

「……何なりとお答えいたします」

「どうして月並を……彼女をあんなに悪く言うんだ」

「悪く？　私は事実をありのままに伝えているだけですわ。ガサツで粗暴。私と比べると悲しくなるくらいに品がない……。しかしまあ、佐藤様はそんなところが気に入ったんでしたわよね？」

「……ああ」

「再び私も貴方に問わせていただきます。貴方の取り柄は何ですか？」

「……ないです」

「ですわよね。まるでそれが当然かのように返事をし、事実ダメージも微量。別にそれを攻めるつもりはないですわ」

彼女は僕を見下しながら続ける。

「しかしそんな現実があるにもかかわらず自分の実力とは不相応なSクラスに我が物顔で居座ろうとする品性のなさが問題です。そのような方にクラスの長が務まりますか？　ついでに言わせてもらいますと、そんな人と付き合うお方……つまりは月並千里さんも底が知れています」

「……」

「月並千里。彼女は紛うことなき敗北者です。褒められたことではありませんが、彼女は辻本さんとの戦いで多くの女子から嫌われていることが発覚した。私もそれは風の噂で聞いておりましたし、あの子の性格は人を不快にさせることが多々ありましたからね。幼き頃もかなりの問題児として扱われていましたから当然と言えば当然ですが」

「…………」

「……あの子は誰と何を話しても『今の良いマウンティングだったわね！』とか『んー。ちょっとパンチ足りないかなー？』とか言って場の空気を破壊するモンスター。平気で暴言を吐きますし、いつも自分のことしか考えていない。そんなあの子は遂に一人が怖くなって嫌と言えない男にすがり寄った。そしてそんな男は女の見た目の良さに騙され引くに引けない状態となった。二人は多くの生徒に運命的な出会いをしたカップルだと思われているようですが、正直、私からすれば羨ましくも何ともないどころか見ていて痛々しいくらいですわ。傷の舐めあい。独りよがりのその恋愛は本当に満足できるものでして？」

「…………」

「……佐藤様。貴方様は先において月並さんが認めてくれたと仰いましたが、それは違います。月並さんは貴方様のような努力も何もできない人間を彼氏に仕立て上げることで、不安定な自身の心の拠り所にしているだけです」

「…………」

「皆さまご覧ください彼の顔を！　彼女を悪く言われ私を殺さんとばかりの睨み。しかし取り柄のない彼は私に言い返すこともできずただ立ち尽くすだけ。高みを望むくせに努力をしない。マウントを取る必要もありません。私と貴方たちには余りに差がありすぎます」

「…………………」

「……いい加減、何か言い返したらどうです？」

「……言いたいことはそれだけなの？」

「…………はい？」

「月並が夜桜さんの実力は保証するなんて言うから期待してたのに、その程度のことしか言えないなんて本当に残念だよ。頂点にも、僕を楽しませてくれる人はいなかったか……」

「――――！」

〈夜桜環奈に12920のクリティカルダメージ〉

「っは……！　底辺のプライドすら持ち合わせない人間が強がったところで痛くも痒くも――」

「粋がるなよ。ダメージを見れば分かる。気にくわなかったんだろ、弱者の言葉が。マウンティングは同じレベルの者同士でしか発生しない。君はいま確かに、僕と同じ土俵に立った!!」

『スキル「敵前逃亡」使用――自分を信頼している友人を一人だけ召喚』

「月並千里、召喚！」

「大口を叩いて結局は人任せですか！　呆れ果てましたわ！」

『スキル「零れ桜」使用――クリティカルダメージ以外を全て無効（スキルダメージ含む）』

「行くわよダーリン！」

「こい月並！」

観客席から飛び出し見事な受け身をとった彼女を、僕は手を引き立ち上がらせた。

彼女の獅子（ライオン）が現れるとほぼ同時に猫は赤いヴェールに包まれた。

「確かに僕は零（ゼロ）さ。何の取り柄（え）もなくて、つまらない人生を送ってきて、プライドなんて持ち合わせてなくて、マウンティングもできないどうしようもない人間さ。でも、そんな僕でも唯一許せない発言を、君は今言ってしまったんだ！」

「佐藤（さとう）様、そこまで月並さんのことを――！」

夜桜さん。君は大変な思い違いをしてしまった。

君の感性は確かに本物なのかもしれない。

きっと生まれ持った才能と恵まれた環境で育つことで人を見る目が養われていたのだろう。

だが、その正確すぎる審美眼（しんびがん）が足を引っ張った。

月並は確かに可愛（かわい）いさ。スタイルも良くて、成績も良くて、性格も割と良いところがあると知っているし、実家はお金持ちどころかもはや富豪。

字面だけで見たら何も悪いことなんてないし、嫌っていたのにいつの間にか惹かれていたなんてロマンチックな展開は最高だ。

でもね……。

月並(これ)だけは無理だ。

ヨル
?

僕は、月並(つきなみ)のことを異性として魅力的などと一ミリも思っていない。故に彼女をいくら貶(けな)されようとダメージなんて受けない。

いわば彼女は、水に釘を打ち付けているのだ。

絆(ほだ)された？

そんなふざけたことを言うんじゃない。

彼女を好きだと言うバカが本当にいるのなら聞きたい。

人間という理性を持った存在に生まれておきながら、どうしてこれを好きになる？

初対面の相手にキスをして、キスした理由がマウントを取るため。

字面だけで判断してみろ。そんな相手を好きになれるか？

僕の無能さを馬鹿にしてもいい。現実を知りながら危機感を持たない僕を笑ってもいい。

だけど、月並に惚(ほ)れたただなんて不名誉な勘違いだけは、たとえ死んでも許さない！

「譲れないもののために戦う……それがこんなにも心を熱くさせてくれるなんて知らなかった……。いいよ付き合ってあげるよ。その低劣な煽(あお)り、泥沼の優劣比較決闘戦(マウンティングバトル)に！」

僕は今、怒りに打ち震えている。

その感情を天秤時計(マウンター)が汲(く)み取りシステムに反映される。

ハムスターの目には炎が宿り、全身から熱を放っていた。

『佐藤(さとう)君は月並さんを貶(けな)された怒りから覚醒！　しかしなぜでしょう！　オーラを纏(まと)っている

のに強者の威厳はこれっぽっちも見当たりません！』

『ハムスターだからな』

「うっせえ!!」

　革命の時だと言うのにこの人たちはどこまでもマイペースだ。

『しかし氷室先生。佐藤くんの召喚スキルに恋人を貶されての覚醒。私はこれらの能力を初めて見たのですが、彼は一体なんの型なのでしょう？』

『ああアレな。勉強不足だとマウントを取りたいが、あいつはかなりのレアキャラだ。ヒントは、佐藤は優しく気が弱く嫌と言えない性格。自分よりも相手のことを大事にしてしまい、静的特殊攻撃タイプで攻撃性は皆無で単体では真価を発揮しない。だが気が弱く誰にでも良い顔をするものだから面倒な人間に絡まれやすく、時に面白い効果を発揮する絶対比較主義者だ』

『……もしやそれは――！』

『ああ。奴は「八方美人型」だ』

　先生の言葉に会場は騒めきだした。

「ねえ。八風美人型ってなに」

　僕は背中に乗っている月並に聞く。

「中心型と話せば妙に気に入られ、自虐型と戦えば変に気に入られ、知識型と出会えば何故か気に入られる。……『へえ凄いですね』とか『そうなんですか～』なんて誰にでも良い顔をするものだから話し相手を調子に乗らせ、絶対比較主義者（マウンティスト）としての格を更に上げることができる、翼（つばさ）と同じ特殊攻撃の支援タイプよ」

「それめっちゃ馬鹿にされてるってことだよね!?」

「中途半端も極めれば武器になるのね！」

「嬉しくないから！」

僕は別に八方美人なんかじゃない。僕が月並（つきなみ）を好きだと勘違いされたのは本気でムカついた。が、何も彼女の短所ばかりを見ているつもりじゃない。

まず虐（いじ）めは良くないし、友達が大勢の前で馬鹿にされたらイラッともする。人として当たり前の感情だ。

それに彼女は……月並は、誰かと付き合うことで心の隙間を埋める小さな人間じゃない。

僕も最初は勘違いをしていた。

彼女が濡れて帰ってきたあの時、ドアの隙間から見えた色気のない勉強浸けの部屋。あれを見て僕はてっきり『社長の娘としてできる子でありたい』と強迫観念じみたものから努力を続けているのだと思った。

友達が多くないのは何となく分かるし、月並千里（せんり）という人間は、遥か高みで必死に輝こうとする独りぼっちのお月様なのではないかと。

しかし皆でパーティーした帰り道の送り際、僕は彼女が真正のマウンティング馬鹿なのだと知った。

＊

『月並ってさ、自分の名前が嫌いなの？』

『何よ藪から棒に』

『いやちょっと気になって。……ほら、響一に下の名前で呼んでくれたら嬉しいって言ってたから……東雲さんにも名前で呼ぶよう言ってたし』

『……まあ確かに嫌いな時期もあったわね』

『……』

『本当にどうしたの？』

『いやなんか、悩んでるのかなって……』

『……？』

『月並ってすぐ変なこと言うじゃん。でも普段はかなり真面目だし、寧ろ怖いくらいに大人な部分もあって……なんか嫌なことを誤魔化してるみたいだなって……』

『……どういうこと？』

『恵まれたゆえの悩みっていうの？　名前の件も含めて、その……ストレスとか大丈夫かなって……！』

支離滅裂な言葉を発してしまい僕は更に戸惑った。言うんじゃなかった。余計に気を使わせてしまうのではないか。そう思いながらしどろもどろしていると、月並はたまに見せる、純粋に優しい笑顔で溜息を吐いた。この顔だ。僕が違和感を覚えていたのは。

『ありふれている』という意味を表わす『月並』に『千里』という名はまるで果てしない努力でもしないと普通以上にはなれないと暗示されているようだ。負けず嫌いの彼女がそんな屈辱的な名前を許すはずがないし、上に行かなければという重圧に耐えているのだと僕は思っていた。

もし気にしているのならそんなことないよ。月並は誰よりも凄い人だと思う。どんな反応をされるか分からないが、返事の内容次第によってはそう言ってちゃんと励まさなければ。

そんなことを思っていると月並は顔を手で覆い、肩を震わせた。

『月並……！　やっぱり君は――』

『……ええ。どうせつけるのなら、月並無限とかにしてほしかった……！』

『……え？』

顔から手を離した彼女は、いつもの狂気的な笑みをしていた。

『千里ってどれだけ志が低いんだって感じよね!?　千里ってたった３９００キロメートルよ。北海道から沖縄くらいまでしかないのよ？　そんなの飛行機であっという間に移動できるっての！』

月並はキラッキラした瞳で、勘違いした僕を理解者とでもいうように見た。

『世界の覇権を握るこの私が、千里なんかで満足すると思う？　私は万里でも、億里でも

……それこそ月なんか通り過ぎて無限に続く宇宙の果てまでだって歩いて行ってみせるわ！』

『う、宇宙……？』

『ええ！　私たちが大人になる頃にはきっと宇宙は重要な市場になっているはずよ。何なら既に日本以外の先進国は宇宙開発に積極的に策を講じていて日本は既に後れを取っている。大人たちは何をやっているのかしら。ほんと、早く大人になりたいものだわ』

『……宇宙開発で成功して覇権を握ったら、一体何をするの？』

『……そうね。月でも買っちゃおうかしら』

……本当に底の知れない化け物だと思った。

『そしてそこに家を建てるの。もちろん私専用の！　そうすれば地球に棲む人たちが毎日私の月を羨(うらや)むことになるわ！　そうしたら私はこうマウントを取るのよ「皆も月に来ればよくない？　あ、普通の人はそんなお金の余裕ないのか（笑）」って！』

見ている場所が違う。目指しているものが違う。

彼女はちょっと一緒に過ごしただけの僕なんかに心配されるほど、弱い人間ではないのだ。

途端、夜風が桜を散らし視界を遮った。桜の霧が晴れるとふと月並と目が合った。

するると彼女の大きな涙袋がふっくらと笑みを見せた。

『もしそうなったらダーリンも、私と一緒に暮らす？』

『――』

だから僕も、彼女に満面の笑みで返してやった。

『この上なく遠慮しとく』

＊

僕は人を殺す勢いで暴力を振るう人間なんてお断りだ。

白金髪（プラチナ）でロングの女を視界に入れるのが嫌だ。

つで始まって、りで終わる名前の人間は生理的に無理だ。

主張が激しくてマウントを取る女は週7のペースで滅びればいいと思っている。

でも、月並千里（つきなみせんり）という人間は、決して悪いところばかりじゃない。

あの後、散々殴られながらも少しだけ月並のことを教えてもらった。

まず彼女は今でこそ何でもできる天才のように見えるが、幼い頃は何もできない普通以下の人間だったそうだ。

謙遜（けんそん）した可能性もあり得るが、少なくとも彼女が尋常じゃない努力をしている人間だというのは知っている。

マウンティングのせいで霞んで見えるが、月並千里という人間は、素直で、努力家で、いつでも笑顔で、仲間思いの、案外魅力的な友達なのだ。

だからこそ月並を悪く言われてちょっとだけイラッときてしまい、ダメージを受けた。

それを見た夜桜さんが弱点だと勘違いし色々仕掛けてきてくれたわけだ。

恋人を貶されキレる彼氏のように見えてしまうのが不本意だが、他人の心配をして何が悪い。皆に笑顔を向けて何が悪い。

八方美人上等。

これが僕じゃい！

「さあ散々悪く言われたんだ。こちらも好きなだけ言わせてもらおうか！」

「……っふん！　何もない貴方に貶されても悔しくも何ともありませんわ！　正々堂々、正面から受け止めて差し上げます！」

なぜSクラスを目指すのか。なぜ興味もないのに戦うのか。

月並にも夜桜さんにも問われたが、恥ずかしくて言っていないことがある。

確かに上のクラスに特別な興味はないしこれ以上勝ちに拘る必要もない。流されて、他人から見ればなにもしてこなかった零の人生だ。馬鹿にされるかもしれない。

だが、そんなマウンティングをされたらその人にこう言ってやりたい。

――何そんな熱くなっちゃってるの（笑）

大した話じゃないと思う。来年は高校2年生。その次は3年。

就職するか進学するか決めて、いつか大人にならなくちゃいけなくて。

しかしそうなっても危機感なんて抱かずのほほんと生きてると思う。

だって普通に生きてるだけで十分幸せだもん。ゲームして、アニメ見て、たまに遊びに誘ってくれるソコソコの距離感の友達と下らない話で笑って、美味しいご飯を食べて眠る。

これで人生つまらないなんて言う人間は一度、マウンティング（無邪気な子供の）を知らない頃を思い出すべきだ。


誰かに自慢するため何かを必死にやる必要なんてない。

誰かと比べて、自分にないものを悲観して人は曲がっていく。

自分が色のない透明人間のように思えてきて、目立とうとして色を塗り重ねるうち、やがて本当の自分を見失い少しずつ黒ずんでいく。

そんなのって疲れちゃうよ。

影山君（ミニマリスト）とは違うけど、本当に好きなことを素直に好きなだけやった方がいいに決まってる。

自分が幸せかどうかは他人ではなく、自分が決めるものだと思うしね。

この学園に来て色んな人に出会った。

みんな違ってみんな酷い――いやいやいやいや、みんないい。

そんな言葉があるように、人生の価値観は人それぞれだ。

わざわざ自分と他人を天秤にかけて、マウントを取られたと勘違いする必要はない。

月並がとにかく上を目指し、響一が政治で世界を変え、東雲さんが弱い自分を変えたいように、大切なのは自分がどこを目指すかであって、他人より遠く歩けたかではないはずなんだ。

そして僕にもできたんだ。

些細だけど他人に自慢できる、戦うわけが。

「ダーリン……。私のためにそこまで啖呵を切ってくれるなんて……千里カンゲキ！」

「べ、別に……月並のためなんかじゃないんだからねっ……！」

もっとこのバカのことを知りたい。もちろん響一も東雲さんも。そしてこれから出会うであろう友達たちがどんな人生を送るのか、一番近くで見ていたい……。

そんな理由でいいじゃないか。

「――まず夜桜さん。さっき君は僕らのことを心の隙間を埋めるためのカップルだと言ったね？　それは間違いだ」

「なるほど。なら聞かせていただきましょうか。あなた方の愛の結晶を」

「僕らは幼い頃にとても仲が良く結婚の約束をするも親の都合で――」

「そこはもう聞きました。何か他のエピソードを聞かせていただけますか？」

「…………記憶にございません……」

〈佐藤零に５８２０のダメージ〉

『おおっとまさかの速さで論破されたあ!!』

「何やってんのよバカ！　政治家なの!?」

「お前がそう言えって言ったんだろ!?　寧ろ政治家!?　秘書が勝手にやったの!?」

　下らないやり取りを見てか夜桜さんは呆れたように溜息を吐いた。

「……互いの思い出すら碌に話せないとは。運命の恋が聞いて呆れますわね」

「小さい頃に別れてついこの前再会したんだ！　思い出はこれから作っていくんだよ！」

「そういうことにしておいてあげます」

　くそここから話を広げていくつもりだったのに……。凌ぎながら上手く話を誘導できるか。

「まあ誰と付き合うかは個人の自由ですから。しかし私が許せないのは佐藤様貴方です」

「僕？」

「ええ。貴方様はここまで自分の実力で上がってきていない。運と他人任せのみで勝ち上がってきた。今この瞬間もまさにそう。幼少の頃より私を知る月並さんを引き合いに出して弱点を突いてもらおうという算段でしょう？」

「それが僕の長所だから。僕ってよく分からないけど凄い人たちから好かれるんだよね～」

「強がっても無駄です。貴方の心理状態が数字として浮き出ていますわよ？」

「でもダメージの小ささを見れば分かる。ダーリンは元からそんな意図で私を呼んでないし、私も貴方と戦うつもりはないわ」

「ああ。僕が彼女を呼んだのはそんな理由じゃない」

「見苦しいですわね。わざわざ呼び出したのですから相当強いワケがあったのでしょう？」

良い質問だ。僕を見下したかのような抑揚。それでこそ僕の言葉に芯が通る。

「……謝ってもらうためだ」

「謝る？　一体何を……」

「少し前、校舎の前で僕らは出会った。そのとき夜桜さん月並に言ってたよね。月並は選択肢が少ないって。それってつまり月並に魅力がないってことだよね？」

「何かと思えば……。ええ、その子の魅力は私の足元にも及びませんわ。ああなるほど。大好きな恋人を貶（けな）されたから、その子の魅力を証明しここで私に謝ってもらうため呼んだと」

「…………ご明察」

〈佐藤零に９８８８のクリティカルダメージ〉

「ダーリン。千里（せんり）そろそろ泣いちゃう」

不味い。『大好きな』とか余計なことを言われて思わず吐血してダメージを受けてしまった。

しかし夜桜さんはそれを見て僕に自信がないと勘違いしたのか鼻で笑った。

「良いでしょう。ならここで佐藤様が月並さんの魅力を私に分からせてください。私がそれに屈し負けたら、表彰式の壇上で謝ってみせますわ」

乗ったね夜桜さん。愚者を嫌うのもまた愚者。僕の煽りに反応した君もまた愚者だ。

「まず、月並は可愛いよね」

「私だって殿方にはそこそこモテますのよ？」

「そして次に成績が良い」

「私は今までの人生で全教科満点以外とったことがありませんわ」

「努力を怠らないし」

「上を目指す人間なら誰でも致します」

「…………………せ、性格も良い」

〈佐藤零に１０２４のダメージ〉

「…………？」

「アンタら私と同じクラスになるってこと忘れてない？」

分かってはいたが夜桜さんを貶せる部分なんてない。正直、最後は無理して捻り出したからダメージも受けた。でもね夜桜さん。月並にあって君にないもの。そして僕らの関係性だからこそできるとっておきのマウンティングがあるんだ。

僕は大きく息を吸い、精神を整えた。

「夜桜さん。確かに君は素敵だよ。可愛くて頭も良い。性格も良ければしっかり者で度胸もあるんだから」

「そんなことはございません」

「でもね。僕は月並を選んでよかったと心の底から思ってる。そして仮に二人を並べた時、この会場の男子は大半が月並を選ぶだろうね」

「……今なんと？」

「君と月並には圧倒的な魅力の差があるんだ」

堂々とした言葉に夜桜さんは呆気にとられたようだった。

まさか完璧たる自分に劣っている部分があると？　そう言いたげな表情。

しかしさすがは夜桜さん。次第に笑い出したその声には自信と気迫に満ち溢れるものだった。

「面白い……なら教えていただきましょう。私になくて月並さんにあるものを。今、ここで！」

静まり返るコロシアムの中、いよいよ決着だと僕の様子がディスプレイにアップで映った。

ハムスターの闘気はますます増していき、今にも飛び掛からんと伏せて鼻をひくひくさせている。

僕は一拍置いて手をだらんと下げ、ゆっくりとその左手を自分の左胸に当てた。

「…………心臓……？　ハート。つまりは志という意味ですか？　残念ですが私は夜桜グループの次期責任者として幼い頃から――」

「おっぱい」

誰も口を開かない。誰もピクリとも動かない。

「えっと……今なん『おっぱい』」

食い気味に言ってやった。まるでこの世界が全て僕のものになったかのような、そんな力強さがあったと我ながら思う。事実、もう僕以外の全ての時間は消し飛んでいた。

「……何とはしたない……そんな下らない話題、私（わたくし）はしとうございませ――」

「逃げるの？　まあ仕方ないよね……これだけの差があれば怖（お）じ気づいて――」

「逃げる……!?　逃げてなどおりませんわ。あまりのどうしようもなさに議論する価値もないと判断したまでです！」

「それを逃げると僕たち絶対比較主義者（マウンティスト）の世界では言うんでしょ？」

「確かに！　確かに私は『今はまだ』少しだけ成長が遅れているかもしれませんが、それが何

だというのです!?　好みのサイズなんて人によりけりでしょう!?」

「じゃあ今この場にいる全員に聞いてみる？　天秤時計（マウンター）ならどっちの方が好きか精神状態を測れるはずだよね。どっちが良いか全男子生徒に聞いて集計を――」

「かか、仮に！　仮にですわ!?　百歩譲って私（わたくし）がその点で劣っていたとしてもそれは求婚してくるあなた方の願望であって私の魅力が削がれることにはなりませんの！」

「君の会社の株価が何で高いか知ってる？　皆が求めるから――」

「そもそも貧乳が駄目なんて決めつけてる貴方（あなた）の意見の偏りが駄目！　何か根拠（ソース）はあるんですか!?　10代から30代へのアンケートでは貧乳が好きと答えた殿方の割合は約25パーセント。4人に一人は貧乳が好き！　つまり教室の座席で前後左右に一人は貧乳好きがいることになりますわ！　今度試しに後ろの生徒に振り返り貧乳好きかどうか聞いてみてくださいまし！　すると後方に座る彼は必ず言うでしょう『ああ。俺は敬虔（けいけん）なる貧乳教徒さ……』と！　それにアンケートなんて無作為に抽出した数百人から割り出した答えが4分の1であって、ここは変態大国日本（クールジャパン）！　全国民から聞けば寧（むし）ろ半数以上は小さいほうが好きと言う可能性もあります。いえ、小さい方が好きと答えるに決まっています！　それに何より、この胸には殿方の夢や希望、そして今にも成長しているという宇宙のような可能性が詰まっているのです!!」

「――」

肩で息をし始めるほどの熱量に正直引いたが、僕は勝利への確証を得た。

「随分詳しいんだね。羨ましかったから調べたとか？」

「はあああぁぁぁあ!?　そんなわけがございません！　大きいのなんて全く興味がありませんし、羨ましくとも何ともありませんわ！」

『羨ましくない』。かかったね。

君の心を守るそのプライドは同時に君の心を締め付ける鎖だ！

「月並！　話は変わるけどさ！」

「何？」

「この前、皆で夜ご飯を食べてた最中にデリカシーもなく何て言ったんだっけ!?」

「え？　んーとそれって……」

「ブラが大変なんだろ！」

「ああ、あれね！　……そうなのよ。買い替えたばっかりなのにまた大きくなっちゃって、1週間で新しいの買うことになっちゃったのよ。無駄な出費よね」

「なぁ――――!?」

「夏場になると!?」

「え……？　な、夏場は蒸れて汗疹になるから大きくて良いことなんて何もないわよ……」

「うあ――！」

「そしてなにより!!」

「男子からの視線よね。あいつら女子とじゃなくて胸と会話してるみたいな奴もいるじゃない。走ると揺れて付け根の辺りが痛いし。知ってる？　これ1キロ以上あるのよ？　そんなもの胸にぶら下げて走ってみなさい、千切れるわよ。肩も凝るし……あーホント――」

「や、やめて――!!」

「胸の小さい人って羨ましいわ（笑）」

「――!!」

〈夜桜環奈に9999のクリティカルダメージ〉

『WINNER　佐藤零――LOOSER　夜桜環奈』

ロケットのように吹っ飛んだ僕のアバターは黒猫の心臓を見事貫いた。

「きっ――！」

決まったあああああ！

男子が身長や体格を気にするように、胸のサイズを気にしない思春期の女の子などいない。

その項目において、こと月並は最強の戦闘力を誇る。更にはこの演技力！

恵まれた人間として生まれながら恵まれない人間を羨む。

それは初日の授業で習った基礎中の基礎のマウンティング。自虐型低身長マウントと同じ手口だ。

「完璧（かんぺき）だったよ月並！　絶対比較主義者（マウンティスト）の王に恥じない鮮やかなマウンティングだった！」

「え、待ってどういうこと？　あの子なんで急に気絶したの？　何でバトル終わったの？」

勝ってもなお天然のフリをして下の人間をイラつかせる素振りを見せるとはさすが月並。

とにかく僕は勝ったんだ！

「やったあああああ!!　僕がクラス代表！　このまま卒業できれば１００億円だああ！」

「「…………」」

「やったぁー！　やったあー！　やっ……！　…………あれ？」

何だろう。叫んでいるのは僕だけだ。普通決勝の舞台でチャンピオンが決まったら、白熱した試合を見届けた観客や実況者が大歓声を送ってくれるものではないのか。

『……えー今まで見たこともない驚愕（きょうがく）の試合結果に驚きを隠せませんが……担任となる氷室（ひむろ）先生。クラス代表となった佐藤君に何か一言お願いいたします』

『……あんなやべー奴の担任とか、恥ずかしくて他の教師からマウントとられそうだわ』

「……やったー？」

……………またボク何かやっちゃいました？（笑）

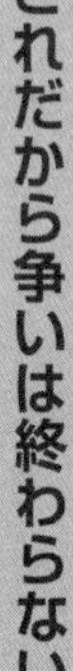

# 終章　これだから争いは終わらない

## 1.

「こんな場所で何やってるんだよ月並(つきなみ)。もう授賞式始まるよ？」

日はとっくに暮れた。

夜になっても生徒が集まれるのは全寮制ならではの利点で、これから栄えある絶対比較主義者(マウンティスト)（笑）たちが表彰される。

だというのに月並が見当たらないので会場から出てきてみれば、少し離れたベンチに座っているではないか。

「人混みはあまり好きじゃないから……」

まるで彼女が実は繊細で慎ましい乙女かのようなセリフだが、人に交じって大人しくしているのが大嫌いだからという理由を知っている僕はその表情に決して騙(だま)されない。

「もう終わりなのね。あっという間だったわ」

なにを黄昏(たそが)れているんだ。そう思いつつ、僕も同じことを考えていたので頷(うなず)いた。

「これで恋人のフリも終わりね」

「ああ。晴れて自由の身だ」

「ダーリン。今のうちに一一九番通報しておきなさい……」

「嘘うそ嘘うそ嘘うそ！」

覇気を纏う月並の拳を謝りながら必死に受け止めた。すると今回はすんなり大人しくなった。

「……感謝してるわ。ここまで付き合ってくれて」

「いやまあ……こちらこそSクラスに引き上げてくれてありがとう」

「アナタが周りの意見と押しに弱い雑魚で本当に良かった……」

「おまえ！　せっかく人が真面目に受け止めてやったのに！」

この女が素直に謝ってきた時点で少し気味が悪かったが、あまり悪く言うのもなにかと思い優しさを見せたらこれだ。

すると月並はクスクス笑った。

「これでおあいこってことで」

「……これ以上口論するのも面倒だから、そういうことにしてあげるよ……」

「正直言うと結構真面目に感謝してるのよ。ダーリンに見放されてたら私は一人で戦うことになってた。別に普段ならそれでも構わなかったけど、この学校では余りにも不利だったから」

「……月並ならどうにかしてたでしょ。夜桜さんにだって、彼氏がいなくともどうにかマウントとれてただろうし」

「……夜桜環奈は正真正銘の天才だもの。いくら私でも苦戦していたと思う。それに、私みたいなタイプを受け止めるって意外とできないものだから。もしあのタイミングで別の男子にキスをしていたとしたら、今頃は全然違った結果になってたと思う。オコタンや翼（つばさ）ともね」

「そんなことないでしょ。二人とも優しいし、僕なんかいなくても――」

そう言っている途中、月並（つきなみ）に口を押さえられ話を遮られた。

「『僕なんか』って自分の価値を自分で下げるようなことはしちゃだめ。普段自分のことは見えないから気がついてないだけで、貴方（あなた）には貴方にしかない良いところが、たーくさんあるんだから」

「もご、もごもごもごごご（でも、そうだとおもうんだけどな）」

「そんなことないわ。ダーリンは八方美人型。ダーリンという緩衝材兼潤滑油があるお陰で本来関わりにくいタイプの人たちも気兼ねない関係に納まることができるのよ」

月並が手を離してくれたので、僕は夜の空気を一杯に吸い込んだ。

「やっぱりそれってめちゃめちゃ馬鹿にされてるって意味だよね？　ネタにされてるよね？」

「親しみやすいって意味よ！」

「納得いかん！」

月並は笑うと僕の腕の袖（そで）を引っ張りコロシアムへ向かって歩き出した。

「まあそんなに馬鹿にされるのが嫌なら、私が皆の代わりにいっぱい優しくしてあげるわよ」

「は？　一番馬鹿にしてるのお前じゃん」

「ちょ、恥ずかしいから言わないでよぉ！」

ゴッ！　っと鈍い音が頭に響いて視界が急変した。

アッパーで不都合をもみ消すとか、やっぱ一番の敵はお前じゃねえか！

「あ……」

「……どうしたの？」

「いや、月が綺麗（きれい）だなーって」

空高く浮かぶ白金（プラチナ）のお月様の周りには無数の星々が輝いていた。

僕は、月は一人ぼっちで寂しいのではないかと思っていた。しかしそれは見上げたその時に月しか見えなかっただけで、実際のところ月には多くの仲間たちが存在していたのだ。

「それはつまり……月が綺麗ですねってこと？」

「え？　……うん」

月並は大きな瞳を月ではなくこちらに向けてそう呟（つぶや）いた。

目の前に実物があるんだからそっちを見ろよ。しかも何で疑問形なんだ。

そう思っていると月並は左手で僕の顎（あご）をクイと上げ、真顔で僕の頬（ほお）を叩きやがった。

「――え。何で？」

何の脈略もないビンタに戸惑う。

すると月並は卑しい顔つきでニヤッと笑った。

「……いや、バカなんだなーと思って」

「急に何なんだよ！　んなもん言われなくとも分かってるわ！」

「それに、好きな人にはアタックあるのみ（物理）でしょ？」

「アタックに不穏な意味を感じたのは気のせい？　てか、僕がいつまでもやられっぱなしだと思うなよ!!」

「きゃ！　私を捕まえてみてダーリン！」

「別れたんだからダーリン呼ぶんじゃない！　……別れた？　元から付き合ってねえし！」

これが最低でもあと1年間続くのか、しんどいなぁ……。

いやマウンティングではなくてね？

とりあえず言えることがあるとすると、川の流れのように穏やかだった僕の人生が急流に突入し、案外それでも楽しめそうだということだ。

「今一度、盛大な拍手をお贈りください」

## 2.

授賞式は滞りなく行われた。Sクラスに在籍が決まった約30名がステージに登壇しその内クラス代表に副代表、そして代表補佐の計4名が表彰される。補佐の月並に白兎くん、副代表の夜桜さんと、特別なラペルピンを学長から順々に付けてもらった。

「第152期生優劣比較決闘戦、1学年Sクラス代表。佐藤零」

皆に見つめられながらステージで表彰されるなど初めての経験だ。僕は緊張で唾を飲み込みながら中央に立った。ラペルピンを付けてくれた鷺ノ宮学長は実際に対面すると僕よりもずっと背が高く綺麗で、入学式で遠くから見た時より更に強い威圧感があった。

「どうだね。一番になった感想は」

「……実感がないですね」

「正直私も、君のような人間が優勝するだなんて思いもしなかったから驚いているよ。だがこんな展開をずっと待ちわびていたんだ」

どういうことだろう。そう思うと鷺ノ宮学長はマイクを片手に僕の隣へ立った。

「今日ここに新たな王が誕生した。一般生徒の人間がSクラス代表となるのは27年ぶり、2度目の快挙となる。そんな彼は成績が悪ければ気も弱い、更には短足胴長で顔も悪いコンプレックスの化身だ」

「初対面ですけどぶん殴ってもいいですか？　いいですよね？」

「ならそんな彼がなぜ誰よりも上に行けたのか。それは、極めたものがあったからだ」

学長は僕のことなど無視して話を続けた。

「以前に言った通り私が貴様らに望むことは一つだけ。……自分だけの折れない柱を見つけること。つまり、この高校生活三年間の内に自分が誇れることを見つけ卒業する。それだけだ」

「……」

「部活でも趣味でも、恋愛でもいい。どれだけ下らないことでもいいから自分らしく打ち込めることを一つだけ見つける。そんなものやっても稼げない。そんな恋人で妥協したのか。そう誰かにマウントを取られても『え！　お前この良さが分からないの!?』と笑顔でかわせるくらい夢中になれるもの、相手がマウンティングされたと錯覚するくらい輝くものを探すんだ」

他人を下げて自分が上に行く。それがこの学校のコンセプトだと思っていた。

だが聞くにそれは違うようだった。

「佐藤零は優しさを極めた。他人を受け入れることは非常に難しい。しかし彼は何もできない自分自身を認めることで、相手を認め尊敬することができる八方美人型になったんだ。心の中では馬鹿にし相手に合わせるだけのような偽装ではない。だからこそ彼は強い。きっと彼と話したことのある人間なら分かるだろう。きつめの冗談を言っても何だかんだで許してくれるこの居心地の良さ。そこに人は自然と集まり、他人という力と、強い心を得ることができたんだ」

僕はそんな大した人間ではない。それでも学長は僕を否定などしなかった。

「マウンティング。そう聞いて友人を貶した者や、非常に嫌な思いをした者もいただろう。だが貴様らは勘違いしてる。我が校の教育理念の二つ『天上天下』『唯我独尊』。これは『天の上にも下にも一番偉いのは我ただ独り』という意味では決してない！　これらは本来、仏教の開祖、釈迦の教えで『貴方は天の上にも下にも唯だ我一人の、代えがきかないくらい尊い存在。だから他人を羨まず、容姿や能力を比べずに〝自分らしさを大切にしてください〟』という意味を表わす」

学長はそれを伝えたかったのだ。

僕らがこの学園のマウンティング――つまりは自分だけの長所を見つけろという真の意味。

それを理解して感銘を受けていると学長は優しく笑った。

「半年後、夏休みで地元へ帰った貴様らは友人にまずこう言われるだろう。『え、やっと勉強詰めの監獄から出られたんだ。出所おめでと～。恋人とかできた？　鷺ノ宮学園って勉強ばかりのお坊ちゃま学校だし恋愛とかできなさそ～。私はもう他校の人たちと遊びまくりだけど。あ、それよりこのお店入ってみない？　え……何のお店か知らない？　嘘、今超流行ってる有名店だよ？　ここ知らないとかマジかよ（笑）。仕方ないなー私が色々教えてあげるよ～』とな」

……あれ？

「しかし私たちは貴様らを全力で支えるから安心してほしい。そして生まれ変わった君を見て驚く友人にブラックの珈琲(コーヒー)片手に脚を組んでこう言ってやれ。『え？　別に何も変わってないけど？　あーでも最近投資に興味を持っててさ、もっぱらナスダックのこと考えてる。周囲のレベルが高いお陰で成績も上がったし、普通に恋人もいるよ。……え、今話題のパンケーキ？やめとく。パンケーキなら恋人が毎日作ってくれるから飽きてるんだよね。ほらウチ全寮制じゃん？　面倒なことに半同棲状態でさ、いらないって言うと喧嘩(けんか)になるし嫌々食べてる（笑）』とな」

「学長。千鳥足を進歩とは言えませんよ」

この学校の三大理念の一つ『浮華虚栄(ふかきょえい)』のことを忘れていたわ。

あくまでマウントは取れと。ああそうですか。

「……まあ今のは軽い冗談だが、他の学生よりもずっと素晴らしい人間になれることは私たちが保証しよう。なあ？　諸君」

「「「いええええええい!!」」」

学長の言葉に先輩たちが沸いた。確かに彼らは1、2歳しか変わらないのに妙な余裕があった。それはきっと何か心の支えを見つけたからなのかもしれない。

「楽しめ1学年諸君！　その負の感情を笑えるようになるまで突き詰めるんだ。そして最高の人生を手に入れてから再び私に会いに来て、それがどれだけ素晴らしいものかマウントを取ってみせろ。そんな未来を私は望む！」

会場内には不思議な高揚感が広がっていた。ふざけているようで独特なエールだったが、心の底から僕らを応援してくれている思いがひしひしと伝わってきた。壇上から見える他の生徒たちの表情を見ても僕と同じく前向きな気持ちでいるのが分かった。

「改めて佐藤零(さとうれい)、1学年のトップとしてこれからも精進したまえ。次の優劣比較決闘戦(マウンティングバトル)はクラス対抗のチーム戦だ。一般人である貴様が上流階級の人間をどれだけ纏(まと)め上げることができるか、楽しみにしているぞ」

「……はい。頑張ります！」

「いい返事だ。闇ルートを使って情報を集めた甲斐があったよ。貴様をスカウトして本当に良かった」

「おい今なんて言いました？」

「さて今日ももう遅い。そろそろ閉幕といこうか」

「だから無視すんなや！」

日本の実権を握る企業の偉い人に闇ルートとか言われたらもう疑いようがないじゃないか。なぜ僕みたいないなのがスカウトされたのかと疑問だったが、怖いからもう触れないでおこう。

「それではこれにて授賞式、及び入学式を閉会とする」

「え、入学式は前にやったんじゃ」

「バカを言うな。学長が泣きだして閉会の言葉を言わずに終わる式がどこにある」

「変なことやってるって自覚はあったんですね」

「言うな。……それでは失礼する」

そう言うと学長は僕らＳクラスの人間を壇上に残して降壇した。

すると代わりにマイクを持った黒髪テンパの女生徒が満面の笑みで走ってきた。

「報道部部長の烏ノ燐です！　これからＳクラス撮影会と上位４名へのインタビューをするのでご協力をお願いいたします！」

この人が烏ノ先輩か。遠くから見るだけだったから分からなかったが、近くで見るとこの人もかなり綺麗な人だ。それなのに髪はぼさぼさで黒縁メガネと野暮ったく少し勿体ない。

そんなことを思っていると先輩が月並にレコーダーを向け質問や感想を聞いていた。

もちろん月並は誇らしげに自分の凄さとマウンティングが何たるかを語っていった。

「――いえ、私は運よく勝ち上がれただけにございます」

白兎くんはかなり控えめだった。やはり零世というだけあって落ち着いている。

「それでは次に夜桜さん。今回は決勝敗退という惜しい結果になってしまいましたが、次の目標を教えていただけますか？」

「……」

マイクを向けられてもなかなか話しださない夜桜さん。

代表になれなかったうえ、あんな屈辱的なことを言われたのだから無理もない。

「――ますわ……」

「申し訳ありません。もう一度大きい声でお願いできますか？」

するとと静かだった彼女は突然僕の腕に抱き付いて言った。

「この佐藤零というお方を必ず落としてみせますわ!!」

「…………はい？」

脈略のない言葉に会場全体が静まり返る。すると烏ノ先輩は少し考え、何か思いついたかのようにハッとすると、オモチャを見つけた子供のような顔で笑った。

「えーと、それは『恋に』ということでよろしいでしょうか？」

「ええ。異性として好意を抱かせる。恋人にするという意味でございます」

「「「…………えええええええ!?」」」

数拍置いて会場全体から叫び声が上がった。

もちろん僕は誰よりも大きく叫んだ。火だって吹けそうなくらいに。

「何を言ってるのさ夜桜さん！　訳が分からないよ!?」

「訳が分からない!?　この私にあれだけのことを言っておいて何を仰っておりますの!?」

「いやあれは勝つために仕方なく言っただけだから！　ホント悪いと思ってる……！」

「じゃあ私の胸は物に例えるならどんな名前が付きますか？」

「……終末世界の水平線？」

「物の名前でって言いましたわよね!?」

言えるわけないだろ、だってまな板一択じゃないか！

「あんな恥辱は生まれて初めてでしたの！　ですからひんにゅ……小さいのがどれだけ素晴らしいのかを貴方様に分からせてあげますわ！　分かってくれないと私の気が収まりません!!　さあ佐藤様……いいえ、零さま！　私とお付き合い致しましょう。これは普通じゃあり得ないとても光栄なことでしてよ!?」

「いやほんとに分かったから！　イエス貧乳、イエスロリ！」

「ロリは不要!!」

「あばぁ!!」

鳩尾に頭突きをされ倒れそうになると、誰かがそれを後ろから支えて受け止めてくれた。

「――あ、月並……！　ありがとう。ついでに馬鹿なことは考えるなって夜桜さんに言ってやってよ。あーだこーだ言いつつ友達なんだろ？」

僕の腕を掴んだまま夜桜さんを真顔で見つめる月並。どこか様子が変だ。

「月並？」

すると彼女はその豊満な胸を最大限に押し付けるよう密着して言った。

「人の彼氏に手ぇ出さないでもらえますぅ？」

「――――!?」

僕は驚きながらも周りに聞こえないよう耳打ちした。

「……おい！　恋人ごっこはコレっきりって話だっただろ!?」

すると月並は暫く間をおいてから下卑たる笑みを浮かべた。

「私は勝たざるを得ない。この三角関係に……！」

こいつマジかああああ!!

「どちらが良いか決めるのは零さまですよ。振られるのが怖いんですか？　まあ私が相手じゃそうですよね。しかし自信がないからって私の恋愛に首を突っ込まないでいただけます？」

「はあ？　どっからどう見ても私の方がスペック高いしそもそもダーリンは私のことを愛しているのよ。分かったら劣等者は消えなさい」

「零さま、選ぶのなら慎ましくお淑やかな私の方が嬉しいに決まってますよね？」

「ちょ！　とりあえず離れてよ……ここはマズいって……！」

「ほら！　この反応は二人きりならくっ付いて良い、つまりは脈ありということです！」

「んなもんただの性欲でしょ。まあ私は？　毎日ダーリンと肌を寄せ合っているけど？」

「お前が飛び掛かってくるだけだけどな！」

気がつけば全生徒が僕らのやり取りを凝視していた。

これはマズい。早急に事を収めなければ。

まずは月並だ。僕は皆に聞こえないよう再び月並の耳元で囁いた。

「なあ月並。夜桜さんの誘いは後でちゃんと断っておくからとりあえず引いてくれない？」

「いやよ。アンタが押しに弱いってのは分かってるんだから。後でじゃなくて今断って」

「ここでそんなことしたら夜桜さんが余計に傷ついちゃうじゃないか……！」

「ここで告白したのはあの子自身なんだから自業自得でしょ」

お前に人情ってものはないのか！　今日で別れるって約束も平気で破るし――！

「それにお前、リア充マウント取るためならもっと適任がいるだろ！　何でそんな僕にこだわってるんだよ――！」

イラついてそう思わず叫んでしまい僕はハッとした。

恋人のフリがバレたら今後のバトルで馬鹿にされてしまう。やってしまった！

静まり返った会場の中、僕がそう焦っていると月並は暫く驚いたような顔をして、次第に頬を赤らめながらモジモジして言った。

「何でこだわるかってそりゃ……ダーリンは私の……初めてをやぶった人、だもん……」

「「――!?」」

「誤解のある言い方をやめろおおお!!」

バトルで初めて敗っただろお!?

「――！　それを言うなら私だってやぶられましたわ！　あれだけ恥ずかしい思いをさせたのですから責任は絶対に取ってもらいます！」

「「「──!?!?!?」」」

「意味が分かってないなら黙ろうか夜桜さん！」

「夜桜さんだなんてそんな、もうそのような関係ではないでしょう？　あれだけ滅茶苦茶にしておいて……。どうか気軽に環奈ってお呼びくださいまし」

「どうしてこいつらは変な言い回しをするかね!?」

無駄な肉がついていないので柔らかい感覚はないが、背が低く上目遣いでこちらを見る夜桜さんは純粋に可愛すぎて凄く良い匂いがするからドキドキがノンストップビートだ。

「とにかくアンタなんかにダーリンは渡さないわ！」

「いいえ！　絶対メロメロにしてみせます！」

「ちょ、二人とも本当に──」

「面白くなって参りましたので、佐藤君にはこのまま趣向を変えた質問をしてみましょう！」

「ジャーナリズムの鬼か！」

「月並さんと夜桜さんは学校一を競う美少女と名高いお二人ですが、そんな方々に迫られているお気持ちはどうですか？」

「いや、全然嬉しくないですよ！」

「おや、それはどうしてです？　例のごとく興味がないのでしょうか？」

「大勢の前でこんなことされたら迷惑でしょうが！　興味以前の問題です！」

烏ノ先輩は「おお！」と感嘆すると、ニコニコしながら高速でメモを始めた。

「なるほどなるほど！　分かりやすく要約すると『学校一の美少女たちに告白されたけど嬉しくないし正直なところ迷惑でしかない（笑）』ってことですね？」

「言ってないですよねぇ!?」

「いやはやさすが1学年Sクラス代表！　見事なマウンティングですね！　これがバトルなら今頃全男子生徒が震え上がっていたでしょう！」

「震え上がってる！　もう既に怒りに満ち溢れてるよ!!」

壇上から見える皆は全員漏れなくニビルな笑みを浮かべながら舌打ちしていた。

このままじゃマズい。

僕は何とかみんなを宥めようと会場全体に向かって言った。

「ちょ、みんな落ち着いてよ、僕はそんな不毛な言い争いはするつもりはないんだ！　Sクラスに入ったのもたまたま運が良かっただけで、別にマウントを取りたいわけじゃない！」

「……不毛な言い争いはするつもりがない？　【訳：おやおや皆さん負けたからって嫉妬ですか（笑）】」

「……Sクラスに入ったのもたまたま？　【訳：別に興味ないけど周りがやれって言うから仕方なくやってたら一番になってただけだし（笑）】」

「そ、そうそう！　確かに月並とは付き合ってたけどあの性格だから碌なもんじゃないし、夜桜さんはほら……僕よりお似合いの人がいると思うから……！」

「……付き合ってたけどあの性格だから碌なもんじゃない？　【訳：てか彼女なんてお金かかるし我が儘だし、いない方が案外楽で良いよ（笑）】」

「……僕よりお似合いの人がいる？　【訳：そもそもこの程度の子らに告白されたの見て羨ましがる時点で負け犬根性も甚だしいですわ。鏡見てから嫉妬してどうぞ（笑）】」

お、何となくみんなの表情が柔らかくなってきた。

よし。これはあともう一息……！

「うん！　だから全然嬉しくないし、寧ろ普通の学校生活を送れる皆が羨ましいくらいだよ！」

「「「よし、埋めよう」」」

「なんでだあ!?」

ちゃんとクラス代表に興味がないことも月並たちの短所も伝えたのに何が駄目だった!?

みんなからの罵声を浴びながら僕は何とかこの状況を打破しようと腕にぴったりとくっつく二人に言った。

「ねえ！　二人のせいでこうなったんだから何とか言ってやってよ！」

「てかアンタいつになったら約束した謝罪するの？　ほらその元から地面に近い頭をもっと地に寄せなさい。そしてそこから見える私の靴が何色なのか教えてみなさいよ！」

「はいはい陳謝陳謝。……というか、何でご自分の靴の色を存じ上げないのです？　病気？

もしかして頭の病気ですの？　可哀想に……気の毒千里。お気の毒千里ですわ」

くっそ何でこんな自分勝手な奴しかいないんだ！

僕は傍でこちらの様子を見守る響一と東雲さんに涙ながらに叫んだ。

「響一！　東雲さん！　二人ならこの状況分かるでしょ助けてぇ！」

「……零。悪いが俺にできることは何もありそうにない」

「佐藤君なんて知りません……！」

何で東雲さんまで怒ってるんだよぉ……。そ、そうだ。この人なら！

「し、白兎くん……！　君のとこのお嬢様が暴走してるから止めてくれないかな!?」

「──ません……」

「……え？」

「私というものがありながらこんな凡俗とお付き合いなど、私が許しませんよ環奈様ぁ！」

「──は、離れなさい零世！　これは私の問題ですわ！」

「離れません！　環奈様の永遠のゼロを愛せるのはこの私だけです！」

「誰の胸が爆心地ですって！」

「ああこれもまたいとをかし！」

ビンタされて嬉しそうに叫んだ白兎くん。何が零世だ興奮に改名しろよ。

「ああもういい加減にしてよみんな！　そんな理由で僕を巡って争われても全然嬉しくない

いる。


――（ビュン!!）」

遠くから風を薙ぐ音がしたと思ったら、僕の首元を何かが掠めていった。

振り返ると、後方にあったディスプレイには巨大な槍が突き刺さりバキバキにひびが入っている。

「へ～それだけモテて嬉しくないとか、やっぱSクラス代表は違うなあ～」

「鷺ノ宮学長!?　ちょ、殺す気ですか!!」

「は？　私はただ渡し忘れた優勝旗を彼方より授与しただけだが？（笑）」

「投げんな!!」

「てかなに佐藤、それだけの美少女たちに告白されても嬉しくないとか、は？　なにそれマウンティング？　色恋の『い』の字もない私への当てつけ？　ん（笑）」

「被害妄想じゃないですか！　僕は何も言ってませんよ!?」

「安心しろ佐藤零。私は生徒を差別したりはしないさ。だが、今の発言は覚えておこう」

「それ復讐しにくるやつが言うセリフ！」

「まあせいぜい頑張りたまえ。Sクラス代表は歴代代表が一度も交代したことない理由から降格すれば即退学のペナルティが存在する。気をつけるんだな、佐藤零……」

「退学!?　え、ちょ、何そのルール初めて聞いたんですけど!?」

「こんな騒がしいところ離れて二人で語り合いましょうダーリン。今日は熱い夜になりそうね……」

「あ、お待ちなさい！　今夜は私の部屋で夜を共にするのです！　冷房も効かせますから涼しいですわよ！」

「意味が違う！　てか本当に待って、このままじゃ僕の将来が色々大変なことに――」

「佐藤零！　貴様なんぞに環奈様は絶対渡しません！　渡しませんよぉ!!」

「スカウト組が調子乗りやがって……！」

「佐藤零を殺せえ！」

「女の敵！」

「次のバトルを覚えてろよ！」

「――えー最後に佐藤君。マウンティングについて、なにか一言お願い致します！」

マウンティングについて？

そりゃあもう、最初っから今の今まで――。

「やっぱ、マウンティングってクソですわ」

劣等感による勘違い。そこから始まる負の連鎖。

これからの人生も様々な苦労をするのだろうが、僕は全てを笑って許せる人間になろう。

様々な思いを胸に対立するこの惨状を見て、僕は心底そう思った。

# あとがき

『問1．以下の文章を読んで、最も正しい心情を選択せよ』
「はー男子からの視線マジきもい。体育の時間だけでもさらし巻けないかな」
①胸が大きいと男子から視線を集めて辛い。男って本当に気持ち悪いよね
②走るときに邪魔だから、固定して走りやすくしたくない？
③太って見えるからさらしを巻いて痩せて見えるようにしたいな
④まあ胸の小さい貴方（あなた）にこの辛さは分からないだろうけど（笑）

〔正解【④】――「男子からの視線」というマイナス属性を含めた一般的な自虐（じぎゃく）型の文章。「さらし」という言葉から「胸を押さえる＝コンプレックスである」という表現は容易にくみ取ることができ、②、③は除外される。また「男子から」という言葉から同性に話しかけている言葉だと推察されるものの、「胸」という単語を使わず「さらし」という言葉で胸の大きさを比喩しているところから、以上の文章は同性へのマウンティングだと断定され、答えは④となる」

　直接悪口を言われたわけではなく、さりとて褒められてもいない。あのモヤモヤとした感情を一言で表せる言葉がマウンティングだと知ったのは5年前、私が18歳の時でした。貶（けな）すことなく相手を不快に思わせるその妙技は、もはや芸術の域であると感動したと同時に、その気持ちがプロのライトノベル作家にまでさせたのだから人生って本当に面白いです。

さて、マウンティングの話ほどほどに、少し真面目な話に入ります。このお話はマウントの頂点に立つことを絶対とした世界で戦う人々のお話です。主人公はどこにでもいる平々凡々。流れゆく日常をぼんやりと過ごしてきた一般人。そんな彼がマウント狂のヒロインと恋人になり、最終的にはもう一人のお嬢様からも告白され三角関係になるという、たぶん他では読めないお話。ヒロインたちは自分の中に芯を持っていて、主人公も今後少しずつ変わっていくのだと思います。続きをどれだけ書かせてもらえるかは分かりませんが、マウントを通じて彼らが成長していく姿を少しでも長く書ければなと思っています。

ここで簡単ではありますが謝辞を。

担当のOさん、ゲスト審査員の磯監督、イラストレーターのさばみぞれ先生、そして選考に携わってくれた関係者各位に、改めまして謝意を表させていただきます。そして何より、この本を手にとって下さった読者の皆様に心からお礼申し上げます。本当は2ページには収めたくないくらいに感謝しています。

さて次巻は『努力せずとも場の空気を圧倒する絶対無敵の無能論（グループディスカッション編）』や『M言語』について語れればなと思います。濃すぎる新キャラも続々登場予定ですので、主人公たちの人生の続きが見たい、と思われた方はもう暫（しばら）くの間お付き合い願います。

それではまた、よしなに。

令和4年7月25日　　吉野　憂

# GAGAGA
## ガガガ文庫


**最強にウザい彼女の、明日から使えるマウント教室（レッスン）**

**吉野 憂**

発行　2022年8月23日　初版第1刷発行

発行人　鳥光 裕

編集人　星野博規

編集　大米 稔

発行所　株式会社小学館
〒101-8001 東京都千代田区一ツ橋2-3-1
［編集］03-3230-9343　［販売］03-5281-3556

カバー印刷　株式会社美松堂

印刷・製本　図書印刷株式会社





Printed in Japan　ISBN978-4-09-453087-2

# 第17回小学館ライトノベル大賞
# 応募要項!!!!!!!!!!!!!!!!!!!!!!!!!!!!!

## ゲスト審査員は武内 崇氏!!!!!!!!!!!!!!

**大賞：200万円＆デビュー確約**
**ガガガ賞：100万円＆デビュー確約**
**優秀賞：50万円＆デビュー確約**
**審査員特別賞：50万円＆デビュー確約**

## 第一次審査通過者全員に、評価シート＆寸評をお送りします

**内容** ビジュアルが付くことを意識した、エンターテインメント小説であること。ファンタジー、ミステリー、恋愛、ＳＦなどジャンルは不問。商業的に未発表作品であること。
（同人誌や営利目的でない個人のWEB上での作品掲載は可。その場合は同人誌名またはサイト名を明記のこと）

**選考** ガガガ文庫編集部＋ゲスト審査員 武内 崇

**資格** プロ・アマ・年齢不問

**原稿枚数** ワープロ原稿の規定書式【1枚に42字×34行、縦書きで印刷のこと】で、70〜150枚。
※手書き原稿での応募は不可。

**応募方法** 次の3点を番号順に重ね合わせ、右上をクリップ等（※紐は不可）で綴じて送ってください。
① 作品タイトル、原稿枚数、郵便番号、住所、氏名（本名、ペンネーム使用の場合はペンネームも併記）、年齢、略歴、電話番号の順に明記した紙
② 800字以内であらすじ
③ 応募作品（必ずページ順に番号をふること）

**応募先** 〒101-8001 東京都千代田区一ツ橋 2-3-1
小学館　第四コミック局　ライトノベル大賞係

**Webでの応募**　GAGAGA WIREの小学館ライトノベル大賞ページから専用の作品投稿フォームにアクセス、必要情報を入力の上、ご応募ください。
※データ形式は、テキスト（txt）、ワード（doc、docx）のみとなります。
※Webと郵送で同一作品の応募はしないようにしてください。
※同一回の応募において、改稿版を含め同じ作品は一度しか投稿できません。よく推敲の上、アップロードください。

**締め切り** 2022年9月末日（当日消印有効）
※Web投稿は日付変更までにアップロード完了。

**発表** 2023年3月刊『ガ報』、及びガガガ文庫公式WEBサイトGAGAGAWIREにて

**注意** ○応募作品は返却致しません。○選考に関するお問い合わせには応じられません。○二重投稿作品はいっさい受け付けません。○受賞作品の出版権及び映像化、コミック化、ゲーム化などの二次使用権はすべて小学館に帰属します。別途、規定の印税をお支払いいたします。○応募された方の個人情報は、本大賞以外の目的に利用することはありません。○事故防止の観点から、追跡サービス等が可能な配送方法を利用されることをおすすめします。○作品を複数応募する場合は、一作品ごとに別々の封筒に入れてご応募ください。